내
강아지들을
만나러
갑니다

내 강아지들을 만나러 갑니다

초판 1쇄 인쇄 · 2025년 10월 25일
초판 1쇄 발행 · 2025년 11월 5일

지은이 · 강경호
펴낸이 · 한봉숙
펴낸곳 · 푸른사상사

편집 · 지순이 | 교정 · 김수란 | 마케팅 · 김두천
등록 · 1999년 7월 8일 제2-2876호
주소 · 경기도 파주시 회동길 337-16 푸른사상사
대표전화 · 031) 955-9111(2) | 팩시밀리 · 031) 955-9114
이메일 · prun21c@hanmail.net
홈페이지 · http://www.prun21c.com

ⓒ 강경호, 2025

ISBN 979-11-308-2335-5 03810

값 26,000원

저자와의 합의에 의해 인지는 생략합니다.
이 도서의 전부 또는 일부 내용을 재사용하려면 사전에 저작권자와 푸른사상사의 서면에 의한 동의를 받아야 합니다.
이 도서의 표지 및 내지 디자인에 대한 권리는 푸른사상사에 있습니다.

내 강아지들을 만나러 갑니다

강경호 장편소설

푸른사상
PRUNSASANG

작가의 말

옆집 할머니네 강아지가 새끼를 낳았다는 소리를 듣곤 호기심에서 새끼를 보러 갔다. 어미 곁에서 꼬물거리는 게 귀엽고 신기해서 그 뒤 닭고기나 참치 같은 걸 몇 번 주었다. 그렇게 먹이를 주었더니 낯이 익어 내가 나타나면 쪼르르 몰려들었다.

어느 날, 창원 상남 장날이어서 장터에 들르게 됐다. 장날이면 늘 같은 자리에서 푸성귀를 팔던 옆집 할머니가 푸성귀가 아닌 딴 걸 팔고 있었다. 그건 젖을 갓 뗀 어린 강아지였다. 그것도 다 팔고 남은 한 마리. 강아지는 나와 눈이 마주치자 반갑다고 꼬리를 흔들었다. 그리고 내게 오려고 라면 상자 안에서 버둥거렸다. 나는 어린 강아지의 간절함을 외면할 수가 없어 그 어린것을 품에 안았다. 강아지와의 인연은 그렇게 시작되었다. 벌써 30여 년 전의 일이다. 내 생애 잊을 수 없는 행복한 기억이기도 하고.

이 책은 자신의 강아지들을 찾아 헤매는 아주머니와 마을 사람들의 얼굴 기형을 고치려는 한 젊은 남자의 얘기입니다. 그러나 두 사람이 원(願)하는 것을 이루려면 '미스터 하'라는 절대자를 만나야만 합니다. 하지만 절대자의 소재가 불분명하다는 점에서 쉽지 않습니다. 그런데도 두 사람은 절대자를 만나려는 의지가 굳건합니다. 아마도 의지는 영속하고 그 의지가 끝내 행복을 가져다준다는 믿음 때문일 것입니다.

책의 출간을 위해 수고하신 한봉숙 대표님과 직원분들께 감사를 드립니다.

2025년 가을

강경호

1

 대지와 수분, 따뜻함과 바람의 조화로 일궈진 소산이 축적되니 덩이가 형성되었다. 즉 소산은 음식이며 덩이는 음식의 축적물, 달리는 생태물이라고 부른다. 그리고 생태물은 축적 중에 저절로 열과 에너지가 생성됐고, 그 열과 에너지는 종내 호흡과 배설로 이어졌다. 즉, 음식의 축조물이 인간이 되는 원초적 과정이다.

 인간도 생태물의 한 종에 불과하다. 그러므로 여타 생태물인 동식물에 대해 우월하지도 존엄하지도 않다. 인간이 사유를 하고 언어로서 자신의 의사를 표현하고 동작하기 때문이라고 말하지만, 그건 여타 동식물들도 마찬가지다. 그네들 나름의 사유와 표현을 지니고 생존의 방법을 터득해 존재성을 부각하고 대를 잇는다는 점에서 그러하다. 따라서 사유와 표현, 동작은 일반적이라고 할 수 있다. 그 일반적인 것에 차별을 두어 존엄을 운운하는 인간이야말로 오만과 어리석음의 전범이다. 그리고 그 오만과 어리석음이 지나쳐 자연이라는 공동의 터전을 파괴하고 오염시키며 다른 종을 멸절시키는데 그에 대한 응분의 대가가 없을 수 없다. 그 대가는 영원한 어둠과 절망이다.

❦　❦　❦

나는 매우 작은 공의 구멍에서 나왔다. 긴 세월을 구멍에서 산 탓에 내 몸은 구멍 크기에 맞춰 작아지고 작아졌다. 물론 내가 구멍이라는 공 속에 처음 들어갔을 적엔 내 몸도 내 구멍도 그다지 작지 않았을 터이다. 그러나 갇힌 동안 구멍은 웬일인지 차츰 줄어들었고 내 몸도 그에 맞춰 작아진 까닭이다. 구멍 속에서 지낸다는 건 그야말로 고통의 연속이다. 그럼에도 웅크리고 더욱 웅크려 나중 내 몸이 한 손에 쥘 수 있는 작은 공과 다름없게 되었을 때, 나는 그제야 구멍에 적응할 수 있었다. 오랜 세월이 지난 뒤였다. 체념과 인내로 일궈진 결과라고 할까. 이와 같은 결과도 말랑한 단백질의 구멍이 아주 작은 쇠공으로 변한 다음이었다. 그렇다 해도 호흡 외엔 몸을 조금도 뒤척일 순 없는 노릇이었다. 구멍의 내부 공간은 조금의 틈조차 없이 꽉 차 내 몸이 공이고, 공이 곧 내 몸이라고 말할 수 있었다. 공 안은 바늘구멍 같은 숨구멍 외엔 적막과 어둠뿐이었다. 다행히도 이따금 밖의 누군가가 공을 굴려줘 나의 존재를 새삼 자각할 수 있게 해주었다. 굴림은 내가 깨어날 기회이자 유일하게 고대하는 낙이었다. 너무도 소중한 굴림, 그런 굴림이 없었다면 나는 몸과 밖이 융합돼 완전한 화석이 되었을 터이고 공에서 결코 빠져나올 수 없었을 터이다.

공의 구멍에 들어간 건 순전히 타의였다. 거부할 수 없는 일종의 의례이고 불가항력적이어서 나뿐만 아니라 누구 하나 원치 않는 까닭에 타의일 수밖에 없다. 공의 구멍을 누가 만들었는지는 명확지 않다. 혹자는 인간의 심판자라고 했고 또 다른 이는 이 세계를 창조한 조물주라고 하였다. 그렇지만 모두 신빙성이 없는, 지어낸 얘기에 불과하다. 왜냐면 인간만의 얘기이니까. 나처럼 인간이면 누구든 구멍을 피할 수 없다. 다만 구멍에 갇힌 기간이 각자 다를 뿐이다. 구멍에 갇힌 건 인간으로 태어났기 때문이고, 그리고 가당찮은 욕심 때문이었다. 방종에 가까운 욕구를 채우다 못해 다음 세상에서 다시금 살고 싶은 욕심, 그러한 욕심을 갖지 않았다면 쇠공에 갇히는 고통은 겪지 않았을지 모를 일이다. 처음 구멍에 들어갔을 때 벽이 밀랑하고 몸이 잠기는 듯한 아늑함, 그렇지만 입구가 닫히고 봉해지는 순간, 암흑과 함께 찾아드는 두려움과 속박이 나의 모든 것인 줄 아는 데는 그리 오래 걸리지 않앉다. 그 후로 봉해진 출구는 오래도록 정말 오래도록 열릴 줄 몰랐다.

　작아지고 작아진 내 몸은, 아니 내 체구는 너무 작다. 지금 내 키는 한 50센티쯤이고 체중은 키에 비례해 5, 6킬로 될 성싶다. 이 정도 체구라면 늑대 같은 맹수에게 있어서 한 입 거리다. 그나마 구멍에서 나왔을 때 햇빛과 바람, 적당한 습기가 없었다면 지금보다 훨씬 작았을 터이다. 물론 이토록 체구가 줄어들고 작아진 건 우리가 행한 터전의 파괴와 오염과 관계가 깊다. 여타 종들을 절멸시킨 책임과 무관치 않다. 생각해봐라. 자신이 아끼는 정원을 인간들이 파괴하고 오염시키고 각종 종을 절멸토록 하는데 마냥 내버려둘 우주의 섭리자가 어디 있겠는가?

※　　※　　※

　키가 훌쩍 크고 몸집도 당찬 사람이 지그시 나를 내려다봤다. 예전 내가 구멍에 들어가기 전의 딱 내 체격이다. 그는 젊었고 인상이 나쁘지 않았다. 맨발에 붉은색 반바지 차림이어도 그다지 속돼 보이지 않았다.
　내가 눈을 치뜨고 먼저 말을 걸었다.
　"이봐요. 나는 이토록 작은데 당신은 왜 그리 큽니까?"

그가 순간 이맛살을 찌푸렸다. 나는 내 질문이 마땅치 않았다는 걸 단박 깨달았다. '초면인데 좀 더 적절하고 예의 바르게 굴걸' 하고 후회의 마음이 들었으나 이미 엎질러진 뒤였다. 젊은이의 표정이 본래대로 돌아왔을 때 나는 그의 기색을 살피며 진중하게 변명을 늘어놓았다.

"본의 아니게 결례를 한 것 같습니다. 오래도록 구멍 속에 있다 보니 정서가 산만해진 탓인 것 같습니다. 기분이 상하셨다면 사과드립니다."

그가 눈을 껌벅이더니 반응했다. 안색은 변화가 없는데 말투가 퉁명스러웠다. 내 변명과 사과가 통하지 않았다는 반증이었다.

"정서가 산만해서라니, 당신 말이야 상황 파악이 참으로 둔감해."

그 말에 왠지 불안감이 슬금슬금 피어올랐다. 사람의 일은 모를 일이었다. 그가 기분이 더 나빠져 그 화풀이를 내게 한다면 나는 꼼짝없이 대가를 치러야 할 판이었다. 그의 큼지막한 손에 눈길이 갔다. 달리 생각할 여유가 없었다. 이 위기를 모면하기 위해선 싹싹 빌 수밖에 없었다. 그래서 굴신 대며 거듭 죄송하다며 용서를 빌었다.

그가 잠시 만에 재차 입을 열었다. 말부가 고깝지 않아 가만히 한숨을 내쉬었다.

"그대에게 눈치는 있군요. 이제 이곳 세상에 머무는 동안 좀 더 신중해지고 겸손하길 바라오. 그동안 나는 그대가 갇힌 쇠공을 굴렸었고, 또 그대를 그 구멍 속에서 꺼내준 장본인이기도 하고요. 긴말 안 하겠소. 이곳 자연의 섭리에 순응하길 바라오. 내가 그대를 구멍 속에서 꺼내준 것도 그 때문이오. 그대의 앞길에 행운이 있길 빌겠소."

들고 보니 내게 너무나도 고마운 젊은이였다. 이 젊은이가 아니었으면 옴짝달싹할 수 없는, 답답하기 그지없는 쇠공에서 빠져나올 수 없었을뿐더러 어쩌면 완전한 화석 또는 쇠붙이가 되었을 터이다. 그 어떤 무엇으로도 보답을 할 수 없을 만큼 그에게 큰 은혜를 입은 셈이다. 젊은이가 몸을 돌렸다. 반사적으로 허리를 굽혀 절을 했다. 내가 고개를 들었을 때 젊은이는 어느새 내 눈앞에서 사라지고 없었다. '이제 어떻게 해야 하지?' '내가 뭘 해야 하지?' 그런데 붉은색 반바지의 젊은이가 어디론가 사라진 직후라고 할까. 거스를 수 없는 졸음이 쏟아졌다. 따스한 햇볕 탓인가. 감당할 수 없는 졸음에 그만 맥빠진 사람처럼 그 자리에 드러누웠다. 무척이나 나른하고 또 어지럽다고 느끼는 순간, 나는 잠에 빠져들었다.

어디선가에서 무슨 소리가 들렸다. 소리가 컸다. 가까스로 잠에서 깬 나는 몸을 일으켜 소리가 나는 쪽을 쳐다봤다. 그리 멀지 않은 저쪽에서 웬 여자가 소리를 지르며 이쪽으로 오고 있었다. 정신을 차려 들으니 누구를 찾는 듯한 애절한 소리였다. "내 딸 복실아! 내 아들 아롱아……! 너희들 어디에 있니?" '아이들을 잊어버린 모양이지…….' 나는 그 여자의 행동이 너무나 측은해 보고만 있을 수 없었다. 나는 자리에서 벌떡 일어났다. 여자가 가까이 왔다. 나이 든 아주머니였다. 애절한 목청만큼이나 몰골이 말이 아니었다. 머리는 풀어 헤쳐져 산발이고, 시커먼 맨발에 입은 옷도 아래위, 성한 데 없이 넝마처럼 너덜너덜했다. 게다가 다리가 성치 않은 듯 살짝 절기까지 하였다. 그리고 등에 헝겊으로 이어 만든 걸망을 지고 있었는데 멜빵만큼이나 때에 절고 해진 상태였다. 내가 말을 붙였다.

"아이들을 잃어버리셨나요?"

아주머니가 내 말에 고개를 끄덕였다. 그러고서 대답했다.

"그래요, 내 아이들을 찾고 있어요. 아이들이 너무 보고 싶어요. 꼭 찾아야 해요."

아주머니의 말 속에 아이들에 대한 그리움이 알알이 배어 있었고 표정도 거의 울상이었다. 딱하긴 하지만 나로서도 아는 게 없어서 위로의 말밖에 건넬 수 없었다.

"꼭 아이들을 만날 거예요. 희망을 잃지 마세요."

"고마워요. 위로해줘서……. 사실 아이들을 만나기 위해 먼 길을 걸어왔어요. 만날 때까지 찾아 헤맬 거예요. 만나서 영원히 함께 산다는 행복한 꿈을 꾸면서……."

아주머니는 그 '행복한 꿈을 꾸면서'라는 말끝에 입가에 살짝 미소가 피었다. 나도 괜스레 가슴이 뭉클해졌다. 그렇지만 적당히 대꾸할 말이 떠오르지 않아 시선을 내리깔았다. 그때 아주머니가 정색한 음성이 들렸다.

"이런, 이런……! 당신, 몸에 걸친 게 없네요."

그 말을 듣자 정말 내가 아무것도 걸치지 않은 맨몸이란 걸 새삼스레 깨달았다. 그러나 그렇구나, 하는 정도지 수치스럽거나 망신으로 여겨지지 않았다. 아주머니가 털썩 엉덩이를 바닥에 깔더니 등에 진 걸망을 열었다. 옷가지와 장난감 같은 게 보였다. 아주머니는 그중 옷가지 하나를 꺼내 내게 내밀었다.

"이걸 입어요. 내 아들 옷이에요. 여분이 있어 주는 거예요."

내가 옷가지를 받아 살펴보니 강아지 옷이었다. 옷을 트면 아랫도리는 가릴 수 있을 것 같았다.

나는 썩 달갑지 않았지만, 감사를 표했다. 아주머니가 걸망을 여민 뒤 일어섰다. 가는가 했는데 아주머니가 걸망을 고쳐 메더니 불쑥 물었다.

"혹시, 하얀 옷을 입은 '미스터 하'라는 분을 보신 적이 있나요? 수염을 기른 남자예요."

나로선 엉뚱한 질문이었다. 내가 구멍에서 나와 만난 건 붉은색 반바지 청년이 유일한데……, 나는 고개를 저었다. 그래도 붉은색 반바지 청년 얘기는 해줘야겠다고 생각했다.

"저는 '미스터 하'라는 분을 보지도 듣지도 못했습니다. 다만 조금 전 예사롭지 않은 붉은색 반바지 청년과 몇 마디 얘기를 나누긴 했습니다."

"그래요?"

예사롭지 않다는 말 때문인지 아주머니의 입에서 탄성이 터졌다. 그리고 눈을 동그랗게 뜨고 재촉하듯 내게 거듭 물었다.

"어디에서요?"

"이 부근에서요."

"그럼, 빨리 찾아봐야겠네요."

아주머니가 총총히 내 곁을 떠났다. 아주머니가 가고 난 뒤 나는 깨달은 게 있었다. 그건 내 키와 몸이 공 속에 갇히기 전으로 환원되었다는 점이다. '이럴 수가……!' 정말 고맙고 즐거운 조화였다. '사람 노릇하려면 키가 이 정도는 돼야지……!' 나는 발끝에서 머리 위까지를 어림재며 만족감에 소리 없이 웃었다. 그리고 따사로운 빛이 좋아 턱을 한껏 쳐들어 하늘에 얼굴을 내밀었다.

목적지가 따로 없어 발길 가는 대로 걸었다. 주위를 눈에 담았다. 낮은 둔덕들이 띄엄띄엄 있고 간혹 돌무더기와 남겨진 것처럼 보이는 홀로 선 나무 외는 보이는 세 별로 없있다. 하늘은 구름 한 점 없이 맑고 햇살도 여전히 따사로웠다. 잠시 쉬어 갈까 하는 생각이 들 즘, 알록달록한 작은 새 한 마리가 날아와 내 머리 위를 맴돌다 날아갔다. 새가 날아간 방향에 눈길이 쏠렸다. 새로운 길이 보였다. 윤이 나는지 반짝거렸다. 가서 보니 길에 깔린 자주색 대리석 때문이었다. 대리석 길……? 호기심이 발동했다. '이 길을 가볼까나……!'

대리석 길은 곧고 반듯했다. 멀리까지 반짝거림이 이어진 걸 보면 짧은 길이 아닐 수도 있었다. 진작 알았어도 길옆은 연초록의 풀밭이었다. 움직이는 어떠한 생명체도 없어 주위가 고요했다. 조금 지루했다. 바람이라도 일었으면 하는 생각이 들 즘, 길옆 어떤 나무 아래에서 움직이는 모습이 포착됐다. 사람 같았다. 거리가 가까워지자 움직임의 정체가 드러났다. 머리가 허연 나이 많은 노인이었다. 노인은 한창 나무에서 떨어진 붉은 열매들을 줍는 중이었다. 곁에 망태기가 놓여 있었다. 내가 다가가 인기척하자, 노인이 그제야 몸을 일으켰다. 수염이 없는 주름진 얼굴이 물끄러미 나를 쳐다봤다. 나는 멋쩍었지만 먼저 아는 척을 했다.

"안녕하세요. 길을 가는 중입니다."

이렇다 할 대답이 없었다. 그래서 지나치려는데 노인이 내 발길을 붙잡았다.

"혹시 '크로스 라이프'로 가는 길이오?"

'크로스 라이프……?' 처음 듣는 소리였다.

"저는 '크로스 라이프'를 알지 못합니다. 어쩌다 보니 이 길을 가게 됐습니다."

"그래요, 이 길을 곧장 가면 '크로스 라이프'에 닿아요. 나는 그곳에 살아요. 그대가 만약 '크로스 라이프'에 갈 생각이라면 나를 좀 도와줘요."

오라는 곳도 없는 판에 좋은 일 하는 셈 치고 노인을 돕기로 했다.

"도와드리지요. 제가 뭣 하면 됩니까?"

"떨어진 열매를 주워 망태기에 담으면 됩니다."

쉬운 일이었다. 눈앞에 있는 주먹 반쯤 되는 열매 하나를 주워 망태기에 담았다. 망태기는 크지 않아도 열매가 조금밖에 담겨 있지 않았다. 그리고 보니 노인이 열매를 줍고자 이리저리 손으로 풀을 헤집고 더듬는다는 점에서 시력이 좋지 않은 듯싶었다. 짐짓 모른 척했다.

"열매가 풀 속에 있어서 찾기가 쉽지 않군요."

"풀 속에 있어도 눈만 좋으면 왜 못 찾겠어요. 눈이 좋지 않아 그렇지. 나이가 들면 눈이 가는 건 도리 없어요. 나이 들면 대략 보라는 '미스터 하'의 말이 타당한 면이 있긴 해도 불편한 건 어쩔 수 없네요."

'미스터 히……?' 앞서 내게 강아지 옷을 준 아주머니도 '미스터 하'를 봤느냐고 했고, 이 노인 역시 '미스디 하'를 언급하니 대체 '미스터 하'가 누구고 뭘 하는 사람인지가 궁금했다. 혹시 이 일대를 주관하는 지도자가 아닐까 하는 생각이 들었다. 그래서 물었다.

"어르신, 그 '미스터 하'가 어떤 분이세요? 혹시 이 지역에서 가장 높은 분인가요?"

"높다마다요, 지혜로운 분이기도 하지요."

"그분을 뵌 적은 있습니까?"

"뵌 적은 없어요. 다른 이들도 마찬가지일 겁니다. 단지 한때 우리 마을의 소피아가 빨간 반바지 차림의 '미스터 하'의 시자(侍者)를 뵀다는 얘기는 있었어요."

"그렇군요."

그럭저럭 바구니에 붉은 열매들이 채워졌다. 노인이 끈을 이용해 어깨걸이로 망태기를 메려 하자 내가 메겠다고 자청했다. 노인은 사양하는 법 없이 순순히 망태기를 내게 넘겼다. 노인이 앞서자 내가 뒤를 따랐다. 길은 연해 내가 걸어 온 대리석 길이었다.

어깨에 멘 망태기가 처음과 달리 조금 무겁게 느껴졌다. 한동안 걸은 것 같았다. 걸머멘 망태기에서 진작부터 열매 특유의 향이 솔솔 풍겼다. 시나몬(계피) 향과 비슷하나 계속 맡다 보니 냄새가 자극적이었다. 그래서 코를 흥흥거리며 냄새를 회피하려 했다. 공연히 얼굴이 화끈거리고 약간 어지러운 것도 열매의 향 때문이 아닌가 싶었다. 한마디로 시나몬 향은 내게 맞지 않았다.

앞서가던 노인이 걸음을 멈추고 내게 일렀다.

"저기 보이는 산 아래가 바로 '크로스 라이프'예요."

나는 노인이 일러주기 전에 이미 앞쪽의 푸른 산과 그 아래 성채 같은 것을 본 터였다.

"그렇습니까? 외벽과 망루가 있는 걸 보니 무슨 성채 같습니다."

"글쎄요. 직접 가서 보세요."

'크로스 라이프'의 외벽은 일종의 마을 담장이었다. 그 담장에는 정문 격인 아치형 문과 그 위에 마을의 상징하는 듯한 원형의 큼직한 십자가상이 세워져 있었고, 또 문을 사이에 두고 마주한 두 개의 낮은 망루가 있었다. 망루와 담장 탓에 성채로 오인한 셈이었다. 문을 지키는 이는 없었다. 망루도 감시인이 없긴 마찬가지였다. 열린 문으로 들어갔다. 안은 시야가 트일 만큼 공간적으로 널찍했다. 또 통행로 양옆으로 크기와 모양이 엇비슷한 집들이 띄엄띄엄 자리해 있었다. 한 이십 호가량 될까? 마을이 분명한데 사람들은 보이지 않았다.

"사람들을 볼 수 없네요."

"아마 집 안에들 있을 겁니다. 해가 지면 밖으로 나올 것입니다."

노인을 따라간 곳은 집들에서 얼마쯤 벗어나 외따로 있는 어느 집이었다. 다른 집들과 달리 지붕이 매우 낮아 이런 데서 어떻게 사나 싶었는데, 노인이 출입처로 보이는 작은 문을 열자 땅 아래와 연결된 계단이 나타났다. 동시에 짙은 열매 향이 계단을 통해 풍겨왔다. 그러나 망태기를 내려놓을 마음에 향냄새를 감내했다. 노인은 익숙한 거동으로 계단을 내려간 뒤 들어오라는 손짓을 했다. 군말 없이 그 말을 쫓았다. 계단 아래에 방이 만들어져 있었다. 침상과 이부자리가 눈에 띄었다. 방이 작은 편이어도 탁자와 의자까지 갖춘 걸 보면 거실 겸 침소 같았다. 방이 생각 외로 아늑했다. 또 반지하치곤 밝았다. 바깥과 면한 여러 개의 창에서 빛이 들어오기 때문이었다. 어깨에 멘 망태기를 내려놓았다. 홀가분한 탓에 이제 열매 향이 신경에 거슬리지 않았다. 그쯤에서 노인이 수고했다는 말도 없이 망태기를 집어 들더니, 벽면에 나 있는 문으로 가서 그 문을 열었다. 미닫이 형태였다. 노인은 그 안으로 들어갔다. 금세 방 안에 열매 향이 진동했다. 열린 문을 통해 풍긴 냄새였다. 하지만 만부득이 냄새를 맡을 수밖에 없었어도 고개를 돌리지 않고 노인을 지켜봤다. 노인이 발을 들인 곳은 곳간 같았다. 목이 짧고 배가 부른 고만고만한 단지들이 여러 개 놓여 있어 그렇게 생각했다. 노인이 나를 슬쩍 보는가 싶더니 망태기를 번쩍 들어 열매를 단지에 쏟아붓듯 넣었다. 그러고서 다시금 나를 쳐다봤다. 마치 '이제 끝냈어.' 하는 신호 같기도 했다.

노인이 침침한 곳간에서 나왔을 때 손에 하얀 사발을 들고 있었다. 노인이 그 사발을 불쑥 내게 내밀었다. 사발에 불그스름한 액체가 반쯤 담겨 있었다. 술 특유의 냄새와 함께 열매 향이 풍겼다. 나더러 마시라는 것일 테지만 막무가내이고 술이라는 생각에 선뜻 사발을 받을 수 없었다. 내게 머뭇거리자 노인의 강요가 뒤따랐다.

"얼른 마셔요!"

노인의 태도를 봐선 안 마시고는 못 배길 것 같았다. 하지만 마실 때 마시더라도 한번 버텨보자는 생각에 볼멘소리했다.

"술 같은데 양이 너무 많습니다."

"이게 양이 많다고……?

노인이 역정을 내듯 반문을 했다. 그리고 눈을 치뜨고 재차 강권했다.

"망설이지 말고 얼른 마셔요. 당신에게 이로운 거예요."

이롭다는 말에 사발을 받았다. 이제는 노인의 말을 믿을 수밖에 없었다. 사발의 액체를 조금 맛본 뒤 눈 딱 감고 들이켰다. 액체는 역시 술이었다. 시나몬 향과 시큼하다는 것 외엔 이렇다 할 맛은 못 느꼈지만, 열매로 담근 술이 틀림없었다.

노인이 나를 흔들어 깨웠다. 술을 마신 후 나도 모르게 벽에 기대 잠이 든 모양이었다. 창에 어스름이 깃든 걸 보니 초저녁인 것 같았다. 내가 일어나자 노인이 말했다.

"자, 해도 지고 했으니 슬슬 나가봅시다."

나는 노인이 하자는 대로 따를 수밖에 없었다. 지금의 내 처지에선 노인이라는 인연의 끈을 놓칠 순 없는 노릇이었다.

지하 계단을 통해 밖으로 나왔다. 주위가 그늘에 휩싸인 듯 어두워져 있었다. 그렇지만 사물은 식별할 수 있을 정도의 어둑살이었다. 저만치, 불이 켜진 집들 사이에서 한두 사람의 모습이 비쳤다. 노인 말대로 해가 지니, 사람들이 집 밖으로 나오는 모양이었다. 노인이 걸음을 뗐다. 나도 조금 뒤쳐져 걸었다. 그런데 노인이 가고자 하는 방향이 집들이 있는 곳과는 달랐다. 나무들이 우거진 산 쪽 방향이었다. 어둠이 깔려 있고 시력이 좋지 않은데도 노인의 걸음이 자연스러웠다. 늘 다니던 길이라는 것을 익히 짐작할 수 있었다. 궁금증에 노인에게 말을 붙였다.

"노인장, 외람됩니다만 저를 어디로 데려가시는지요?."

"가보면 압니다."

대답이 애매했지만 더는 묻지 않았다. 잠시 만에 나무들 사이로 여린 불빛이 보였다. 노인이 가고자 하는 데가 저 불빛과 관련이 있을 거라는 생각이 들 즘, 나무들에 부분적으로 가려진 한 건물이 모습을 드러냈다. 3층으로 된 큰 저택이었다. 좀 전에 본 불빛은 현관을 밝힌 석등 불빛이었다. 현관문에 이르렀다. 문양이

바래긴 했으나 마을 입구에서 본 것과 같은 원형 십자가가 문을 장식하고 있었다. 노인이 현관문을 몇 번 두드렸다. 얼마 지나지 않아 현관문이 삐걱하고 열렸다. 안에서 사람들이 나왔다. 모두 세 사람이었다. 셋은 포댓자루를 뒤집어쓴 것처럼 헐렁한 옷에 키와 체형마저 엇비슷했다. 그런데 얼굴들이 어딘지 이상했다. 여자들인가 싶었는데 세 사람이 한 입처럼 "어서 오세요. 어르신!" 하고 반기는 음성이 여자들임을 확인시켜주었다.

"모두 잘 지내셨지요?"

"네, 어르신 덕분에 잘 지냈습니다. 한동안 못 뵀는데 어르신께서도 무고하시지요?"

"예, 무고하지 않을 리 있겠어요."

노인은 물론 상대방 여자들마저 나를 없는 사람 취급하다가 한 여자가 나를 거들떠봤다. 하지만 무례하기 짝이 없었다.

"어르신! 이런 우스꽝스러운 자를 어디서 구하셨나요?"

"구한 게 아니고 제 발로 찾아왔어요. 아무튼 손이 모자라면 이 사람을 써요."

"아휴! 그러잖아도 손이 모자라 고생인데 이제 한시름 놨네요. 정말 고맙습니다!"

'고맙습니다'의 말도 다른 두 여사의 입에서 거의 동시였다. 나는 그제야 노인이 나를 여기에 데려온 목석이 여사들에게 나를 넘기기 위함이라는 것을 알아챘다. 기분이 좋을 리 없었다. 그럼에도 내색하지 않았다. 어차피 갈 데가 없는데 불편한 심기를 드러낸들 무슨 이익 되겠느냐는 생각에서였다. 다른 두 여자도 초면의 나를 깔보고 무시하는 건 마찬가지였다.

"알고 보니 떠돌이네요. 부리려면 이런 자가 제격이에요."

"맞아! 오갈 데 없는 무연고자가 우리에게 딱 맞아."

나는 화가 치밀었으나 꾹 참았다. 마음 한편에선 노인이 나서서 여자들의 모멸스러운 언사를 제지해줬으면 하는 바람도 있었지만 그런 일은 일어나지 않았다. 이번엔 여자들이 누가 먼저랄 것 없이 손가락질하며 킥! 킥! 거렸다. 내 아랫도리를 강아지 옷으로 두른 걸 조롱 삼는 모양이었다. 그때 노인이 더 두고 볼 수 없었던지 여자들에게 타이르듯 말했다.

"나는 이제 가봐야겠어요. 그리고 참, 이 사람은 귀머거리가 아니에요."

그 말이 효과가 있었다. 여자들이 언제 그랬냐는 듯 당장 웃음을 거두고 다소곳해졌다. 노인을 존중하는 태도가 여실했다.

노인이 가고 나자 나는 주인으로 행세하는 여자들을 따라 집 안으로 들어갔다. 그 뒤 '되도록 저택을 벗어나지 말라'는 제한적 금족령과 함께 1층 구석 방 하나가 내게 주어졌다. 방뿐만 아니라 거친 질감의 옷까지 받아 몸을 그런대로 가릴 수 있었다. 더그레 같은 홑겹 옷이어도 나로선 감지덕지했다. 그새 어둠이 가시고 날이 밝았다. 이럴 수가, 밤이 짧아도 너무 짧다. 서너 시간이 채 되지 않은 것 같았다. '밤이 있기나 한 걸까……?' 그렇지만 하루 이틀이 지나 사흗날이 돼도 밤이 짧기는 마찬가지였다. 밤도 밤 나름이라는 걸 깨달았다. 뿐만 아니었다. 나름의 불만일 테지만, 음식이 찐 구근을 포함해 잎채소와 길쭉한 모양의 딱딱한 과일 등 구색은 갖췄어도 모두 맛이 없다는 점에서 똑같았다. 음식이 종류나 특성에 따라 맛이 다르고 또 맛으로 먹는다는 사실에 비춰 물릴 수밖에 없는 노릇이었다.

　여자들은 처음 대면 때보다 내게 상냥하게 굴었다. 힘쓰는 일에서부터 사소한 허드렛일에 이르기까지 군말 없이 일한 결과일 수 있으나, 그보다는 본연의 인성이 선하기 때문이 아닌가 싶었다. 그런 견해도 착각일지 모르나, 여자들의 얼굴이 선한 심성을 가렸으리라는 관점에서 비롯됐다. 사실 세 여자의 얼굴은 기형이긴 해도 너무나 괴이했다. 물론 저택에 온 다음 날, 날이 밝아 여자들의 얼굴을 제대로 보고서야 알았지만, 눈과 입이 과도하게 옆으로 찢어져 일반적 사람의 얼굴이 아니었다. 게다가 코마저 주먹처럼 불거져 괴물이라고 해도 이의를 달기 어려울 터였다. 단지 얼굴을 제외한 몸 전체는 여느 사람과 다를 바 없어 사람이라는 인식을 달리하고 싶지 않았다.
　여자들은 빈둥거리는 법이 없었다. 집안일 이외도 저택 둘레의 꽃과 나무를 가꾸거나 혹은 저택 가까운 농원에서 밭일을 했다. 농원은 범위를 가늠할 수 없지만 산 초입까지 뻗쳐 있어 결코 작은 규모가 아니었다. 농원에 따른 소출이 상당하리라는 점에서 세 여자가 이렇듯 농사를 크게 짓는 이유를 알 수 없었다.

 여자 중 하나가 내게 심부름을 시켰다. 밭에서 캔 감자처럼 생긴 구근을 마을의 어느 사람에게 갖다주는 것인데, 어느 사람은 다름 아닌, 나를 여기에 데려온 그 노인이었다. 그러고 보니 저택을 벗어나는 게 실로 오랜만이었다. 그동안 일만 했으니 기분 전환의 기회를 맞은 셈이었다. 그러나 막상 노인의 집에 가보니 문이 잠겨 있었다. 어디 외출이라도 한 모양이었다. 구근이 든 마대를 내려놓고 문 앞에서 서성거렸다. 그때 마을 주민인 듯한 사람이 나타나 나를 두어 번 힐끗 보곤 가던 길을 갔다.

 해가 산 쪽으로 약간 기울어진, 무료하고 조금 덥기도 한 시간이 차츰 흘렀다. 그리고 얼마나 지났을까. 아치형의 문이 있는 마을 입구에서 이쪽으로 오는 사람이 있었다. 어깨에 뭔가를 걸머멘 모습이어서 노인인가 싶어 유심히 쳐다봤다. 거리가 좁혀지자 이쪽으로 오는 게 확실했고 곧 노인으로 드러났다. 빠른 걸음으로 노인에게 가서 인사를 했다. 그렇지만 나를 알아보는 눈치여도 반기는 기색은 아니었다. 나도 노인을 반겨야 할 이유가 없으나, 세 여자에게 나를 소개한 인연을 생각해 부러 곰살갑게 굴었다.

"어르신을 뵈니 여전히 강건하신 것 같습니다."

"그새 얼마나 됐다고……. 여하튼, 문 앞에 자루를 보니 심부름을 왔네요. 일단 들어갑시다."

"예, 맞습니다."

집 안에서의 노인의 행동은 지난번과 별반 다르지 않았다. 내가 묵묵히 지켜보는 가운데, 노인이 열매가 든 망태기를 들고 미닫이문을 열고 들어가 곳간의 단지에 쏟아부었다. 그런 뒤 내가 가져온 마대의 구근까지 손수 곳간에 옮겼다. 그게 끝이었으면 좋으련만, 나의 기대와 달리 곳간에서 나온 노인의 손에 어느새 흰 사발이 들려 있었다. 노인은 전처럼 사발을 내게 내밀었고, 나는 전과 달리 망설임 없이 사발을 받아 그 안에 담긴 액체를 마셨다. 기실 거절할 도리가 없다는 것과 '몸에 이롭다'라는 앞서 말을 상기한 까닭에서였다. 다시금 나는 벽에 등을 기대 잠이 들었다.

잠을 깊이 잔 것 같았다. 눈을 떠보니 침상이었다. 벽에 기대 잠든 나를 노인이 자신의 침상으로 옮긴 모양이다. 나는 송구한 나머지 황급히 몸을 일으켰다. 그리고 의식적으로 두리번거렸다. 노인과 시선이 마주쳤다. 노인은 탁자에 놓인 무엇인가를 먹고 있었다. 나는 면목이 없어 노인의 시선을 슬그머니 회피했다. 그런 내게 노인이 담담히 말했다.

"많이 피로했나 보지요."

"제가 염치없이 어르신의 침상에서 잠들었군요. 정말 죄송합니다."

"죄송할 게 뭐가 있어요. 침상이 주인을 가리나요? 깨어났으니 이것을 함께 듭시다."

의외였다. 강퍅하게 느껴지는 노인에게 이렇듯 자상한 면이 있을 줄 몰랐다. 나는 감읍한 나머지 절이라도 해서 고마움을 피력하고 싶었다. 하지만 그러지 않았다. 노인이 의자를 내밀었다. 식욕은 없으나 노인의 호의에 의자에 앉았다. 노인이 먹고 있는 것은 나도 매일 먹는 구근이었다. 감자 모양으로 익으면 속이 보라색으로 변하는, 아무 맛이 없는 작물이었다. 노인이 구근을 권했다.

"이것 들어요."

"감사합니다."

나는 그릇에 든 구근 하나를 집어 입으로 가져갔다. 예상대로 담백하다는 것 외에 별맛이 없었다. 새삼스러운 것은 마을 사람들이 왜 이런 맛없는 구근을 상식하는가였다. 노인이 그런 내게 넌지시 말했다.

"이건 어제저녁 무렵에 그대가 가져온 구근이에요. 늘 그렇듯 묵은 것보다 갓 캔 게 맛이 좋네요."

'어제라니……?' 나는 반신반의했다. 내가 잠이 든 건 맞지만 지금 창으로 빛이 들어오는 낮이 분명한데……, 그럼 내가 꼬박 하루를 여기서 잤다는 말인가? 정말 그런가 싶어 물어보려는데,

노인이 내 생각을 읽었는지 다시 입을 열었다.

"어제라고 해서 의아한 표정이네요. 그동안 밤이 매우 짧다는 걸 체험하지 않았습니까?"

나는 그제야 납득이 됐다. 밤이 짧아 눈만 붙였는가 싶어도 날이 바뀌는데 그걸 잊고 있었다니…….

"예, 그 점을 미처 생각지 못했습니다. 제가 아둔합니다."

"그런 소리 마세요. 환경이 다르면 지각의 혼란이 올 수 있어요. 그건 그렇고, 저택에서의 생활은 어때요? 할 만합니까?"

노인이 화제를 돌렸다. 노인을 대하기가 겸연했는데 비로소 마음을 놓았다.

"이 일 저 일을 하느라 조금 바쁜 편입니다. 그래도 힘들진 않습니다."

"다행이네요. 그러나 곧 본격적으로 구근을 수확할 텐데 그땐 더 바쁠 거예요. 수확량이 결코 적지 않으니까."

예사롭게 하는 말 같았지만 나는 흘려듣지 않았다. 저택에 사는 사람이라고는 나와 세 여자뿐인데, 불필요하게 구근을 많이 재배할 필요가 있느냐는 의구심도 그 때문이었다. 노인이 말을 이었다.

"아실지 모르나, 이 구근이 우리들의 주식이라고 할 수 있어요. 그래서 저택의 하녀들이 구근 농사를 지어요. 그깃도 많이, 많이 짓는 건 마을 사람들에게 나눠주기 위해섭니다."

노인은 그 말끝에 연속해서 창 쪽을 보았다. 나는 이제 갈 때가 되었다는 걸 깨달았다. 그렇지만 갈 때 가더라도 노인이 저택의 여자들을 '하녀'라고 지칭한 연유는 물어보고 싶었다. 저택의 일꾼인 나로선 당연한 궁금증이었다.

"어르신, 저택의 여성분들을 하녀라고 하셨는데 정말 그렇습니까? 저는 여성분들을 주인으로 여겼습니다."

노인이 빙그레 웃었다. 그러고는 담박하게 대답했다.

"하녀이니 하녀라고 하지, 저택의 주인으로 행세한다 해서 어디 그 신분이 달라지겠어요?"

나는 의자에서 일어섰다. 노인의 대답이 미진했어도 이제 가야 했다. 노인이 문밖까지 따라 나왔다. 나는 늦었다는 생각에 노인에게 인사를 하고선 서둘러 걸음을 옮겼다. 그때였다. 혼잣말처럼 하는 노인의 음성이 뒤에서 들렸다. "내가 뭉뚱그렸네. 사실, 그중 하나는 영주의 딸인데……." 내게 하는 말일 수 있으나 나는 속히 저택으로 가야 한다는 생각으로 꽉 차 그 말의 의미를 헤아릴 여지가 없었다.

노인 말대로 며칠 지나지 않아 바쁜 중에도 할 일이 늘었다. 구근을 대대적으로 수확하기 때문이다. 세 여자는 종일 밭에 나가 구근을 캤다. 나 역시 허드렛일하는 틈틈이 여자들이 캔 구근을 자루에 담아 창고로 옮겨야 했다. 창고에 구근 자루가 거의 찰

즘에야 나는 노역에서 헤어날 수 있었다. 그렇다고 일이 모두 끝난 건 아니었다. 수확한 구근을 마을 주민들에게 나눠주는 일이 남았다. 물론 그건 세 여자가 할 테지만, 나는 나눠주기 하루 전날 창고에서 구근이 든 자루들을 꺼내놓는 일을 도왔다.

 짧은 밤이 지나고 날이 밝았다. 기다렸다는 듯이 위아래가 붙은 통옷 차림의 마을 주민들이 저마다 손수레를 끌고 하나둘, 저택에 나타났다. 미리 구근 자루를 내다 놓았기에 주민들에게 구근을 나눠주는 일은 순조로웠다. 마을 주민들은 세 여자의 말에 순응하는 것 같았다. 세 여자가 호명하면 남녀노소를 구별하지 않고 한 사람당 한 자루씩, 식구 수대로 가져갔다. 의아한 점은 식량인 구근을 주고받는 자리여서 으레 즐겁고 떠들썩해야 할 텐데 그런 모습은 찾아볼 수 없었다. 마치 주고받는 게 당연한 듯 서로의 태도는 극히 사무적이고 차분했다. 한편, 나로선 처음으로 마을 주민들을 가까이서 볼 수 있는 기회였다. 짐작은 했어도 주민들의 용모는 하나같이 괴이하고 이질적이었다. 그들 역시 세 여자처럼 눈과 입이 과도하게 옆으로 찢어진 형태였다. 내가 세 여자와 일상을 함께해 새삼스럽지 않지만 괴이한 인상에서 받는 두려움은 어쩔 수 없었다. 구근을 나눠주는 일은 어두워질 무렵에야 끝이 났다. 구근 자루 수를 감안하니 '크로스 라이프'에 사는 주민들은 대략 30여 명쯤 될 성싶었다.

구근을 나눠주느라 저녁 식사가 늦었다. 구근을 수확할 때와 마찬가지로 구근을 나눠준 날도 별 의미가 없는지 식단은 여느 때와 다르지 않았다. 찐 구근과 약간의 채소가 전부여서 오늘따라 더 단출하게 느껴졌다. 나는 애초 오늘처럼 특별한 날과 결부지어 음식이 풍성하고 고기를 곁들인 성찬은 기대하지 않았다. 다만 한 음식이라도 특성적이고 맛이 다르길 바랐다. 이게 나 혼자만의 욕심일까? 식탁의 사람들을 은근슬쩍 곁눈질했다. 늘 그렇듯 세 여자 모두 묵묵한 얼굴이었다. 자신들 앞에 놓인 음식 외엔 다른 데 시선을 두지 않았다. 그렇다고 음식을 향하는 손의 놀림이 바쁜 것도 아니었다. 소박하다 못해 보잘것없는 식단에 어울리는 분위기였다. 나는 더는 식사를 하고픈 마음이 없었다. 자리에서 슬며시 일어섰다. 그때 맞은편의 적갈색 머리 여자가 말을 걸었다. 참고로 세 여자를 구분하는 건 저마다의 머리카락 색과 피부였다. 옆으로 길게 찢어진 눈과 입 등 이목구비는 차치하고라도 키와 체구가 엇비슷하고 말투도 같았다. 적갈색 머리 여자를 제외한 두 여자는 각기 금발과 흑발인데 피부색은 흑발 여자가 검은 반면, 금발 여자는 그보다는 덜 검었다. 피부는 적갈색 머리 여자가 두 여자보다 더 희었다.

"왜, 일어나세요? 식욕이 없으세요?"

나는 짧게 대꾸했다.

"예, 조금 그래요."

나는 세 여자에게 가볍게 묵례한 뒤 식탁에서 벗어났다. 그러고서 창고와 인접한 내 방으로 향했다. 갈 데라곤 거기밖에 없었다. 방에 돌아와서 나는 내 행동을 돌아봤다. 식사하다 말고 중도에 나온 게 잘한 짓 같진 않았다. 그런데도 음식이 보잘것없다는 점에는 변함이 없었다. 세 여자나 마을 주민들이 무표정하고 활기가 없는 건, 맛이 없는 음식 때문일지 모른다고 생각한 것도 그 때문이었다. 나아가 '이렇듯 형편없는 식사를 하며 언제까지 세 여자에게 얽매여 살아야 하느냐'는 일종의 신세타령에 이르자 기분이 우울했다. 이곳을 떠날까도 생각했다. 하지만 떠나봤자 갈 곳이 없다는 현실 자각에 실행할 자신이 없었다. 그때쯤이었다. 노크와 동시에 문이 열렸다. 검은 머리 여자였다. 나는 침상에 걸터앉아 있다가 반사적으로 일어났다. 여자는 방으로 들어오지 않고 얼굴만 들이민 채 말했다.

"왜 식사하다 말고 나갔어요? 음식이 맛이 없어서 그래요?"

나는 여자가 갑작스럽게 나타나 사뭇 힐책하듯 해서 적이 당혹스러웠다. 그러나 여자에게 음식 맛이 없어서 그랬노라고 대답할 순 없었다.

"아니요. 음식 때문이 아닙니다. 속이 조금 좋지 않았어요."

"그래요. 나는 음식 때문인 줄 알았어요. 그럼, 쉬세요."

여자가 수긍이 된다는 듯 고개를 끄덕이고선 문을 닫았다. 나는 여자가 내 평계를 곧이곧대로 믿을지는 의문이었다. 왜냐하면 영주의 저택에서 하녀로 잔뼈가 굳었다면 눈치가 남다를 건 능히 아는 일이기 때문이다. 나는 방금의 여자에 대해 생각을 놓지 못하다가 일전의 노인의 중얼거림이 문득 기억났다. '세 하녀 중, 한 명은 영주의 딸인데…….'라는 그 말이었다. 지금 돌이켜봐도 노인이 어떤 의도에서 한 말인지는 모르겠으나 허투루 말한 것 같지 않았다. 노인을 두어 번 만나 얘기를 나눈 것밖에 없지만 노인을 신뢰한다는 뜻일 수 있었다. 물론 나의 당면 불만은 음식이지 누가 영주의 딸이냐의 여부는 관심 밖이었다. 그런데도 세 여자의 모습이 어느새 내 머리에 비집고 들어왔다. 부질없을지 몰라도 지금은 누구의 간섭도 받지 않는 내 시간이었다.

　사실 나는 세 여자 중, 누구도 마음이 끌리지 않았다. 여자들 역시도 나를 대하는 언행으로 봐선 나를 이성 이상으로 보는 것 같지 않았다. 남녀가 한집에 살고 속살이 언뜻언뜻 드러나는 홑옷이 일상인데도 무신경하다는 건, 이성에 대한 욕구가 전혀 없다는 의미일 수 있었다. 물론 자기 절제를 통해 감정이나 욕구를 드러내지 않을 수도 있을 터이다. 그러나 어느 쪽이든 그 자신만 알 테지만. 나는 후자였다. 그리고 여자들도 나와 같을 거라고 믿고 싶었다. 그 이유는 사람의 여러 감정에서 성적인 것만 인위적으로 제거할 수 없다고 판단한 까닭에서였다. 그런데도 여자들이 내 시선에 아랑곳하지 않고 예사로 엉덩이를 드러내 배설하는 듯한 자세를 취한다든지, 또 마을 주민 중에 어린아이가 없다는 점에서 내 판단이 섣부를지 모를 일이다.

영주의 딸에 근접한 여자는 금발의 여자가 아닌가 했다. 하지만 얼굴이 조금 검은 게 걸림돌이었다. 그래서 피부가 가장 흰, 적갈색 머리칼의 여자를 영주의 딸로 상정했으나 머리가 곱슬머리이어서 가능성이 옅었다. 남은 검은 머리에 피부조차 검은 여자를 영주의 딸로 보는 것도 마뜩잖았다. 선입견이나, 통상 영주나 귀족을 떠올리면 금발에 흰 피부가 연상돼 그 기준에 부합하지 않기 때문이었다. 어쨌든 셋 중 하나가 '내가 영주의 딸이오' 하고 밝히지 않는 한 나의 안목으로 영주의 딸을 판별하는 건 어려웠다. 노인의 얼굴이 떠올랐다. 날이 밝으면 노인을 찾아가 영주의 딸이 누구냐고 묻고도 싶었다. 그러나 부질없는 짓 같아서 기회가 되면 묻지, 서둘 일은 아니라고 봤다. 생각을 그렇게 정리하자 졸음이 밀려왔다. 밤이 짧아도 내일을 위해 잠자리에 들었다.

다음 날 오전, 여자들과 더불어 산기슭에 가서 아무렇게나 뻗친 활엽수들의 가지치기를 했다. 나무를 다듬는 게 아니라 가지를 얻기 위한 목적에서였다. 가지를 웬만큼 치자 쳐낸 가지를 한 곳에 모아놓고 저택으로 돌아왔다. 여자들은 대체로 냉엄하고 말이 없는 편이었다. 오늘처럼 같이 일을 하거나 모여서 식사하는 자리여도 할 말만 하지 대화조로 얘기를 길게 나누는 걸 보지 못했다. 그런데도 셋은 늘 행동을 함께했고, 무슨 일을 하든 신기할 정도로 손발이 척척 맞았다. 연대나 결속력 그 이상이었다. 나는 처음에 셋이 한 몸처럼 움직인다는 게 신기하기도 하고 이해하기도 어려웠으나 나중은 그런 양했다. 그렇지만 이런 세 여자와 살면 나도 감정이 메마를까 걱정이 되는 건 사실이었다.

이틀이 지나 머리카락 색이 금발인 여자가 내게 '지난번에 쳐둔 나뭇가지를 구근 밭에 가져다 놓으라'라고 일렀다. 나뭇가지의 양이 적잖아 손수레로 몇 번 오가야 할 판이다. 이른 오후여서 해가 저물기 전에 끝낼 수 있으나 접때와 달리 혼자서 옮겨야 한다는 게 다소 불만스러웠다. 그렇지만 막상 저택을 벗어나 탁 트인 시야와 숲의 경치를 보니 불만이 절로 가셨다. 게다가 나뭇가지를 손수레에 싣는 중에 한 마리 새가 나타나 재잘거려 일이 힘든 줄 몰랐다. 새소리를 듣다가 무심결에 고개를 들어 소리가 나는 쪽을 쳐다봤다. 얼마 떨어지지 않은 나뭇가지 끝에 새가 앉아 있는 게 보였다. 알록달록하고 앙증스러웠다. 불현듯 지난번 길을 가르쳐준 그 새가 아닐까 하고 생각했다. 내가 쳐다보는 동안 새는 더는 재잘거리지 않았다. 그러다 새가 휙 날아갔다. 나는 그 새가 맞다고 단정을 하자 마음이 명랑해졌다. 나는 새가 앉았던 곳을 응시하며 슬며시 미소를 지었다. 이처럼 기분이 고양되기는 이곳 '크로스 라이프'에 온 이래 처음이었다.

남은 나뭇가지를 손수레에 싣다 말고 아까 새가 앉았던 곳을 한 번 더 바라봤다. 나는 그때 새가 앉았던 뒤쪽으로 길이 나 있음을 뒤늦게 발견했다. 길은 잔 나무와 풀에 가려져 윤곽만 남아 있었다. 사람의 발길이 뜸하다는 방증이었다. 그리고 길이 산 위로 향해 있는 걸 봐서 길을 따라가면 산정에 이를 거라는 막연한 생각을 했다. 하지만 길이 왜 생겼는지는 알 수 없었다. 물론 내가 알아야 할 이유도 없었다. 나는 눈을 돌려 나뭇가지를 남김없이 손수레에 실었다.

마지막으로 실어 온 나뭇가지를 앞서 것들에 더하자 밭에 나뭇가지로 이루어진 더미가 생겨났다. 나뭇가지의 용도를 모르겠으나 퇴비로 쓸 것 같진 않았다. 구근의 잎과 줄기가 여기저기 무더기째 있는데 굳이 나뭇가지를 퇴비로 쓸 일은 아니라고 봤다. 그때쯤 내게 일을 시킨 금발의 여자가 이쪽으로 걸어왔다. 여자는 쌓인 나뭇가지를 보곤 "됐네요." 하는 한마디 외엔 별말이 없었다. 나도 그것으로 충분했다. 여자의 태도처럼 내 감정이 인색한 건 내 탓만이 아닐 터이다.

2층 창틀을 손보노라니 마을 주민 여럿이 밭에서 뭔가를 하는 게 목격됐다. 내가 쌓이둔 나뭇가지가 있는 그곳이었다. 무슨 일인가 싶어 잠시 그들을 지켜봤다. 그들이 가져온 듯한 나무토막 같은 것들을 나뭇가지 위에 덧쌓고 있었다. 아마도 나뭇가지를 쏘시개 삼아 불을 피울 모양인 것 같았다. 불을 피우는 게 공연할 리 만무하고, 또 세 여자의 허락하에 이뤄지는 일일 테지만 왠지 신경이 쓰였다. 세 여자가 주민들까지 동원해 야외에서 불을 피우려는 의도를 알 수 없어서였다. 물론 야외에서 불을 피우는 것이 나와 무슨 상관이 있으랴만 불을 크게 피우려는 그 자체가 예사로울 수 없었다. 더욱이 저택에 속한 일꾼이자 외방인이라는 점에서 그런 느낌이 드는 건 당연했다.

나뭇단을 높이 쌓는 주민들을 본 게 좋은 일인지 몰라도 검은 머리 여자가 내게 심부름을 시켰다. 단순히 말을 전하는 심부름이었다. 그것도 노인에게였다. 그러잖아도 노인을 만나고 싶었는데 기회를 얻은 셈이었다. 나는 가벼운 걸음으로 노인의 집으로 향했다. 노인이 전처럼 집에 없으려니 했지만 기우였다. 노인은 집에 있었다. 내가 문을 두드리자 금방 노인이 기척을 했다. 마치 내가 올 줄 알고 기다리기라도 한 것 같았다.

노인의 방에 감도는 시나몬 향은 변함이 없었다. 여전히 술을 빚고 있다는 증거였다. 그런데 정작 노인은 뜻밖에도 초췌한 모습이었다. 내가 안부를 묻자 노인은 여린 미소를 지으며 '잘 있다'라고 짤막하게 응수했다. 나는 그 말이 믿기지 않았다. 초췌한 모습도 그렇지만 전에 없이 미소로 맞아주는 것이 내가 아는 노인의 태도가 아니기 때문이었다. 그뿐만 아니라 노인의 집에 오면 노인이 곧장 술부터 강권했는데 이번은 그러지도 않았다. 노인에게 무슨 곡절이 있는 게 분명했다. 하지만 '잘 있다'라고 하는데 굳이 '무슨 일이 있느냐'고 캐물을 순 없었다. 나는 노인에게 검은 머리 여자로부터 받은 '내일 오후에 술을 가지러 올 테니 차질이 없어야 한다'라는 말을 전했다. 그러나 노인은 가타부타 말이 없었다. 노인이 대답을 안 하자 나도 잠자코 있었다. 노인과 나 사이에 간단없는 침묵이 흘렀다. 그러나 침묵은 오래가지 않았다. 노인이 입을 뗐다. 그런데 대답과는 거리가 멀고 엉뚱하기조차 했다.

"그대는 여자들만 있는 저택에서 일하는 게 좋아요?"

나는 노인이 왜 이렇게 묻는지 속내를 알 수 없어 당혹스러웠다. 하지만 대답은 해야 했다. 그래서 생각 끝에 이참에 평소의 불만을 털어놓는 것도 무방할듯싶었다.

"어르신, 제가 달리 갈 데가 있겠습니까마는 저는 음식 맛이라도 다양했으면 합니다."

"그래요? 그건 불가능해요. 우리가 먹는 음식이 생명 유지와 무관하다는 것을 그대도 알고 있잖아요? 여기 '크로스 라이프'뿐만 아니라 다른 지역도 음식 맛은 별 차이가 없을 거예요. 그리고 달리 갈 데가 없다지만 그렇지 않아요. 그대가 모를 뿐이지 갈 데는 얼마든지 있어요. 여길 떠날 의지가 있다면 말입니다."

"저는 어르신께서 다른 곳을 알선해주신다면 떠나는 것을 고려해보겠습니다."

노인이 고개를 끄덕였다. 언짢아하는 것 같지 않았다. 사실 나는 여길 떠날 생각을 여러 번 했었다. 세 여자의 하인이 된 게 내가 원한 일이 아닐뿐더러 감정을 죽여 속절없이 사는 게 싫어서였다. 노인이 재차 입을 뗐다.

　"그대가 나를 만나기 전에 누굴 만났거나 봤다면 필시 이곳 사람이 아닐 테지요. 그렇듯 사람이 사는 곳은 어디든 있어요. 다만 적응의 문제가 아니겠어요?"

　나는 노인의 말이 수긍이 되었다. 문득 붉은색 반바지 차림의 청년이 머릿속에 떠올랐다. 구멍에 대한 기억이 안 날 리 만무했다. 정녕 기억에서 지우고 싶은 구멍에서의 오래고 오랜, 그 고통의 세월······. 물론 옴짝달싹할 수 없는 작은 구멍에 갇혀 있을 때보다 지금 세 여자의 하인으로 사는 게 절대적으로 나은 건 사실이다. 그럼에도 충족을 추구하는 인간인 탓에 극악의 구멍에서 풀려났어도 불만은 있게 마련인 것이다. 앞서 언급했듯 나의 불만은 음식 탓이고, 다른 한편은 괴물 형상의 여자들을 받드는 것이나 어쩌면 그건 사소할 수 있다. 내가 정말 바라는 것은 내가 원하는 곳에서, 내 감정을 표출하고 사는 것인지 모른다. 그렇지 못한 게 근본적인 불만일 수 있다. 강아지들을 찾아 헤매던 아주머니가 생각난다. 비록 남루한 차림에 안타까운 사연이었어도 나와 다르게 아무런 구애도 받지 않고 발길이 자유롭다는 점에서 새삼 부럽기조차 하다. 그렇다면 나 또한 하인이라는 굴레를 벗어나 내 의지대로 자유로이 사는 게 온당하지 않은가.

"무슨 생각을 하고 있습니까? 떠나기로 마음을 정했나요?"

"예, 기회를 봐서 떠날 생각입니다. 혹시 어르신께서 강아지 나라가 어딘지 알고 계십니까?"

"강아지 나라요?"

노인은 내가 강아지 나라를 언급하자 조금 어이없어하는 눈치였다. 설마 내가 강아지 나라로 가려는 줄 지레짐작한 것일 수 있었다.

"나도 강아지 나라가 어디에 있는지 알지 못해요. 단지 산을 넘고 물을 건너야만 이를 수 있는 먼 외방이라는 말은 들었어요. 아마 '미스터 하'나 그의 시자 격인 빨간 반바지는 알 테지요."

"제가 그곳에 가려는 게 아닙니다. 강아지들을 찾아 헤매는 아주머니를 만난 적이 있어서 여쭤봤습니다."

"나는 그대가 어디로 가든 관심이 없어요. 또 내가 어디를 알선할 처지도 못 돼요. 물론 이곳에서 쭉 살았고 외부로 나간 적이 없다는 것도 하나의 이유이겠지요. 어쨌든 나는 떠나는 것을 말리고 싶지 않네요. 술은 넉넉히 준비했으니 차질이 없을 거예요."

심부름을 온 목적을 달성했으니 이쯤에서 일어서야 할 것 같았다. 하지만 그건 내 생각이었다. 노인이 나를 붙잡았다.

"급할 건 없어요. 내게 심부름을 온 이상 늦더라도 하녀들이 책망하지 않을 거예요."

나는 검은 머리 여자가 기다릴 거란 생각을 하면서도 그대로 눌러앉았다.

"당연한 얘기일 수 있으나, 나는 그대가 저세상에서 나름 온당하게 살았다는 것을 처음부터 알았어요. 이 세상 사람이 되는 게 어디 쉬운가요? 이곳에 오기 위해 어떤 과정을 거쳤는지는 말하지 않아도 압니다. 다 지난 일이지만 나도 그런 과정을 거쳤으니까. 그대는 행여 저세상에 대한 기억이 남아 있습니까? 나는 그렇지 않아요."

노인이 무슨 말을 하려는가 싶어 궁금했는데 전혀 생각 밖이었다. 일면, 노인이 이런 얘기를 하려고 나를 붙잡았는가 싶어 못마땅하기도 하였다. 하지만 노인의 초췌한 모습이 연민스러워서 못마땅한 게 사그라졌다. 그래도 저세상에 대한 기억을 입 밖에 내고 싶지 않았다. 사실 저세상에 대한 내 기억도 변변치 않거니와 또 지극히 사적이어서 그러했다.

"내키지 않으면 안 해도 돼요. 무슨 의도가 있어 듣고자 하는 건 아니니까. 그대는 이곳에 온 지 얼마 되지 않아 그런지 모르지만 나는 요즘 들어 내가 살았던 저세상이 왠지 그립네요. 기억이 가물가물한데 말입니다."

나는 그 말에 마음이 움직였다. 그간 노인과의 정리를 생각해서라도 내게 남아 있는 저세상의 기억 정도는 들려줘도 괜찮을 듯싶었다. 나는 생각을 가다듬어 기억을 되살렸다. 그리고 간단없이 얘기했다.

※ ※ ※

 "저의 부모님은 가게를 하셨지요. 동네 주민들을 상대로 하는 일종의 구멍가게였습니다. 주민들이 필요로 하는 생필품과 과자, 주류 등을 파는, 동네에 흔히 있는 그런 가게라고 생각하시면 됩니다. 제가 가겟집 아들이다 보니 가게를 보는 건 자연스러운 일이었습니다. ……저희 가게 근처에 높은 담장을 두른 이층집이 있었지요. 그 집 주인은 당시 내로라하는 유명 체육인이었어요. 그 유명 체육인에겐 딸만 둘인데 둘 다 나와 같은 초등학교에 다녀 우린 서로 잘 아는 처지였습니다. 큰딸은 저와 나이가 같고 작은딸은 저보다 세 살 어렸어요. 그 집 부모는 작은딸의 성격이 무던해서 그런지 심부름은 주로 작은딸을 시켰어요. 대개 술이나 과자 심부름이었지만 그 애는 항상 표정이 밝았어요. ……저의 어머니가 심부름을 온 그 애에게 물은 적이 있습니다. '심부름하면 심부름 값을 주냐?'고 그 애가 활짝 웃으며 대답했어요. '안 주실 적이 많지만 주시면 저금통에 넣어둬요. 나중에 요긴하게 쓸 거예요.' 아마 그 애가 초등학생이었을 때였을 것입니다. ……세월이 흘러 제가 대학을 다니다 군대에 갔고, 그리고 휴가를 나온 어느 날이었습니다. 부모님이 외출한 터라 제가 가게를 보고 있었습니다. 마침 그 애가 가게에 왔었습니다. 저는 오랜만이어서 반가웠고, 그 애도 반가워하는 기색이었습니다. 술을 사러 왔다 길래 '집에 손님이 오셨나 보군.' 하고 묻자 '응, 오빠!' 하고 새삼 상냥하게 굴었습니다. 당시 그 애는 막 숙녀티가 나는 예쁜 고등학생이 돼 있었습니다. 나는 그 애가 가게를 나설 즘, 그냥 보내기가 왠지 서운해 '은영아! 저금은 많이 했어?' 하고 아무 말처럼 던졌습니다. 그때 그 애가 '많이 했어. 그래도 쭉 할 거야 오빠!' 하는 대답과 함께 얼굴을 붉히는 것이었습니다. 저는 지금도 그 애가 얼굴을 붉혔다는 사실을 가슴에 담아두고 있습니다. ……휴가가 끝나고 군에 복귀 후, 그 애와 나는 누가 먼저랄 것 없이 편지를 주고받았습니다. 우린 어느새 사랑하는 사이로 발전을 하였지요. 그리고 몇 년이 지나 그 애와 나는 결혼까지 하게 됐습니다. 내세울 것 없는 가겟집 아들을 사위로 맞아준 은영의 부모님이 진정 고마울 따름입니다. 저는 결혼한 이래 회사 일과 가정에 충실했고, 아내도 살림을 알뜰히 꾸렸습니다. 저흰 셋집을 전전하지 않고 신혼 초에 집을 마련할 수 있었는데, 어릴 적부터 심부름 값을 저금한 아내 덕이 컸습니다. ……운명의 그날, 저는 퇴근 때 아내가 좋아하는 붕어빵을 사 들고 집으로 향했습니다. 활짝 웃는 아내와 머지않아 태어날 아이를 생각하니 절로 콧노래가 나왔습니다. 행복은 그런 것이더군요. 집으로 가려면 건널목을 건너야 했습니다. 어둠이 내리고 있었지만 도로 맞은편에서 아내가 손을 흔드는 게 보였습니다. 퇴근 시간에 맞춰 아내가 늘 마중 나와 기다리는 곳이기도 하였지요. 신호가 파란불을 바뀌자 저는 건널목을 건너기 위해 걸음을 내디뎠습니다. 아내가 지켜보는 가운데서 말입니다. 아내에게 가까워질수록 미소를 머금은 아내의 얼굴이 선연했습니다. 그 모습이 마지막 일 줄이야. 아내의 다급한 비명이 귓전을 울리는가 싶었는데, 미처 피할 새도 없이 어떤 둔중한 물체가 저를 덮쳤습니다. 곧 정신이 아득할 만큼 큰 충격이 뒤따랐습니다. 저는 그 와중에도 '몇 발짝 앞에 아내가 있는데, 우리 아이가 아내의 배 속에 자라고 있는데, 하는 생각이 머리를 스쳤습니다. 하지만 그건 한순간의 잔여 의식에 불과했습니다. 저는 종내 음주 운전의 희생자가 된 것입니다. 아내의 목전에서……. 운명이 야속하지만 인제 와서 어쩌겠습니까? 제 아내 은영을 만나 사랑을 나누고 가정을 꾸린 행복의 절정에서 저세상을 등졌으니 그나마 다행히 아니겠습니까?"

❦ ❦ ❦

내가 얘기를 마치자 노인이 낮게 말했다.
"그렇게 생각한다니 내 마음이 덜 무겁네요."
남의 불행일망정 사람이 느끼는 감정은 같은 모양이었다.
"그리고 운명은 불가항력이어서 순응할 수밖에 없다는 것을 거듭 일깨워주기도 하고요. 나도 그 운명이라는 것을 언젠가 겪을 테지요. 어쩌면 금명간일 수도 있어요. 그렇더라도 나쁠 게 뭐가 있겠어요. 외롭게 사는 것보다 소멸하는 게 나을지 모르니까. 그래도 서글프네요."

나는 이제 가도 되겠다 싶었는데, '금명간에 무슨 일을 겪을 수 있다'라는 노인의 말이 마음에 걸렸다. 또 평소와 다른 초췌한 모습도 그렇고……, 암만해도 노인에게 심상치 않은 일이 생긴 듯싶었다. 일어서는 게 망설여졌다. 그사이 노인이 말을 돌렸다.

"그리고 보니 그대 얘기만 듣고 내 얘기는 안 했네요. 길지 않으니 들어보겠어요?"

나는 그러겠다는 뜻으로 잠자코 노인을 쳐다봤다. 기왕 지체되었고, 얼마간 더 지체한다고 해서 설마 무슨 일이 있겠느냐고 판단했기 때문이었다. 만일 여자들이 '왜 늦었냐?'고 묻는다면 '노인을 돕느라 늦었다'라고 변명하면 될 것 같았다. 아직 창밖이 훤했다. 시간이 오래되지 않아 조급히 굴 필요도 없었다.

"기억 밖이지만, 나도 저세상에서 그대와 유사한 불행을 겪었을 테지요. 왜냐하면 나 역시 젊어 이곳에 왔으니까. 이곳 세상에 갓 왔을 때, '크로스 라이프'를 다스리는 영주를 우연히 만났어요. 그를 만난 것이 행운인지 불행인지는 모르겠으나, 어쨌든 영주가 나를 긍휼히 여겨 자신의 저택에서 지내라고 했어요. 물론 하인으로 말이에요. 갈 곳이 마땅찮아 영주의 제의를 받아들였지요. 영주는 소심한 성격이어도 인정이 많은 편이었어요. 지금과는 딴판이지만 당시 후원에는 각종 꽃과 관상수들이 즐비할 정도로 꽃과 식물을 좋아하던 영주이기도 했어요. 무슨 까닭인지 몰라도 결혼한 영주에게 부인이 부재했어요. 대신 시중 드는 사람을 포함해 여러 사람이 있었어요. 그중엔 양녀라는 소문이 있는 딸인 소피아와 그 딸의 동무들도 있었고요. 영주는 자신의 어린 딸을 위해 또래 여자애들을 붙여준 게지요. 그 여자애들은 저택에서 소피아와 함께 자랐어요. 눈치를 챘겠지만, 지난번 내가 저택의 여자들을 하녀라고 지칭한 연유를 이제 알겠지요?"

"그렇다면 셋 중 누가 영주의 딸인가요? 어르신께서 전번에 '그중 하나는 영주의 딸'이라고 하시지 않았습니까?"

내가 말을 끊었는데도 노인은 불쾌한 기색이 아니었다.

"내가 그런 말을 했나요? 허, 허!"

노인이 다시 말을 이었다.

"요즘 들어서 나도 셋 중 누가 영주의 딸인지 구별이 잘 안 돼요. 아주 오래전 이곳 주민에게서 들은 얘기입니다만, 영주가 검은 피부의 어떤 젊은 여자를 사랑한 적이 있는데, 그 여자는 같은 여성과도 사랑하는 양성애자여서 영주가 질투심에서 여자를 골래 제멸(除滅)시켰다고 하더군요. 나는 그 얘기를 믿지 않았어요.

왜냐하면 내가 저택에 오기 전 일이었고, 영주를 사려 깊은 사람으로 봤기 때문입니다. 아무튼 이건 내 견해입니다. 영주가 이후 딸을 두었다면 그 소녀는 검은 머리에 피부도 검은 소녀이지 않겠어요? 물론 영주가 부인을 진정으로 사랑했다면 말입니다. 그런 전제에서 영주의 딸은 검은 머리 소피아로 볼 수 있어요. 물론 소피아의 어릴 적 모습은 지금과 같지 않았어요. 사람이 사람을 낳지 못하고 늙음이 존재하는 세상이니까."

나는 노인의 견해에 수긍했다. 부인에 대한 애정이 깊었다면 당연히 그럴 수 있다고 판단한 나머지였다. 검은 머리에 검은색 피부의 여자가 머릿속에 떠올랐다. 괴물 형상에 냉엄한 이미지……. 저번에 식사하다 말고 방으로 갔을 때 뒤따라와서 사뭇 따지듯 한 게 기억났다. 영주가 정녕 인정이 많고 사려가 깊은 사람이었다면 딸이 그렇게 막돼먹지 않았으리라는 생각이 얼핏 들었다.

노인이 내게 물었다.

"소피아가 영주의 딸이라는 게 이해가 안 되나요? 혹시 소피아로부터 책망이라도 받았나요."

"아니요. 그렇지 않습니다. 책망을 받은 적이 없습니다. 다른 두 여자로부터도 마찬가지입니다."

"남의 지시를 받고 살면 없던 고충도 생기게 마련이에요. 나 또한 저택에서 그 여자들과 오래 생활한 터라 그 셋의 성격이나 행실에 대해서 누구보다 잘 압니다. 물론 그 셋을 옹호하려는 건 아닙니다만, 얼굴이 기형으로 변하면서 성격과 행실이 완전히 달라졌어요. 전혀 바람직하지 않은 쪽으로 말입니다. 그 셋뿐만 아니라 마을 주민들도 함께 그 지경이 됐으니 불행도 이만저만한 불행이 아니겠지요."

내가 정작 듣고자 하던 얘기였다.

"내처 하는 말인데, 그대는 내 얼굴이 정상적으로 생겼다고 생각할 테지요. 마찬가지로 그대 얼굴도 정상적인 사람 얼굴이 맞습니다. 그렇지만 이곳 '크로스 라이프'에선 그렇지 않아요. 우리 둘 외에 세 여자를 포함한 주민들의 얼굴이 정상적일 수 있어요. 왜냐하면 우리의 얼굴이 그들과 같지 않으니까. 즉 이곳에선 나와 그대가 일반적이지 않다는 게 내가 말하고자 하는 요점일 수 있어요. 아무튼 얘기가 다소 옆길로 샜네요."

노인이 그 말끝에 잔기침을 두 차례 했다. 새삼스레 노인이 바싹 늙어 보였다.

"그대는 이곳 사람들의 얼굴이 왜 기형적으로 생겼는지에 대해서 궁금할 테지요?"

"예, 진작부디 궁금했습니다."

"자초지종을 다 얘기힐 순 없고, 개략적으로 얘기를 하겠어요. 내가 여기에 온 지 얼마 되지 않았을 때였어요."

나는 경청하겠다는 뜻으로 자세를 가다듬었다. 노인은 얘기를 이어갔다.

※　※　※

 "하루는 저택 화단에서 풀을 매고 있었어요. 오후 무렵일 거예요. 마을 주민을 앞세운 키 큰 한 남자가 찾아와서 영주를 뵙고자 하더군요. 그 남자는 색이 바랜 검은 옷에 삿갓 모양의 초립을 썼어요. 얼굴을 보니 젊진 않았고 피부도 검은 편이었어요. 그런데 그 의문의 남자에게서 말로 표현할 수 없는 좋은 냄새가 풍겼어요. 나는 남자가 뜨내기 같지 않아 기다리라고 한 뒤 영주에게로 가서 '어떤 방문객이 영주님을 뵙고자 한다'라고 알렸어요. 그리고 '뜨내기 같지 않고 무슨 용무가 있어 보인다'라고 덧붙였지요. 영주는 그때 후원에서 꽃나무를 손보고 있었는데, 외부인을 만나는 게 내키지 않는지 이렇다 할 말이 없었어요. 하지만 영주는 나중 '그 남자를 이리 데려와라'라고 하더군요. ……남자는 영주를 보자마자 매우 예의 바르고 공손하게 굴었어요. 그 때문인지 영주는 내켜 하지 않을 때와 다르게 미소를 띠며 반겼어요. 남자가 영주를 찾아온 목적은 단순히 거래 때문이에요. 그 거래는 단순해도 파격적이라고 할 수 있었어요. 남자는 작은 주머니를 열어 꽃씨를 영주에게 보여 주며 '이 꽃씨는 '미스터 하'의 정원에서 흘러나온 것인데 이곳에서 재배되는 구근 종자 서너 개와 바꾸자'라고 했어요. 꽃씨는 검었고, 한 줌도 안 됐는데도 감미로운 향내가 진동했어요. 영주는 단박 남자의 제의를 수락했어요. 영주가 꽃과 관상수에 남다른 관심을 지닌 데다, '미스터 하'의 정원의 꽃씨를 흔한 구근 종자와 바꾸자는데 마다할 리가 없지요. 어쩌면 영주는 남자가 '미스터 하'와 연관이 있는 사람으로 알았을지 모를 일이에요. ……그 남자는 자신의 꽃씨와 맞바꾼 구근 종자를 챙기고 나서 영주에게 이렇게 말했어요. '이 꽃씨를 심으면 한 줄기에 각기 붉은 꽃과 검은 꽃이 필 것입니다. 붉은 꽃은 향기가 없는 대신 꽃이 크고 화려합니다. 검은 꽃은 붉은 꽃만큼 크고 화려하지 않아도 씨를 맺고 향기가 매우 좋습니다. 특히 검은 꽃잎을 차로 마시면 심신이 맑아지고 기력이 증진될 뿐만 아니라 몸에서 향내가 납니다.'라고, 영주는 그 말을 듣고 매우 만족해했어요. 그래서 영주는 남자더러 '가지 말고 하룻밤이라도 묵어 가라'라고 했지만 남자는 '바삐 가야 할 사정이 있다'라며 정중히 거절 했어요. 그 남자가 굳이 가겠다고 하자 영주가 나더러 '손님을 마을 입구까지 배웅하라'고 그러더군요. 그 남자는 차마 그 요청까지 거절할 수 없었던지 영주에게 묵례를 하고선 걸음을 뗐어요. 내가 뒤따랐지요. 남자는 나와 함께 저택을 나와 마을을 지나치는 동안 말이 없었어요. 나 역시 남자를 대하는 게 서먹해 잠자코 걷기만 했지요. '크로스 라이프' 담장 문을 나설 즘, 앞만 보고 가던 남자가 내게 물었어요. 지금도 기억하지만 '저택에서 지낼 만합니까?'와 '영주의 부인은 잘 계시나요?' 였어요. 나는 남자의 물음에, '그럭저럭 지낼 만하다.' '영주의 부인은 한 번도 보지 못했다.'라고 솔직하게 대답했어요. 그러자 남자가 고개를 끄덕이더군요. 그런데 왠지 맥빠진 기색이었어요. 지금에서야 그 의문의 남자가 왜 영주 부인의 안부를 물었는지를 알 것도 같기도 합니다만, 아무튼 담장 문을 벗어난 뒤 나는 이쯤에서 돌아가야겠다고 마음먹었어요. 그때 남자가 손을 들어 앞쪽을 가리키며 말했어요. '좀 더 가면 희귀한 나무가 있어요. 가서 살펴봅시다!' 나무와는 다소 거리가 있었고 또 나무를 모르는 바는 아니지만 배웅하는 처지라 남자의 말을 거스를 수 없었어요. ……그대도 익히 알겠지만 내가 열매를 줍던 바로 그 나무예요. 나는 나무에 이르러서 잠깐 생각을 했어요. '이 남자가 '크로스 라이프'로 올 때 분명 봤을 텐데, 무슨 이유로 처음 본 것처럼 말하는 걸까?' 하고 말입니다. 나무는 한창 꽃과 향을 피우고 있었어요. 남자가 땅에 떨어진 꽃을 주워 들고 내게 말했어요. '지금은 꽃이나 나중 열매가 맺히겠지요. 이 열매로 술을 빚어 마신다면 정녕 몸에 이로울 것입니다.' 나는 남자의 표정이 꽤 진지해 물었어요. '열매로 술을 빚어 마시면 어떻게 몸에 이롭지요?' 남자가 대답했어요. '몸에 침습하는 나쁜 기운을 막아주니 결국 몸에 이로운 게 아닙니까?' 그리고서 '술을 만드는 방법은 간단합니다. 열매만큼의 물을 부어 발효시키면 됩니다.'라고 부언했어요. 하지만 정작 새겨들어야 할 말은 남자와 작별한 직후였어요. 남자가 가다 말고 뒤돌아서서 그러더군요. '내가 준 꽃씨가 꽃을 피울지라도 절대 검은 꽃을 가까이하면 안 됩니다. 내 말은 혼자만 알고 엄수하세요.' ……
영주는 의문의 남자가 준 꽃씨를 그날 모두 심었어요. 그리고 얼마 후, 남자의 말대로 붉고 검은 꽃이 피어났어요. 붉은 꽃은 보기에도 황홀하리만치 크고 예뻤지만, 검은 꽃은 대조적으로 작고 예쁘지 않았어요. 그렇지만 검은 꽃에서 풍기는 향은 너무도 상큼하고 감미로웠어요. 영주는 매우 기뻐하며 남자가 알려준 대로 검은 꽃의 잎을 따서 차로 끓여 마시기까지 했어요. 그 때문인지 영주의 몸에서 그 남자처럼 좋은 향내가 났어요. 호사다마라 할까, 영주 혼자 즐기면 그만일 텐데 앞서 언급했듯 인정이 많다고 했잖아요. 검은 꽃이 씨를 맺자 자신의 영지에 사는 전 주민들에게 꽃씨를 나눠줬어요. 그리고 검은 꽃잎을 차로 해서 마시면 기력이 증진되니 그렇게 하라고 모두에게 일렀어요. 물론 영주는 자신의 딸을 비롯해 저택의 하인 하녀들에게도 검은 꽃잎을 차로 마시라고 권장했지요. 나는 이리저리 구실을 대며 영주의 말을 따르지 않았어요. 남자의 말을 믿었기 때문이에요. 참! 빠뜨렸네요. 꽃식물이 붉고 검은 꽃을 피운 그 당시였어요. 영주가 정원에서 연해 붉고 검은 꽃 사이에 매우 작고 보잘것없는 꽃을 솎아내는 것을 봤습니다. 흰 꽃이고 몇 포기 되지 않았지만, 남색 옷의 남자에게서 받은 씨앗에 흰 꽃 씨앗이 섞여 있었다고 봐야겠지요. 하여튼 영주는 꽃이 보잘것없다고 여겼는지 솎아내 풀더미에 버렸어요. 영주가 가버린 뒤, 나는 버려진 꽃을 보았어요. 그리고 힘들게 피었는데 안 됐다는 마음에 꽃을 집었어요. 그런데 꽃만 보잘것없는 게 아니라 고약한 냄새마저 났어요. 하지만 나는 비록 흰 꽃이 보잘것없고 고약한 냄새를 풍길지라도 생명을 지녔다는 생각에서 나만이 아는 곳에 그 꽃을 옮겨 심었어요. 앞서 말한 마을에서 떨어진 열매 나무 둘레에다 말이에요. 그리고 살아난 흰 꽃이 지고 씨앗을 맺자 그 씨앗을 채취까지 했어요. 씨앗을 채취한 건 이 흰 꽃도 미스터 하의 정원에서 나온 꽃이라고 생각했기 때문입니다. ……수개월이 지나자, 영주를 포함해 '크로스 라이프'에 사는 모든 주민이 이상해지기 시작했어요. 바로 얼굴이 차츰 기형으로 변한 거예요. 얼굴뿐만 아니라 인성마저 변했어요. 도의심과는 거리가 먼, 뒤틀리고 거친 그런 성격으로 말이에요. 주민의 수가 주는 건 당연할 테지요. 영주는 그제야 깨달았어요. 검은 꽃으로 말미암아 얼굴과 인성이 악하게 됐다는 것을……. 영주가 사람들에게 엄명했어요. 영지 내의 모든 검고 붉은 꽃과 그 씨까지 남김없이 불태워버리라고, 그것으로 끝내지 않았어요. 영주는 얼굴이 기형이 된 사람들을 모아놓고 '미스터 하'를 만나 얼굴 기형을 고칠 수 있는 약을 구해 오겠다'라고 공언했어요. 그리고 며칠 뒤, 영주는 정말 저택에서 사라졌어요. 어떤 이가 '산으로 향하는 영주를 봤다'라고 했지만, 어쨌든 주민들의 원망을 수습할 취지에서 그랬을 테지요. 나도 영주가 떠난 마당에 저택에 있을 필요가 없었어요. 저택을 나왔지요. 이후, 나무 열매로 술을 빚었지요. 그리고 그 술을 마셨어요. 다년간 마셔도 해가 없더군요. 그래서 주민들에게 술을 조금씩 나눠줬고, 그러다 보니 이젠 술이 마을 행사에 없어서는 안 될 필수품이 됐어요. 내일은 영주가 사라진 날이에요. 그리고 그날을 기념하기 위해 술이 필요한 것이지요."

❦ ❦ ❦

노인의 집을 나오자마자 걸음을 빨리했다. 해가 산으로 막 넘어가고 있었다. 시간이 많이 지체돼 여자들이 노여워하리라고 생각을 하니 걱정이 앞섰다.
저택 앞에서 검은 머리 여자가 서성이고 있었다. 나를 기다린 모양이다. 다른 두 여자는 보이지 않아 조금은 마음이 놓였다. 내가 검은 머리 여자에게 먼저 "노인의 일을 돕느라 늦었습니다"라고 하자, 여자는 다짜고짜 "술 준비는 어떻게 됐나요?"하고 물었다. 의외로 목소리가 차분했다. 나는 공손한 태도로 "술은 이미 준비됐습니다."라고 대답을 했다. 여자는 "알았어요."라고 한 뒤 등을 돌렸다. 나는 의당 뒷말이 있을 줄 알았는데 그렇지 않아 의아스러울 정도였다. '내일이 영주와 관련한 기념일이라서 그런가…….' 여자의 모습이 저택 안으로 사라질 즘 나도 걸음을 뗐다.

아침 식사를 마치자마자 적갈색 머리 여자가 내게 명령조로 말했다.
"창고에 있는 손수레로 노인의 술을 실어 오세요. 어제처럼 늦지 말고."
나는 '늦지 말고'라는 사족이 귀에 거슬렸지만, 저택에 의탁하고 있는 나로선 언제나 그렇듯 고분고분 굴 수밖에 없었다.
"예, 빨리 다녀오겠습니다."
검은 머리 여자를 필두로 여자들이 식당을 나가자 나도 모르게 한숨이 나왔다. 여자들의 지시를 받들어야 하는 내 처지가 한심한 까닭에서였다.

식당을 나와 곧바로 창고로 갔다. 손수레를 꺼내 끌고 가려는데 현관을 나서는 세 여자와 마주쳤다. 그때 검은 머리 여자가 내게 살짝 미소 같은 걸 지었다. 얼굴이 기형이어서 야릇하긴 했어도 미소로 간주했다. 그렇게 단정을 하자, 전에 없던 일이라 나는 당혹스러웠다. 한편 생각으론 나쁘지 않으나, 그렇다고 평소 언행으로 보아 좋게 받아들일 수만은 없었다. 또 검은 머리 여자가 다른 두 여자에 비해 얼굴 기형은 덜한 편이나, 성정은 낫다고 볼 수 없어 복선의 여지도 있을 법했다. 그런데도 사람 대접이 달라지려나 하는 기대감에서 미소를 긍정적으로 여기고 싶었다.

손수레를 끌면서 언뜻 밭 쪽을 보니, 지금껏 없던 기둥 하나가 서 있었다. 쌓아놓은 나뭇단 바로 옆이었다. '기둥은 왜 세웠을까?' 하는 의문은 품었지만, 행사의 일환이겠지 하고 대수롭지 않게 여겼다.

노인의 집에 당도해 문을 가볍게 두드렸다. 그러나 기척이 없었다. 조금 기다렸다가 다시 문을 두드렸다. 그래도 아무 기척이 없어 밖에 나가기라도 한 것일까 하고 생각하는 차에 계단을 오르는 소리가 났다. 문이 열리고 노인이 모습을 내밀었다. 얼굴은 어제와 다름없이 초췌했다. 내가 인사를 하자 노인이 메마른 웃음으로 나를 반겼다. 그런데 입은 옷이 늘 보던 추레한 자루 옷이 아닌, 위아래로 나뉜 저고리와 바지 차림이었다. 나는 행사가 있는 특별한 날이라서 아껴둔 옷을 입은 거라고 짐작하면서도 의아한 건 어쩔 수 없었다. 노인을 따라 집 안으로 들어갔다. 미닫이문을 활짝 열어둔 탓에 곳간의 술 단지가 한눈에 들어왔다. 모두 다섯 단지였다. 술 단지는 크기와 모양이 엇비슷했다. 혼자서도 들 수 있을 것 같았다. 노인이 내가 말하기 전에 먼저 물었다.

"술을 얼마큼 가져오라고 하던가요?"

"준비한 술을 가져오라는 말만 들었습니다."

"그래요? 준비한 술은 곳간에 있는 게 다예요. 다 가져가세요."

"예, 알겠습니다."

노인의 조력으로 술 단지들을 하나씩 밖으로 옮겼다. 그런 후 손수레에 술 단지를 실었지만, 공간이 없어 두 단지밖에 싣지 못했다. 한두 번은 더 와야 할 것 같았다.

손수레에 두 개의 술 단지를 싣고 저택으로 향했다. 술 단지가 움직일 수 없도록 끈으로 단단히 결착해서도 술이 출렁거려 신경이 쓰였다. 다행히 길이 평탄해 별 어려움 없이 저택까지 실어 올 수 있었다.

세 여자와 주민으로 보이는 몇몇이 손수레에 다가왔다. 그리고 뭐가 급한지 술 단지를 풀어 수레에서 내려놓자마자 개봉부터 했다. 일순, 시나몬 향 같은 냄새가 주위에 퍼졌다. 검은 머리 소피아가 술 단지에 손을 집어넣어 술맛을 봤다. 나머지 사람들도 따라 했다. 그러고서 저들끼리 수군거리는데 낌새로 봐선 만족한다는 의미 같았다.

금발 여자가 내게, "가져올 술이 얼마나 더 있어요?"하고 물었다. "세 단지가 더 있습니다."라고 대답하자 곁에 있던 검은 머리 소피아가 "이번엔 혼자 가지 말고 저 사람과 같이 가세요."라면서 한 주민을 지목했다. 검은 꽃차의 부작용인지 몰라도 몸집과 비교해 머리통이 유난히 작은 남자였다. 그렇지 않아도 손수레를 끌 때 뒤에서 봐줄 사람이 필요했는데 도움이 되겠다 싶었다.

소피아가 붙여준 남자와 함께 노인 집에 다시 왔다. 손수레에 두 개의 술 단지를 싣고 나니 하나가 남았다. 나는 남자가 힘을 쓸 것 같아 "술 단지를 두 팔로 안아 들고 올 수 있겠습니까?" 하고 의향을 물었다. 남자가 쾌히 "그러죠."라고 대답했다. 그런데 막상 내가 손수레를 끌려고 하자 남자가 막아섰다. 그리고선 "내가 손수레를 끌 테니 당신이 술 단지를 들고 와요." 하는 것이었다. 어이가 없었지만, 남자가 하자는 대로 할 수밖에 없었다. 그때 노인이 나서서 남자 편을 들었다. "그게 좋겠네요." 나는 야속한 마음에서 노인을 쳐다보자 노인이 '내버려두라'라는 듯이 눈짓을 했다.

남자가 술 단지를 실은 손수레를 끌고 저만치 갈 즈음, 노인이 내게 "오히려 잘된 일인지 몰라요." 하고 위로 같지 않은 위로의 말을 하더니, 대뜸 "혹시 밭에 기둥 같은 게 서 있는 걸 봤어요?" 하고 물었다. 내가 밭 가운데 선 기둥을 떠올려 "봤습니다."라고 간명하게 대답하자 노인의 표정이 순간 어두워졌다. 그리고 낙담하듯 "그렇군요."라며 고개마저 떨구었다. 나로선 영문을 알 수 없었다. 물론 노인이 기둥의 용도를 아는 탓에 이토록 낙심천만

하는 것일 테지만 예사롭지 않은 건 분명했다. 내가 '무슨 까닭이냐'고 물어보려는 차에 노인이 애써 차분하게 말했다.

"기둥을 봤다면 나나 그대에게 나쁜 징조예요. 여자들이 누굴 선택할지 모르지만 질긴 고기를 선택했으면 합니다. 나는 늙었고 그대는 오랜 인고 끝에 막 이곳 세상에 왔으니 더 살아야 하지 않겠어요?"

선뜻 이해되지 않았다. 그러나 심상하게 들어넘길 일은 아니라고 생각됐다. 노인의 어두운 표정을 봐서도 그렇고. 특히 '여자들이 누굴 선택할지……'라는 대목이 영 마음에 걸렸다. 노인이 기둥을 두고 나쁜 징조라고 한 이유를 알고 싶었다. 하지만 그럴 새가 없었다. 노인이 더는 말하지 않고 급한 일이라도 있는 양 허둥지둥 집 안으로 들어갔다. 그 모습을 보노라니 미구에 무슨 일이 닥칠 것만 같았다. 왠지 불길했다.

노인이 가쁜 숨을 쉬며 바삐 나왔다. 손엔 늘 메고 다니던 풀로 짠 망태기가 들려 있었다. 노인이 내게 망태기를 건네며 급히 말했다.

"긴말할 시간이 없어요. 이 망태기를 갖고 어서 여길 떠나요! 망태기 때문에 사람들이 의심하지 않을 거예요."

연유는 모르지만 긴박하다는 느낌에 망태기를 받았다. 노인의 손이 가늘게 떨렸다. 노인이 다시금 재촉했다.

"서두르세요! 사육제의 제물이 되지 않으려면……."

나는 그제야 기둥의 용도를 알아챘다. 또 노인이 나를 떠나보내려는 의도도 짐작할 수 있었다. 나를 대신해 제물이 되려는 자기희생에 다름 아니었다. 나는 노인이 너무나 고마웠다. 내가 하직 인사를 하고 걸음을 떼자 노인의 음성이 뒤에서 들렸다.

"제멸되지 말고 오래오래 사세요."

내가 고개를 돌리자 노인이 미소를 지었다. 그렇지만 그 미소가 처연해 나는 차마 제대로 쳐다볼 수 없었다.

나는 저택의 반대쪽인 담장의 문으로 향했다. 행사가 있는 기념일인데도 낮시간대여서 그런지 주민들은 보이지 않았다. 그래도 집 밖을 나오는 주민과 마주칠세라 긴장을 늦출 수 없었다. 행여 누군가가 쫓아오는가 싶어 뒤를 돌아보곤 했다. 문이 눈앞이어도 노심초사는 어쩔 수 없었다. 문을 빠져나왔다. 문지기가 없는 게 여간 다행이 아니었다. 마음이 한결 놓였다. 그렇지만 본능적으로 걸음은 더 빨라졌다. 어깨에 멘 망태기도 벗지 않았다. 가능한 마을에서 멀어지는 게 급선무였다. 지금쯤, 여자들이 노인을 추궁해 내가 도망친 것을 알았으리라는 생각이 들었다. 뒤를 돌아봤다. 담장의 문이 아주 작게 보였다. 쫓아오는 사람은 없는 것 같았다.

길가의 나무가 눈에 들어왔다. 노인이 열매를 줍던 그 나무였다. 노인 생각이 났다. 나로 말미암아 노인이 고초를 겪고 제멀당 할지 모른다고 생각하니 마음이 아팠다. 그렇지만 아직은 달아나야 하는 까닭에 마음을 애써 추슬렀다. 그때 귀에 익은 새소리가 들렸다. 거의 동시에 나무 아래에 어떤 물체의 움직임이 포착됐다. 사람 같았다. 나를 잡기 위해 기다린 것 같지 않아도 심장이 쿵쿵 뛰었다. 거리가 점점 가까워지자 그 사람도 나를 봤는지 움직임을 멈추고 나를 주시했다.

나는 그냥 지나칠 수 없어 나무 아래에 있는 사람에게 다가갔다. 상대방이 먼저 말을 걸어왔다.

"저택에서 일하는 사람 아녜요? 열매를 주우러 왔나요?"

"아니요. 길에 깔린 판석을 살피러 나왔습니다."

상대방의 얼굴이 기형이어서 마을 주민으로 추측했다. 그리고 긴 머리와 체형을 봐서 여자인 것 같았다. 안심해도 될 성싶었다.

여자가 말했다.

"열매를 줍고 있었어요. 저택의 여자들이 이제 나더러 술을 빚으라고 해서 나와봤어요."

"그렇군요. 그럼 이만 가보겠습니다."

여자의 표정으로 봐선 나를 의심하는 것 같지 않지만 지체할 수 없었다. 나는 즉시 길로 나왔다. 새소리는 더는 들리지 않았다. 길로 가면서 무의식적으로 뒤를 돌아보았다. '크로스 라이프'의 담벼락과 문이 작은 윤곽으로 눈에 들어왔다. 나를 잡으러 오는 사람이 없을 듯싶었다. 자주색 석재 길이 끝나는 지점에서 잠깐 쉬었다. 나무 아래에서 열매를 줍던 여자가 한 말을 상기했다. '이제 나더러 술을 빚으라고 했다'라는 게 어떤 의미인지 되짚어 볼 필요조차 없었다. 그런데도 내가 노인을 위해 할 수 있는 일이 없다는 게 안타깝고 비감하기까지 했다. 다만 노인이 기둥에 묶여 희생되지 않기를 바랄 뿐이었다.

어디로 가야 할지를 고민했다. 붉은색 반바지 청년이 머릿속에 떠올랐다. 걸어온 방향으로 쭉 가면 그를 만날 수 있을지 모르나 어디까지나 예측이었다. 그리고 설령 그를 만난들 그가 의탁할 곳을 알선해줄지도 의문이었다. 붉은색 반바지 청년을 생각하다가 불현듯 그가 나를 쇠공에서 꺼내준 게 나를 위한 게 아니고 '크로스 라이프' 여자들에게 인력을 공급하기 위해서가 아닐까 하는 의문이 들었다. 그의 고압적 이미지와 별개로, 나를 자연의 섭리에 순응하라고 꺼내줬다지만 왠지 이유라고 하기엔 부적절하게 느껴졌다. 그래서 붉은색 반바지 청년을 만난 곳으로 가는 건 단념했다. 앞이나 뒤로는 갈 수 없으니 남은 선택은 하나였다. 우회해 '크로스 라이프'에서 멀리 떨어진 산 쪽으로 가는 수밖에 도리 없었다.

방향만 보고 가노라니 들판을 만났다. 크고 작은 돌들이 아무렇게나 널린 황량한 평원이었다. 이곳을 지나가야 하기에 발을 들여놓았지만, 돌밭이라 걷기가 만만치 않았다. 한 포기의 풀도, 살아 움직이는 그 무엇도 볼 수 없어 적막하기 그지없었다. 발이 욱신거렸다. 등선과 기슭이 보이는 산이 저 앞이어도 결코 짧은 거리라고 할 수 없었다. 우측, '크로스 라이프'가 먼 외딴 마을로 비쳤다. 행여 새가 나는가 싶어 하늘을 올려다봤다. 그러나 아득하니 펼쳐진 공간만 시야에 가득 찰 뿐이었다. 해는 아직 중천이었다. 처음 공 속에서 벗어나 이곳 세상을 걸음할 때와 지금은 사뭇 다른 심정이었다. 그땐 별생각 없이 발길 가는 대로 걸었지만 이젠 안전을 도모하며 의탁할 곳을 찾아야 할 판이었다.

산이 점점 가까워졌다. 산 아래에 물이 흐르는 작은 개울이 눈에 띄었다. 개울가에 이르러 그 자리에 털썩 주저앉았다. 물이 얕아도 차고 맑았다. 발부터 담갔다. 시원한 가운데 발의 아픔이 차츰 가셨다.

새소리가 들렸다. 심신이 곤해 앉은 채 깜박 잠이 든 모양이었다. 깨어나 보니 새는 보이지 않고 망태기만 곁에 있었다. 망태기를 버리지 않고 여기까지 가져온 게 새삼 용케 느껴졌다. 물론 노인이 쓰던 물건이고 또 내게 줬으니 잘 간수해야 하는 게 마땅했다. 그러나 오갈 데 없는 지금의 처지에선 거추장스러운 물건임은 틀림없었다. 행여 담을 거리가 생길지 모르니 버리더라도 나중에 버리자고 생각하며 손을 뻗쳐 망태기를 끌어당겼다. 그리고 무심코 안을 들여다봤다. 그제야 알았지만, 망태기 안에 헝겊 뭉치 같은 게 들어 있었다. 꺼내 보니 삼실로 촘촘히 짠 주머니였다. 호기심에서 열어보았다. 밀봉하듯 천으로 겹겹이 싸맨 게 그 속에 또 있었다. 천을 벗기자 순간, 냄새가 흠씬 맡아졌다. 그다지 좋은 냄새는 아니었다. 불현듯 노인의 얘기가 생각났다. '검은색 옷을 입은 남자가 가져온 씨앗에서 향기가 풍겼다는 것을……' 설마 하며 천을 모두 벗기자 종내 씨앗으로 추정되는 자잘한 것들이 드러났다. 두어 숟가락쯤 되는 양이었다. 검은빛을 띠었다. 가슴이 서늘했다. 행여 사람의 얼굴을 기형으로 만드는 악마의 씨앗일까 하는 우려에서였다. 하지만 씨앗이 검다 해도 향기와는 거리가 있고 또 노인이 검은 꽃을 기피했다는 점에서 검은 꽃의 씨앗은 아닐 거라는 판단을 했다. 씨앗을 본래대로 다시 쌌다. 씨앗의 처리를 두고 고심했다. 가진 것만으로는 해가 되지 않는다는 건 알지만 노인이 망태기 안에 씨앗을 넣어둔 의도를 모르기 때문이었다. 물론 노인이 둘 데가 없어서 망태기에 넣진 않았으리라는 건 자명했다. 그래서 망태기와 같이 씨앗도 쓰일 데가 있을까 싶어 간수하기로 했다. 정말 이 씨앗이 미스터 히의 정원에서 나왔다면 그만한 가치가 있을 거라고 생각을 하면서……..

다소간 쉬자 주변을 돌아볼 여유가 생겼다. 망태기를 어깨에 멘 뒤, 길의 흔적이라도 있나 싶어 개울을 건너 산속으로 들어갔다. 산 아래와 달리 위쪽은 경사가 가파르고 각종 나무로 우거져 있었다. 길이 있을 것 같지 않았다. 다시 쉬던 곳으로 돌아왔다. 그리고 길이 없으니 개울을 따라 내려가려다가 개울이 어디서부터 시작됐는지가 궁금했다. 물길의 방향이 '크로스 라이프' 앞쪽 산이어서 그러했다. 개울을 거슬러 올라갔다. 개울가에 가끔 바위나 덤불이 있어도 물길은 비교적 바르고 순탄했다. 개울 폭이 차츰 줄어들었다. 대신 흐름이 조금 빨라졌다. 물길은 여전히 '크로스 라이프' 산 쪽이었다. 얼마를 더 가자 계곡처럼 굴곡진 기슭으로 물길이 굽었다. 산에서 내려온 물임을 알 수 있었다. 눈을 돌려 '크로스 라이프' 쪽을 바라봤다. 한동안 지낸 저택과 구근을 수확한 텅 빈 밭이 시야에 들어왔다. 그러나 여전히 거리가 있어 밭에 쌓아놓은 나뭇단은 어렴풋이 보여도 기둥은 분명치 않았다. 좀 더 가까이 가야 식별이 가능할 것 같았다. 두려웠으나 날이 머잖아 저물터여서 마음을 굳게 가졌다.

조금만 더 가기로 한 것이 내처 나뭇가지를 하던 곳까지 오게 되었다. 어둠이 깔리지 않았다면 이곳까지 올 엄두가 나지 않았을 터였다. 전번에 주민들이 쌓은 나뭇단 옆에 기둥이 그대로 서 있었다. 그 둘레에 사람들이 몰려 있는 것도 볼 수 있었다. 그렇지만 아직은 이렇다 할 움직임이 없었다. 무엇보다 사람이 기둥에 묶여 있는 것 같지 않았다. 조금은 안심은 되어도 노인이 언급한 사육제는 날이 완연히 어두워져야 시작될 것 같았다. 나무 그늘에서 앞을 바라보며 주민들의 동태를 주시했다. 시간이 감에 따라 어둠이 짙어졌다. 그럴수록 긴장과 불안은 더했다. 노인과 헤어질 때 노인의 다급한 모습이 머릿속에 떠올랐다. 불과 오전중에 있었던 일이었지만 시간이 오래된 것처럼 느껴졌다.

주위가 온통 어둠에 잠겨 있을 때였다. 갑자기 앞쪽에서 불길과 함께 함성이 터졌다. 나뭇단에 불을 붙인 모양이었다. 사육제가 시작된 것 같았다. 불을 둘러쌌고 사람들이 어른대는 게 언뜻언뜻 비쳤다. 불길이 점점 크게 타올랐다. 환호인지 아우성인지 모를 소리가 연속적으로 이어졌다. 미쳐 날뛰는 주민들의 모습이 상상되었다. 어쩌면 노인이 기둥에 묶여서 제물이 되는 순간을 맞이한 것이 아닐까 생각하니 온몸에 소름이 돋았다. 정녕 두렵고 불길했다. 노인의 안위를 빌었다. 그리고 한시바삐 이 공포스러운 밤이 지나가기를 바랐다.

뜬눈으로 꼬박 밤을 새웠다. 불과 서너 시간 정도지만 참으로 긴 밤이었다. 저 앞쪽 밭에서 사육제의 잔재인 양 푸른 연기가 피어오르고 있었다. 연기 주변은 휑했다. 사람들은 물론 아무것도 남아 있는 게 없었다. 함께 태웠을 테지만 기둥도 보이지 않았다. 밭으로 가서 노인이 제멸된 흔적을 확인하고 싶어도 주민들에게 발각될까 겁이 나 마음뿐이었다. 한동안 그 자리에 꼼짝하지 않다가 일어섰다. 나뭇가지를 실으러 왔을 때 찾아낸 산길이 눈에 띄었다. 그렇지만 길이 명확하지 않아 왔던 행로를 택했다. 조심성을 잊지 않고 주위를 살폈다. 가끔 뒤를 돌아봤다. 간밤에 본 사육제의 여파 탓이었다.

발을 담갔던 개울이 저만치 보였다. 적이 안심되었다. 이제는 애초에 마음먹었던 대로 개울을 따라 내려가기로 작정했다. '크로스 라이프'와 멀어지는 데다 개울을 길 삼아 가는 것도 괜찮을 듯싶어서였다.

아침이고 산과 접한 개울가여서 공기가 신선했다. 그리고 혼자 호젓한 개울을 가는 것도 정서적으로 그리 나쁘지 않았다. 물론 새로운 곳을 찾아 정착해야 한다는 명제가 걱정거리긴 하나 그건 나중의 일이었다.

개울이 점점 넓어졌다. 산을 끼고 흐르는 개울이라서 작은 물줄기들과 합치되는 건 당연한 이치였다. 이젠 '크로스 라이프'를 의식하지 않아도 될 만큼 멀리 왔다는 증거기도 했다. 해그림자를 보니 벌써 오후였다. 그제야 어제 점심부터 지금에 이르기까지 먹은 게 없다는 사실을 깨달았다. 음식이 생명을 유지케 하는 수단이 아니며, 섭취 행위가 단순한 의식이고 습관이라는 점에서 배가 고프지 않은 게 하등 이상할 리 없었다. 이곳 세상도 고유의 섭리로 운위된다는 점을 새삼 자각하는 순간이기도 했다.

저물녘까지 꼬박 개울을 따라 내려갔다. 이제 개울은 수량이 더욱더 불어나 하천을 방불케 했다. 그쯤에서 조금 멀리에 어떤 집 같은 게 보였다. 얼마를 더 가자, 그 게 벼랑 위에 덩그러니 자리한 집이라는 것을 알게 되었다. 그리고 진작 흘려들은, 물이 떨어져 부딪히는 소리가 이제는 확연해졌다. 걸음을 멈추고 어디 폭포라도 있는가 싶어 앞을 살폈다. 그러다 물흐름이 한층 빨라진 것을 보곤 개울의 종착지가 벼랑이라는 것을 알아챘다. 날이 어두워져 무작정 가는 건 위험천만이었다. 편편한 데를 찾아 망태기를 베개 삼아 몸을 뉘었다. 참으로 고단한 하루였다.

2

　귀를 울리는 물소리에 잠이 깼다. 날이 이미 밝아 있었다. 망태기를 챙긴 뒤 개울의 형태나 물흐름에 유의하며 걸음을 옮겼다. 곧 개울물이 폭포가 되어 아래로 쏟아지는 벼랑에 도달했다. 더는 갈 수 없었다. 예측대로 앞은 지표면이 잘린 듯한 협곡이 가로놓여 있었다. 그것도 끝 간 데를 모를 정도로 아스라이 뻗쳐 있어 우회는 사실상 불가능했다. 진퇴양난이었다. 그나마 협곡이 깊어도 폭은 넓지 않다는 점과 협곡 건너편에 집이 있어 사람이 그곳에 산다면 행여 벼랑을 건널 방법이 있지 않을까 하고 기대하게 했다. 두어 발짝 더 나가 벼랑 끝에서 아래를 내려다봤다. 검은빛을 띤 강이 흐르고 있었다. 강물이 통상 푸르거나 누랬는데 그렇지 않아 특이했다. 그러나 강물 색깔에 연연할 계제가 아니었다. 건너편 협곡 아래에 배가 놓인 걸 발견한 까닭이었다. 배가 작고 강물과 같은 색상이어서 강물을 가로지른 밧줄을 보지 못했다면 필시 간과했을 터였다. 배는 밧줄을 이용해 강을 오가는 줄배 같았다.

　배가 있다는 건 벼랑 위 집에 사람이 산다는 증거였다. 강을 건너려면 집에서 사람이 나오길 기다리는 수밖에 없었다. 느낌상, 머잖아 사람이 나올 거라고 여겼으나 종내 희망 사항에 불과했다. 시간이 한참 지났다. 그때까지 사람은커녕 그림자도 비치지 않았다. 폭포의 물소리만 아니라면 소리쳐 불러보겠으나 이도 저도 아니어서 적잖이 난감했다.

　기다림이 마냥 계속됐다. 시간이 꽤 된 것 같아 하늘을 올려다봤다. 해가 중천에 이르지 못해 아직은 오전임을 알 수 있었다. 눈이 뚫어져라, 건너편 집을 주시했다. 끈기와의 싸움이었고 무모하기도 하였다. 집에 사람이 있다는 것만 알아도 헛수고가 아닐 터이다. 벼랑이 바로 코앞이어서 꼼짝하지 않고 서 있자니 다리가 굳다시피 했다. 결국 조금 뒤로 물러나 적당한 바위를 찾아 걸터앉았다. 집을 주시하는 데 지장이 없었다. 다리도 편해 진작 이랬어야 하는데 라고 자책했다.

　시간이 가는 길 도외시힐 민큼 지겹고 무묘힌 기다림이었다. 기다리는 게 유일해 방법이 없었다. 그런 가운데 해가 중천을 넘어설 무렵, 뜻밖의 변화가 찾아왔다. 변화는 한 마리 새였다. 한결같은 내 눈길에 앞을 스치듯 나는 새가 포착됐다. 본능적으로 새를 쫓았지만 금방 먼 하늘로 사라졌다. 새를 딱히 길조로 여기지 않으나 불행은 가져오지 않는다는 점에서 처진 기분이 어느 정도 고양되었다. 잠시 후, 새를 본 까닭일까. 그토록 고대하던 벼랑 위 집에서 사람의 모습이 비쳤다. 무슨 영문인지 몰라도 사람은 맞는데 검은 강 색처럼 온통 검게 보였다. 반사적으로 벌떡 일어섰다. 거의 동시에 소리를 지르고 양팔을 흔들어 상대방에게 나의 존재를 필사적으로 알렸다. 그러나 사람의 출현은 너무나 짧았다. 그 사람은 밖에 나오자마자 아무 일도 없다는 듯이 다시 집으로 들어갔다. 낙담이 컸다. 하지만 사람의 존재를 확인한 것만으로도 감지덕지했다. 그 사람이 나를 봤는지는 몰라도 곧 다시 나오리라는 예감이 들었다. 아니, 꼭 그러길 바랐다.

예감이 적중했다. 그 사람이 재차 모습을 드러냈다. 나는 아까처럼 건너편 집을 향해 소리치고 양팔을 흔들어 신호를 보냈다. 그러자 그 사람이 손을 들어 좌측, 어딘가를 가리키는 시늉을 했다. 그리곤 이내 집으로 들어갔다. 그 사람이 나를 본 모양이었다. 들뜬 마음을 가라앉히고 나는 그 사람이 가리킨 방향으로 움직였다. 벼랑을 내려가는 길이 있을 듯싶었다. 그러나 여전히 벼랑 가까이여서 신중을 기했다. 그렇게 벼랑을 끼고 가려니 벼랑이 허물어진 것처럼 경사가 완만한 데가 있었다. 집에서 나온 사람이 가리킨 지점이 이곳 같았다. 희미한 발자국과 함께 사람이 오르내린 흔적이 남아 있었다. 흔적을 따라 경사면을 내려갔다. 강에 당도하기 전에, 벌써 검은 사람이 협곡 사이에 설치된 밧줄을 이용해 배를 끌고 오는 게 보였다. 때맞춰 오는 것으로 미뤄 벼랑을 내려와 기다렸다는 뜻이고, 필시 벼랑을 속히 내려올 수 있는 특별한 방법이라도 있는 모양이었다.

내가 배에 다가가자 사공이 큰소리로 내게 물었다.
"강을 건너려고 하시오?"
"예, 그렇습니다."
"당연히 건네드리지요. 뱃삯만 낸다면……."
뱃삯이라는 말에 나는 당황했다. 강을 건널 마음만 앞섰지, 뱃삯은 미처 생각지 못한 탓이었다. 내가 엉거주춤하자 사공이 나를 빤히 쳐다보며 말했다.
"손님! 뱃삯에 대해서 염려하지 않아도 됩니다. 뱃삯으로 어떤 것이라도 받겠습니다."
나는 그 말에도 내가 가진 거라곤 망태기뿐이어서 선뜻 대꾸할 수 없었다.
"뭘 머뭇거립니까? 어떤 것이라도 받겠다는데……."
나는 그때 망태기 안에 넣어둔 씨앗이 생각났다. 악마의 씨앗이나 공교롭게도 씨앗도 사공처럼 검다는 점에서 뱃삯 대신 받을 법도 했다. 사실 사공은 입은 옷만이 아닌, 얼굴과 팔다리, 심지어 머리칼과 눈썹, 수염마저 검은색 일색이었다. 그나마 이목구비가 온전하고 말을 하기에 망정이지 사람이라 하기엔 너무나 이질적이었다. 게다가 비린내 같기도 한 야릇한 냄새까지 풍겨 마주하기가 내심 역겹기도 했다.

"괜찮으시다면 뱃삯으로 꽃씨를 드릴까 합니다. 흔치 않은 꽃씨입니다."

"꽃씨요? 이제껏 뱃삯으로 꽃씨를 받아본 적이 없는데……, 아무튼 배에 타세요."

사공이 씨앗도 개의치 않겠다는 걸 봐서 처음부터 나를 태워줄 심산인 듯싶었다. 나는 강을 건널 수 있어 다행으로 여기며 배에 올랐다. 사공이 즉시 강을 가로지른 밧줄을 잡아당겼다. 배가 서서히 움직였다. 강 복판에 이르자 배가 두세 번 출렁댔다. 배가 작다기보다 강물의 흐름이 거센 때문이었다. 그런데도 사공은 늘 그런 양 밧줄을 당겨 배가 나아가게 했다.

잠시 후 배가 건너편 강변에 닿았다. 강으로 머리를 내민 너른 바위 위였다. 부근이 온통 경사가 가팔라 배를 댈 수 있는 데라곤 오직 여기밖에 없는 듯싶었다. 배에서 내린 사공이 뱃삯에 대해 아무런 언급 없이 벼랑 쪽으로 걸었다. 나도 묵묵히 뒤를 따랐다.

벼랑 밑단에 무슨 틈 같기도 한 구멍이 세로로 뚫려 있었다. 벼랑을 오를 수 있는 계단이 보이지 않아 저 구멍의 용도가 궁금했다. 사공이 구멍 앞에서 따라 들어 오라는 손짓을 하고선 구멍 안으로 들어갔다. 나도 따라 들어갔다. 입구는 사람 한 명이 드나들 정도로 협소한데 안은 꽤 넓었다. 그리고 구멍이 벼랑 위쪽으로 곧장 뚫린 것을 볼 수 있었다. 높이가 까마득했다. 사람이 조성한 수직 통로 같았다. 그물이 놓인 한쪽에 공중에서 내려진 두 개의 밧줄과 결착된 기구가 눈에 띄었다. 짐작건대, 짐이나 사람을 싣고 오르내릴 수 있는 일종의 운반용 기구 같았다. 사공이 기구에 가서 성큼 올라탔다. 그리고 내게 일렀다.

 "손님도 타시지요. 이걸 타야 벼랑 위로 갈 수 있습니다."

 나는 설마 했는데 짐작이 맞았다. 그렇지만 기구를 타고 위로 올라가는 게 위험해 보여 주저했다. 사공이 재차 강요했다.

 "빨리 타세요. 정 타지 않으면 혼자 올라갈 겁니다."

 나는 사공을 믿을 수밖에 없었다. 기구에 올라탔다. 기구는 권양기 형태였다. 가운데에 밧줄을 감는 권동(捲胴) 장치가 있고 그 양쪽에 손잡이가 달려 있었다. 사람이 손잡이를 돌려 작동시키는 모양새였다.

 권동 장치를 가운데 두고 사공이 내게 협조를 구했다. 어조가 부드리웠다.

 "수고스럽지만 손님도 손잡이를 돌려야 합니다. 보조를 맞춰 같이 돌리면 크게 힘들지 않을 것입니다."

내가 고개를 끄떡였다. 그가 손잡이를 돌리자. 나도 따라 돌렸다. 권동에 밧줄이 감김과 동시에 기구가 위로 떠올랐다. 신기했다. 그러나 흔들거림이 심해 공포를 느꼈다. 공포를 잊기 위해서라도 손잡이를 계속 돌렸다. 크게 힘들지 않을 거라는 사공의 말은 빈말이었다. 손잡이를 돌리는 것이 숨이 가쁠 만큼 벅찼다. 사람이 둘씩이나 탄 육중한 기구를 오로지 손잡이를 돌려 위로 올리는 데다 또 처음 해보는 일이어서 매우 힘들 수밖에 없었다. 그러나 상대방 사공은 나와 똑같이 권동을 돌려도 그다지 힘든 기색이 아니었다. 체격이 좋고 권동 돌리는 게 일상이어서 그런 모양이다. 어쨌든 사공이 손잡이를 돌리는 한 나도 보조를 맞추기 위해 진력했다.

사공이 내가 기진맥진한 걸 아는지 권동 돌리는 걸 멈췄다. 나도 따라 멈췄다. 권동을 안 돌리니 살 것 같았다.

"손님, 숨을 고르고 잠깐 쉬어요. 조금만 더 돌리면 바깥에 당도하니까."

나는 그 말에 위를 올려다봤다. 아닌 게 아니라 환한 빛에 감싸인 출구가 저만치 보였다. 손잡이를 돌리느라 위를 쳐다볼 경황이 없었는데 어느새 바깥에 근접했다니 고생한 보람이 있었다. 잠깐 쉰 탓인지 아니면 바깥에 근접했기 때문인지 권동의 손잡이를 다시 돌렸어도 앞서와 다르게 힘이 덜 들었다.

기구가 도르래가 설치된 곳에 도달했다. 바깥이었다. 사공이 눈짓으로 내리라고 했다. 내가 내리자 뒤이어 사공도 내렸다. 몇 발짝 앞에 내가 건너편 벼랑에서 본 집이 있었다. 지붕과 벽을 판자와 나뭇가지, 돌과 흙 등으로 얼기설기 지어 허름했다. 사공과 함께 집으로 들어갔다. 안은 탁자와 의자가 놓인 곳을 제외하곤 집인지 창고인지 모를 정도로 여러 잡동사니와 옷가지가 널브러져 있었다. 그런데도 사공은 태연했다. 오히려 내가 민망할 정도였다.

사공이 내미는 의자에 앉았다. 잠시 후 그가 차를 내어 왔다. 차는, 얼룩지고 이빨 빠진 큼직한 사발에 담겼는데, 사공이 차를 권해도 나는 선뜻 마실 수가 없었다. 차 냄새가 고약하고 분위기가 어수선해서가 아니었다. 다름 아닌 사공의 손가락에 낀 반지 때문이었다. 이제야 알았지만, 사공의 열 손가락이 빈 데 없이 반지들로 채워져 있었다. 모두 뱃삯으로 받은 것일 테지만 그중, 한 반지에 유독 눈이 갔다. 반지가 커서 돋보이기도 하나 그보다는 '크로스 라이프' 상징과 똑같은 테두리를 두른 십자가 문양 때문이었다. 내가 마주한 사공에게 넌지시 물었다.

"십자가 반지가 어쩐지 눈에 익네요. 혹시 그 반지도 뱃삯으로 받은 것입니까?"

사공이 차를 마시다 말고 대꾸했다.

"반지요⋯⋯?"

그리고 오른손 약지에 낀 십자가 문양의 반지가 맞냐는 듯이 내게 내밀었다.

"예, 그 반지예요."

"손님, 나도 반지를 뱃삯으로 더러 받았습니다. 그러나 이 반지는 전임자가 내게 준 것이에요. 이십 년도 더 됐지만……."

"그렇군요. 저는 반지 장식이 제가 아는 문양이어서 물어봤습니다."

내가 앞에 놓인 찻그릇을 양손으로 들어 마시자 사공이 나를 물끄러미 보더니 재차 말했다. 뱃삯을 달라는가 싶었는데 그게 아니었다.

"손님이 이 반지에 대해 관심이 많으신가 본데, 원한다면 이 반지를 드릴 수 있어요. 그리고 말을 꺼낸 김에 하는 말입니다만, 뱃삯도 안 받겠습니다. 대신 한 가지 부탁을 들어줬으면 합니다. 힘이 얼마간 들긴 해도 단순한 일입니다."

나는 찻사발을 탁자 위에 내려놓았다. 사공이 나를 언제부터 알았다고 대뜸 부탁하려는가 싶었다. 그러나 뱃삯을 핑계로 어떤 무리한 요구를 할지라도 경우를 따지고 싶지 않았다. 다만 부탁이 권동을 돌리는 일이라면 단연코 거절하리라고 마음을 먹었다. 어쨌든 사공의 부탁이 무엇인지는 들어봐야 했다.

"부탁하시겠다니 저로선 까닭을 모르겠습니다. 만약 제가 감당할 수 있는 일이라면 고려해보겠습니다."

"고맙네요. 내 부탁은 내가 지정한 곳에 짐을 가져다주는 일입니다. 방금 말했듯이 그 일은 단순합니다. 시간을 다투는 일이 아니라서 손님의 행보에 맞춰 가져다주면 됩니다."

감당할 수 있는 일이라면 고려하겠다고 했으니 이미 반승낙은 한 셈이어서 이제 딱 잘라 거절할 수도 없는 처지가 됐다. 짐이 무엇인지 알고 싶었다. 사공의 부리부리한 눈을 똑바로 보며 물었다.

"잘 알았습니다. 말씀하신 짐은 무엇입니까?"

"그릇 몇 개를 제외하고 모두 옷가지입니다. 등에 지고 갈 수 있도록 진작 꾸려뒀습니다."

진작 짐을 꾸려둔 것을 보면, 사공이 나를 특정한 게 아니라 줄배로 강을 건넌 사람은 누구든 짐을 지울 계획이었던 것임을 알 수 있었다. 한결 마음이 놓였다. 그럼에도 나를 택한 이유가 궁금했다.

"제가 아니더라도 사공께서 직접 짐을 가져다줄 수 있지 않습니까?"

"그럴 수도 있습니다. 하지만 강을 건너려는 사람이 있을까 봐 나루를 비울 수가 없어요. 또 강의 수량과 물색의 농도도 때때로 살펴야 하니까. 어쩔 수 없이 손님에게 부탁의 말을 한 것입니다."

사공이 강을 건네주는 일만 할 줄 알았는데 강의 수량과 물색까지도 살펴야 한다는 게 이해가 되지 않았다.

"외람됩니다만, 강 수량과 색을 살핀다는 말씀이 이해되지 않습니다."

"손님이 나처럼 강족(江族)이 아니라서 그럴 테지요. 우리 강족은 이 강에 사는 흑패(黑貝, 검은 조개)를 상식하다 보니 강의 변화를 우리가 알아야 할 필요가 있습니다. 그래서 강물을 살피는 일 외에 부수적으로 사공 노릇까지 하는 것입니다. 그리고 실은 손님에게 미처 말하지 못한 게 있는데 나와 교대하기 위해 곧 후임이 오게 돼 있습니다. 그런 사정도 있고 해서 불문곡직 손님께 도움을 청한 것입니다."

사공의 얼굴과 팔다리가 검은 건, 강의 조개를 먹기 때문이란 걸 알았지만 이제는 별도리 없이 짐을 져야 판이었다.

"마을을 보지 못했는데 어디에 있습니까?"

"강 하류에 있어요. 꽤 멉니다."

사공이 꾸린 옷 보따리를 등에 졌다. 부피는 한 아름이 넘으나 그다지 무겁지 않았다. 그렇다고 가볍다고도 할 수 없었다. 봇짐을 지고 두어 발짝 걸어봤다. 걸을 만했다. 사공이 약속대로 원형 십자가 장식의 반지를 내게 주었다. 반지를 망태기에 넣으면 잃어버릴 것 같아 중지에 꼈다. 약지에 끼기엔 조금 헐거운 탓이었다.

길을 떠나려니 사공이 사전에 알려준 목적지에 대해 거듭 일렀다.

"강변을 벗어나면 안 됩니다. 그래야 길을 잃지 않고 땅족이 사는 곳에 갈 수 있습니다."

 사공이 일러준 행로는 협곡 아래 강을 거슬러 가는 것이었다. 즉 동쪽이었다. 나는 내심 협곡 저편의 북쪽으로 갔으면 했으나 본의 아니게 다른 방향이 됐다. 저세상에 살 때나 이곳 세상에 살 때나 내 의지대로 되지 않는 건 마찬가지인 듯싶었다. 물론 거저 얻는 대가가 없듯이 봇짐만 아니라면 사공을 만난 게 행운일 수 있었다. 뱃삯도 주지 않고 강을 건넜고, 가치가 있을 법한 반지까지 얻었으니 불만을 가질 입장은 아니었다. 문제는 짐이었다. 얼마 걷지 않았는데 어깨에 걸친 망태기가 거추장스러울 정도로 벌써 짐이 무겁게 느껴졌다. '손님의 행보에 맞춰 가라'는 사공의 말이 생각났다. 무리하지 말고 힘들면 쉬어 가라는 뜻일 것이다. 그런데도 쉴 마음이 없었다. 조금 천천히 걸었다.

 해가 지고 있었다. 네댓 시간은 족히 걸은 것 같았다. 그동안 몇 번 쉬었다. 처음엔 짧게 쉬었는데 나중 쉬는 시간이 길어졌다. 피로가 쌓인 까닭이었다. 아직도 협곡이 시야에 잡히지 않을 만큼 멀리까지 뻗쳐 있었다. 사공이 협곡이 끝나는 곳이 목적지라고 했는데, 전개된 협곡을 보니 갈 길이 아득했다. 이쯤에서 일정을 마치기로 했다. 봇짐과 망태기를 내려놓은 뒤 우측의 협곡으로 갔다. 협곡 아래에 넘실대는 강물이 도도히 흐리기고 있었다. 날이 어두워져 그런지 강물이 더 검은 것 같았다. 협곡의 높이와 폭이 다소 줄어 상류로 향하고 있음을 체감했다.

  망태기를 베개 삼아 누웠다. 온전히 노숙이었다. 낮에 없던 바람이 일었다. 약간 서늘했다. 그렇지만 서너 시간 후면 날이 새니 그 상태로 잠을 청했다. 밤이 깊어 갈수록 바람의 세기가 더했다. 한기를 느낄 정도였다. 자는 걸 단념했다. 하늘에 반쪽짜리 달이 떠 있었다. 새삼스럽지만 이곳 세상에서 달을 보는 건 처음이었다. 달빛이 푸르러 밝지 않아도 가까운 주변은 식별할 수 있었다. 일어나 봇짐과 망태기를 챙겼다. 한기를 견디기보다 차라리 짐을 지고 길을 가는 게 나을성싶었다.

  밤길을 가는 게 조심스러워도 낮에 비할 바가 아니었다. 뒤바람이 불어줘서 걷는 데 도움이 됐기 때문이었다. 쉬지 않고 가는 중에 어디선가 새 울음소리가 들려왔다. 나무를 거의 보지 못했기에 새 울음이 괴이했으나 별스레 신경 쓰지 않았다.

  날이 서서히 밝았다. 주변 경관이 달라졌다. 지나쳐 온 곳은 잔풀이나 자라는 밋밋한 평원이었는데, 땅에서 솟은 듯한 검은 사암들과 줄기가 휜 관목들이 가끔 눈에 띄어 시선을 새롭게 했다. 그러나 황막한 건 별 차이가 없었다.

  밤새 쉬지 않고 걸었다는 것을 깨닫자 피로가 몰려왔다. 그러나 쉬더라도 협곡을 살피는 게 우선이었다. 협곡의 높이와 폭이 현저히 낮아져 있었다. 마찬가지로 강물의 유량도 대폭 준 것을 알 수 있었다. 목적지가 얼마 남지 않았다는 의미였다. 사공이 목적지까진 이틀거리라고 했으니 지금처럼 걷는다면 늦어도 내일 저녁쯤에 목적지에 당도할 수 있을 것 같았다.

한참을 쉬었어도 다리가 무거웠다. 뒤바람도 사라져 걷는 게 힘이 들었다. 자주 쉬는 도리밖에 없었다. 쉴 땐 협곡 언저리에서 쉬었다. 협곡과 그 아래 강을 볼 요량에서였다. 협곡이 끝나려면 아직 이른 감이 들지만, 폭과 높이가 얼마나 줄었나 하는 조바심 탓에 자주 보게 되는 것이었다. 때론 협곡의 높이와 폭이 앞서보다 높고 넓은 적도 있으나 대체로 낮아지고 줄어드는 추세였다.

짐을 지고 장시간 가는데 힘은 들고 피로해도 허기가 들지 않았다. 물론 갈증도 일지 않았다. 내가 살았던 저세상과는 극명하게 다른 점이었다. 오래 굶어도 죽지 않고, 먹어도 배설치 않는 게 이 세상의 특징일 수 있었다. 이런 것들이 마냥 좋다고 할 수 있을까? 먹고 마시고 누릴 수 있을지라도, 욕구와 감정이 수반되지 않는다면 삶의 가치를 논할 수 없을 터이다. 행위가 존재하되, 그 행위가 무의미한 세상, 바로 지금 내가 걷고 있는 이 세상인 것이다.

이튿날이 되었다. 전날 밤과 달리 어느 정도 자기는 했으나 짐을 등에 지자 다리가 천근인 양 무거웠다. 그런데도 오늘 중에 목적한 곳에 당도하리라는 기대감에 걸음을 옮겼다.

걷다 쉬기를 되풀이하다 보니 해그림자가 조금 길어졌다. 학수고대하던 오후였다. 걸음을 멈추고 일대를 쭉 둘러봤다. 저 멀리 좌측에 검은 윤곽의 가뭇한 산이 있고 그 산 아래는 탁 트인 들판이 펼쳐져 있었다. 다다른 곳이 일테면 분지 초입임을 알 수 있었다. 그러나 집이나 마을의 흔적은 근방 어디에도 없었다. 협곡이 사라지고 넘실대던 강이 하천으로 변해 목적지에 왔다고 생각했는데 사람은커녕 집 한 채도 보이지 않으니 실로 난감했다. 사공의 얼굴이 떠올랐다. 그가 귀중할 수 있는 짐을 내게 맡기면서 목적지를 잘못 알려줄 리 없었다. 나 역시 협곡이 끝나는 강 상류가 목적지라는 말을 새겨들었었다. 그렇다면 사공이 목적지에 대해 대략 알려준 게 아닐까 하는 의구심을 가질 수밖에 없었다. 하천으로 걸음했다. 검은 물색이 한층 짙어진다고 여겼는데 가까이서 보니 바닥조차도 검어 더욱 검게 보인 것으로 판명됐다. 발을 담그려고 했는데 꺼림칙해서 관두었다. 물은 들판 저쪽에서 흘러오고 있었다. 물길을 쫓으려니 물색과 연관해 하천의 발원지가 멀리 있는 검은 산 쪽일 거라고 판단했다. 판단대로라면 사공이, 하천의 상류를 강의 상류로 일러준 셈이었다. 내 판단이 맞든 아니든 간에 하천을 거슬러 산 방향으로 갈 수밖에 없었다.

굽은 하천을 따라 재차 걸었다. 이틀거리라고 하던 사공의 말은 이젠 염두에 두지 않았다. 산까지 얼마의 시간이 소요될지도 어림할 필요가 없었다. 산 아래까지 가서도 짐을 인수할 사람이나 마을이 없다면 그곳에 짐을 두고 내 갈 길을 갈 작정이었다.

앞서와 달리 하천 주변에 가끔 나무도 있고 풀숲도 있었다. 그리고 뭔지 모르지만 풀 사이에서 움직이는 물체도 감지됐다. 사실 이곳 세상에 와서 새를 제외하곤 땅에 사는 동물이나 생명체는 본 적이 없었다. 그래서 어떤 무엇일까 궁금해하면서도 행여 물려 해를 입을까 봐 경각심을 가졌다.

산의 모습이 점차 뚜렷해졌다. 암석으로 이루어졌는지 마치 높다란 절벽을 연상케 했다. 또 능선이 멀리까지 뻗쳐 있어 끝을 가늠하기 어려웠다. 하천은 물의 유량이 대폭 줄어 개울이 됐어도 여전히 들판 가운데를 흐르고 있었다. 얼마를 더 갔을까. 석산 못 미쳐 봉분을 연상케 하는 불룩하게 솟은 흙더미들이 모여 있듯 자리해 있었다. 예닐곱 개가량인데, 맨 앞엣것이 뒤쪽 것들보다 유독 더 컸고, 뒤엣것들은 고만고만했다. 느낌상, 자연적으로 생긴 흙더미들 같지 않았다. 사람이 살고 있을지 모른다는 생각에 이끌리듯 흙더미들이 있는 곳으로 걸음했다.

짐작이 맞았다. 흙더미에 가까이 가니 ㅗ 밑단에 나뭇가지로 엮은 문 같은 게 있었다. 사람이 산다는 표시였다. 인적은 없었다. 여기가 목적지인 땅족 마을임을 직감했다. 문 옆에 짐을 내려놓았다. 마음이 그지없이 홀가분했다. 한시라도 빨리 짐을 건네고 싶어 문을 두드렸다. 그러나 아무 기척이 없었다. 몇 번 더 두드렸다. 안에서 사람 음성이 들리더니 문이 덜컥 열렸다. 누군가가 모습을 내밀었다. 땅족 같은데 몰골이 말이 아니었다. 누더기와 다름없는 차림에 헝클어진 머리가 얼굴을 가려 나이는 물론 성별조차 가늠할 수 없었다. 몸에서 역겨운 체취도 풍겼다. 더구나 팔과 다리가 각각 하나뿐이어서 목발에 의지한 게 매우 딱해 보였다. 그가 나를 보더니 헤죽헤죽 웃었다. 반기는 것 같긴 하지만 비웃는 것 같기도 해서 썩 달갑지 않았다. 또 한 사람이 안에서 나왔다. 이번엔 그나마 옷을 제대로 입고 머리와 수염을 다듬는지 코가 없다는 것 외엔 멀쩡했다. 나이는 들어 보였다. 그 뒤로도 사람들이 안에서 속속 나왔다. 대략 열너댓 명쯤 됐다. 그런데 사람들의 특징은 모두 팔이 없거나 다리가 없는 목발 신세라 점이었다. 개중에 양다리가 없어 업혀 나온 사람도 두어 명 있었다. 넝마를 걸친 것도 한결같았다.

    누구 하나 말을 거는 이가 없는 가운데 두 번째로 나온 코가 없는 사람이 억지웃음을 띠고 내게 말했다.

    "옷 보따리를 보니, 사공이 보낸 사람이군요. 너무나 오래 기다렸는데……. 십 년은 더 된 것 같소이다. 아무튼 우리 땅족 마을까지 오느라 수고가 많았소."

남다른 행색에 팔과 다리가 온전한 걸 봐서 이곳의 족장이나 우두머리가 아닌가 싶었다. 나도 간략하게 인사를 차렸다.

"이렇듯 땅족 분들을 만나게 돼 반갑습니다."

"반갑다는 말도 정녕 오랜만에 듣는군요. 자, 그럼 안으로 들어갑시다. 조촐하지만 손님 대접은 해야 하니까."

나는 짐만 건네주고 바로 떠날 작정이었는데 손님 대접을 한다고 하니 여간 난처한 게 아니었다. 긴 시간을 걸었고, 웬만하면 상대방의 호의를 받아들여야 하나, 이렇듯 불결하고 역겨운 체취까지 풍기는 사람들과 함께하려니 내키지 않는 게 사실이었다. 그래서 완곡히 거절했다.

"아니요. 말씀은 고맙습니다만 갈 길이 바쁩니다."

"갈 길이 뭐가 바쁘단 말이오? 날도 곧 저물 텐데 내 말대로 이곳에 유숙하고 가세요."

코가 없는 사람이 대뜸 언성을 높였다. 또 곁의 두 다리가 없어 남의 등에 업힌 사람까지 불쑥 나서서 노골적으로 강박하는 것이었다.

"당신! 우리가 사람 꼴이 아니라서 족장님의 호의를 무시하는 거요? 뭐요?"

코가 없는 사람이 족장이라는 걸 그제야 알았다. 그리고 사람들의 낌새를 보니 더 거절하다간 큰 봉변이라도 낭할 것 같았다. 사람들이 이제 나를 슬슬 에워쌌다. 나를 못 가게 하려는 의도가 분명했다. 이제는 불가피하게 무덤 같은 흙더미 속으로 들어갈 수밖에 없었다.

"그럼, 하룻밤만 폐를 끼치겠습니다."

그러자 코가 없는 족장이라는 사람이 대놓고 나를 빈정거렸다.

"진작, 그렇게 나올 일이지……."

그 빈정거림을 듣는 순간, 잘못 왔다는 생각이 머리를 스쳤다. 그리고 짐을 부탁한 사공의 계략에 빠졌다는 것을 절감했다. 이틀간 짐을 메고 온 것도 모자라 이젠 억지로 유숙할 지경에 놓였으니 악마가 있다면 사공이 악마일 거라는 생각이 들었다.

마지못해 땅족 사람들을 따라 흙더미 안으로 들어갔다. 출입처인 통로는 매우 좁았다. 사람 한 명이 겨우 다닐 정도였다. 높이도 낮아 머리를 숙이거나 허리를 굽혀야 했다. 그나마 통로가 짧은 게 다행일 수 있었다. 통로 끝 내부는 탁자와 의자, 가구가 배치됐을 정도로 꽤 넓었다. 그리고 벽 쪽으로 다른 두 개의 통로가 더 있었다. 아마도 다른 토굴과 연결된 통로인 듯싶었다. 안은 음습했지만, 마냥 어둡진 않았다. 그 점은 둥근 천장 한가운데에 채광용 구멍이 뚫려 빛이 들어오기 때문이었다. 채광용 구멍 옆에 작은 구멍이 하나 더 나 있는데, 환기용인 것 같았다.

땅족 사람들이 토굴을 울리는 쿵쿵 소리와 함께 하나둘 통로 속으로 사라졌다. 남은 사람은 코가 없는 족장과 나를 보고 헤죽

헤죽 웃던 사람, 그 외 팔과 다리가 각각 하나뿐인 두 사람, 이렇게 넷이었다. 두 사람 중, 한 사람은 키가 훌쩍 크고 머리가 온통 백발인데 얼굴이 이지러져 괴이했다. 그는 줄곧 내게 눈을 떼지 않았다. 다른 한 사람은 키 큰 백발보다 상대적으로 키는 작지만 젊고 뚱뚱했다. 족장을 제외한 셋은 목발에 의지했다.

족장이 탁자 뒤 의자에 앉았다. 거의 동시에 헤죽헤죽 웃던 사람과 뚱뚱한 사람이 출입처인 통로로 가서 지키듯 섰다. 키 큰 백발도 족장 곁에서 나를 주시했다.

멀뚱하게 있는 내게 족장이 입을 열었다.

"가려는 사람을 못 가게 해서 고깝지요? 다 그대를 위해서요. 그대는 겪지 않아 모르겠지만 이곳은 독사나 전갈 같은 해충 천지요. 그래서 한 이삼일 유숙하고 가라는 것이오."

'하룻밤도 아니고 이삼일씩이나……?' '그게 해충 때문이라니……?' 족장이 내게 유숙하고 가라고 할 때부터 낌새가 수상했는데, 종내 해충을 핑계로 나를 억류할 심사인 것 같았다. 유숙하라고 할 때 단호히 뿌리쳐야 했는데 하고 후회가 되었다. 의식적으로 뒤를 돌아다봤다. 불구이긴 해도 두 사람이 통로를 막고 있어서 도망은 불가능해 보였다.

"서는 하룻밤 유숙인 줄 알고 호의로 받아들였습니다. 이삼일 유숙은 저는 설대로 바라지 않습니다. 짐을 가져다준 수고를 잠작해 지금이라도 저를 내보내주십시오."

족장 대신 키 큰 백발이 내 말에 답했다.

"딱한 젊은이네요. 짐을 가져왔기에 족장님이 그 보답으로 이삼일 쉬었다 가라는데 그게 뭐가 잘못되었소? 기왕 우리 마을에 들어왔으니 우리가 하자는 대로 고분고분 따르는 게 신상에 이로울 거요."

사람을 앞에 두고 이제 협박까지 서슴지 않는 걸 보니 이들의 말을 거역하다간 종내 해를 입거나 혹은 제멸당할지 모른다는 생각이 들었다. 땅족 사람들이 무서웠다. 나는 키 큰 백발의 말에 아무런 응수를 할 수 없었다.

목발을 짚은 키 큰 백발을 따라 내부의 한 통로로 들어갔다. 등 뒤에도 두 사람이 붙었다. 나를 숫제 죄인 취급하는 모양새였다. 그렇지만 불안에 휩싸여 '어디로 데려가느냐'고 물을 엄두가 나지 않았다. 통로는 다소 어두웠다. 통로 위쪽에 군데군데 빛이 들어오는 구멍이 있어도 저녁 무렵인지 빛이 여렸다.

꼬불꼬불한 통로를 가다 쇠창살로 된 문이 있는 곳에 이르렀다. 막다른 공간이었다. 직감적으로 내가 갇힐 곳임을 알았다. 키 큰 백발이 미안한지 말없이 문을 열었다. 그리고 손짓으로 내게 들어가라고 했다. 항거를 해봤자 소용이 없다는 것을 알기에 시키는 대로 문을 열고 안으로 들어갔다. 키 큰 백발이 곧 문을 닫았다. 그리고 창살에 부착된 자물쇠까지 잠갔다. 그럴 즘 나를 따라왔던 두 사람이 뒤뚱거리며 되돌아갔다.

키 큰 백발이 쇠창살 밖에서 내게 나직이 말했다.

"젊은이를 이곳에 데려온 건 전적으로 족장의 지시예요. 괴롭고 불편할 테지만 한 이삼일 지내보시구려. 혹 상황이 달라져 원하는 대로 될지 누가 알겠소."

키 큰 백발이 나를 다독이기 위해 하는 소리이겠지만 나는 그 말이 귀에 들어오지 않았다.

"당신들의 짐을 가져온 손님을 이렇게 대우할 수 있습니까? 손님을 쇠창살로 가두는 게 유숙입니까? 도대체 내가 뭘 잘못했다고 이러는 겁니까?"

"허, 참! 진정하세요. 노엽겠지만 어쩌겠어요? 가둔 이유는 족장만 알 테지요. 아무튼 나는 지시를 따랐다는 말밖에 할 수 없소이다."

"그래요? 그럼 족장에게 전하세요. 양심이 있다면 마땅히 사람의 도리를 다하라고요. 그렇지 않으면 반드시 죗값을 치른다고요."

"알았소. 그 말을 내가 족장에게 꼭 전하리다. 그리고 노파심에서 하는 말이지만 이곳 사람들은 이성적이지 않아요. 나라면 자중자애하면서 천운을 바라겠어요."

키 큰 백발도 통로 저쪽으로 사라졌다.

쇠창살 안에 혼자 있게 되자 갇힌 게 실감이 됐다. 노여움도 슬그머니 가라앉았다. 불과 한 시간 전만 해도 내가 지하 토굴에 갇히리라고 상상조차 할 수 없는 일이었다. 물론 이런 급변한 현실이 도무지 이해 불가였다. 사공의 부탁이 간계였음이 분명하나 토굴의 족장이 나를 무엇 때문에 감금하는지는 알 길이 없었다. 설마 나를 제멸하리라고 생각되지 않지만 그렇다고 쉽게 풀어줄 것 같지도 않았다. 족장의 태도를 보아 이삼일 유숙하고 가라는 약속을 지킬지가 미심쩍기 때문이었다. 또 키 큰 백발마저 자중자애하고 천운을 바라라고 했으니 큰 고초를 당하거나 장기간 갇히지 않길 바랄뿐이었다.

신산한 밤이었다. 피곤이 밀려와 벽에 비스듬히 기댔으나 앞날에 대한 걱정 탓에 잠이 오지 않았다. 주위는 칠흑 같은 어둠 속이었다. 통로 저쪽에서 이따금 밤의 고적을 깨트리는 무슨 소리가 간헐적으로 들려왔다. 그 소리는 밤이 깊어지자 끊겼다. 천장 한가운데를 한참을 올려다봤다. 날이 밝을 기미라도 있는가 싶어서였다.

목발 짚는 소리를 들은 것 같았다. 눈을 떠보니 천장의 구멍에서 빛이 들어와 어둠이 어느새 밀려나 있었다. 깜빡 잠이 든 모양이었다. 목발 소리는 키 큰 백발의 것이었다. 그리고 쇠창살 앞에선 키 큰 백발이 기형적 얼굴을 하고 있어도 꽤 늙은 사람임을 그때 알았다. 그의 하나뿐인 손에 음식을 담은 소반이 들려 있었다. 소반에 담긴 게 어떤 음식인지 모르나 풍기는 냄새가 고약했다.

"눈을 좀 붙였어요? 아침이고 해서 식사를 가져왔소이다."

그가 식사를 가져왔다면서 말을 건넸지만 나는 암말 하지 않고 잠자코 있었다.

"하기야 낯선 곳에서 밤을 보냈으니 음식이 당기겠어요……."

그가 혼잣말처럼 하더니 허리를 굽혀 소반을 쇠창살 문 앞에 내려놓았다. 그러고서 다시금 말했다.

"우리가 상식하는 두더지와 땅강아지로 만든 겁니다. 내키지 않으면 먹지 않아도 돼요. 안 먹으면 이후부터 식사가 없을 거요. 그리고 부언하면, 식사를 나르는 일은 아랫것들이 하는 일인데 내가 그대를 특별히 생각해 이 일을 자청했소. 그쯤 아시오."

그가 돌아섰다.

"괜한 수고를 하셨군요. 저는 식사보다 한시바삐 이곳을 나가는 게 소원입니다."

내 말에 그가 가다 말고 나를 짧게 쳐다봤다. 그러고는 부자연스러운 걸음걸이로 멀어져갔다.

나는 기 큰 백발이 두고 간 음식을 먹을 마음이 조금도 없었다. 먹기는커녕 쳐다만 봐도 비위가 상했다. 그래서 쇠창살을 등져 돌아앉았다. 이런다고 두더지와 땅강아지로 만든 음식 냄새가 안 맡아지는 건 아니나 그나마 눈에 띄지 않아 한결 나았다.

 토굴에 갇혀 하룻밤을 보냈어도 밤보다 훨씬 긴 낮이 시작됐다. 머리 위 천장을 올려다보는 일이 잦았다. 천장 구멍으로 들어오는 빛의 밝기를 통해 시간을 알기 위함이었다. 그사이 땅족 두 사람이 내가 갇힌 곳에 와서 나의 동태를 살피다 돌아갔다. 다소 희극적인 건, 토굴 앞에서 본 적이 있지만, 한쪽 발이 의족인 사람이 두 발이 없는 사람을 업고 왔다는 것이었다. 업힌 사람이 업은 사람을 명령하듯 부리는 걸로 봐서 땅족 사람들 간에 위계질서가 있는 모양이었다. 소반에 담긴 음식물은 그들이 도로 가져갔다.

 토굴 감방에 갇혀 이틀째 저녁을 맞았다. 키 큰 백발이 감방에 나타났다. 그런데 그는 왜 왔는지 말하지 않고 쇠창살 밖에서 나를 바라볼 뿐이었다. 나로선 어색한 노릇이었다. 한편은 불안하기도 했다. 내가 말을 건넸다.

"용무가 뭡니까? 나를 풀어줄 소식이라도 가져왔습니까?"

내 물음에 그가 고개를 저었다. 그러더니 불쑥 말을 던졌다.

"손가락에 낀 반지가 원래부터 그대 것이오?"

나는 사공이 주는 반지를 꼈어도 반지의 문양이 '크로스 라이프'의 상징이 아니었다면 진작 내 손가락에 없었을 터였다. 그런데 키 큰 백발이 내 손가락에 낀 반지에 관심을 보일 줄은 몰랐다.

"아니요. 강을 건네준 강족 뱃사공이 줘서 꼈습니다. 혹시 이 반지가 탐납니까? 이 반지가 탐나면 드리리다. 대신 저를 내보내주세요."

"그렇군요. 나는 잃어버린 내 반지와 흡사해 물었을 뿐이오. 그리고 설사 그 반지를 내게 줘도 이곳에서 나갈 수 없소이다."

"그게 무슨 말씀입니까? 족장이 이삼일만 유숙하고 가라고 하지 않았습니까?"

"족장은 외방인이 오면 그렇듯 얘기는 해도 내 기억으론 한 번도 지켜진 적이 없어요."

"족장이라는 사람이 위선자군요. 그럼 저는 언제까지 이곳에 갇혀 있어야 합니까?"

내 목소리가 절로 커졌다. 족장이 약속을 지키지 않을지 모른다는 생각은 했어도 막상 키 큰 백발로부터 그 여부를 확인받자 화가 치밀어서였다.

"그건 하루나 이틀 후면 알게 되겠지요. 그렇지만 젊은이, 너무 낙담하지 말아요. 저세상 속담에 '하늘이 무너져도 솟아날 구멍이 있다'라고 하지 않았소. 행여 그렇게 될지······."

그 말에 왠지 모르게 가슴이 북받쳤다. 아무 잘못 없이 갇혀서 이제는 풀려날 기대마저 접어야 한다는 게 너무나 억울한 까닭에서였다. 키 큰 백발은 이미 저만치 가고 있었다. 그때 '이곳에서 어떤 변을 당할지 모르는데 반지가 내게 무슨 소용이 있냐'는 생각이 문득 들었다. 그럴 거면 차라리 키 큰 백발에게 반지를 주는 게 낫겠다 싶었다. 그래서 큰소리로 키 큰 백발을 불러 세웠다.

"노인장! 드릴 말씀이 있어요."

키 큰 백발이 뒤뚱뒤뚱 이쪽으로 왔다.

"내게 할 말이 있다는데 그게 뭐요?"

"반지를 드리려고 불렀어요. 아무 조건 없이 그냥 드리겠습니다."

"그래요? 고맙긴 하나 생각해보겠소. 아무튼 다시 오리다."

키 큰 백발이 그의 말대로 다시 나타났다. 그런데 무슨 일인지 몰라도 그의 손에 굵은 몽둥이가 쥐여져 있었다. 설마 내게 휘두를 것 같진 않아도 몽둥이에 신경이 쓰였다. 내가 물었다.

"반지에 대해 생각해보셨나요?"

"물론이오. 그렇지만 반지를 받고 안 받고를 떠나 그대에게 물어볼 게 있소이다."

키 큰 백발의 목소리가 아까와 달리 은밀했다. 어두워진 터여서 그의 표정까지 읽을 수 없어도 말소리에 신경을 쓴다는 것을 알 수 있었다. 나는 잠자코 있었다. 그가 재차 입을 뗐다.

"그대는 혹시 '크로스 라이프'에 간 적이 있소? 그곳에 대해 들은 얘기도 무방하니 내게 말해주시오."

듣고 보니 별 얘기가 아니었다. 하지만 그가 '크로스 라이프'에 대해 보통 이상의 관심을 보인다는 점에서 무슨 특별한 사연이 있을 듯싶었다. 사실 나는 '크로스 라이프'를 떠올리고 싶지 않았다. 그곳을 뜨지 않았다면 자칫 불에 타 제멸당할 뻔했기 때문이었다. 그렇다 해도 그곳에 살았다는 것을 밝히지 못할 이유가 없다고 생각했다.

"노인장께서 어떤 까닭에서 제게 묻는지는 모르나, 저는 노인장이 말한 그곳에 얼마간 산 적이 있습니다."

"오! 그게 정말이오?"

키 큰 백발이 놀라움을 표했다.

"내 짐작이 맞았소. 그대가 강을 건넜다는 소리를 듣고 혹여 했는데……, 나나 그대에게나 참으로 다행스러운 일이오. 이리 가까이 오시오. 그대에게 할 말이 많소이다."

나로선 예상치 못한 일이었다. 그러나 차분해질 필요가 있었다. 키 큰 백발이 다행스럽다고 한 저의를 모르는데 내 감정을 드러낼 순 없는 노릇이었다. 한편은 내가 '크로스 라이프'에 산 것이 결코 나쁘게 작용하지 않으리라는 생각이 들었다. 나는 쇠창살 문에 좀 더 나가섰다. 그러자 키 큰 백발이 꽤 성급하니 굴었다.

"그렇다면 위쪽 저택에 사람이 삽니까? 산다면 어떤 사람들이

오?"

"예, 사람이 삽니다. 저도 며칠 전까지 그 저택에 있었습니다. 저 이외에 세 사람이 더 살았는데 모두 여성입니다. 셋 다 나이와 용모가 비슷합니다. 그중 '소피아'라는 여성도 있습니다."

"오, 소피아! 이럴 수가!"

키 큰 백발이 낮게 탄성을 질렀다.

"그대를 만난 건 참으로 '미스터 하'의 은총이군요. 이토록 기쁠 수가 없소이다. 저택 소식을 알게 돼 감사합니다."

"제가 그 저택에 살았으니 말씀드린 것인데 감사하다니 민망합니다."

"천만에요. 그대가 아니었다면 나는 소피아의 안부도 모른 채 이 토굴에서 종내 제멸했을 것이오. 거듭 감사를 표합니다."

나는 그제야 키 큰 백발이, '크로스 라이프'에서 술을 빚던 노인이 얘기한 종적을 감춘 그 영주가 아닐까 하는 생각이 불현듯 머리를 스쳤다. 단순히 내 손의 반지를 보고서 '크로스 라이프'를 언급했고, 심지어 저택의 소피아까지 아는 걸 봐선 그럴 개연성이 다분했다. 그래서 우회적으로 그에게 물었다.

"노인장께서 기뻐하시는 걸 보니 어떤 사연이 있을 듯합니다. 혹시 노인장께서 '크로스 라이프'에 남다른 연고가 있으신가요?"

"남다른 연고요? 글쎄올시다……."

키 큰 백발의 대답이 애매했다. 아마도 자신의 내력을 밝히고 싶지 않다는 것일 테지만, 조금 전 들뜬 기색과 달리 신중한 태도를 보이는 걸 봐서 노회한 사람 같았다. 그가 잊고 있었다는 듯이 내게 되물었다.

"참, 저택에 사는 여성들의 얼굴은 어땠소? 기형이던가요?"

"예, 기형적으로 보였습니다. 그 여성들뿐만 아니라 그곳에 사는 주민 전체가 다 그랬습니다."

"그렇군요."

그가 예상했다는 듯 간명한 반응을 보였지만 어쩐지 맥없어하는 것 같았다. 나는 그때 키 큰 백발을 '크로스 라이프'의 영주로 간주한 이상 반지를 원주인에게 돌려주는 게 타당하다고 생각했다. 그래서 손가락에 낀 반지를 빼서 그에게 주려 했다.

"이 반지를 받으세요. 전 반지가 필요하지 않습니다."

그런데 뜻밖에도 키 큰 백발이 거절했다.

"아니오. 받고 싶지 않소."

앞서 자신의 잃어버린 반지 같다고 할 땐 언제고, 이제는 반지를 그냥 줘도 받지 않겠다니 정말 속을 알 수 없는 사람이었다. 내가 한 번 더 권유했다.

"저도 남의 반지를 끼고 있는 게 마땅치 않습니다. 노인장께서 이 반지를 끼지 않더라도 일단 반지를 받으십시오. 저는 반지의 대가로 어떤 요구도 하지 않겠습니다."

"그래요? 그대는 사리가 분명한 젊은이군요. 그렇다면 반지를 받으리다."

나는 키 큰 백발이 내가 대가를 요구하지 않겠다고 해서 반지를 받는다고 생각하지 않았다. 여하튼 그만의 이유가 있을 테지만, 나는 반지를 주면 그만이었다. 내가 망설임 없이 그에게 반지를 내밀었다. 그런데 그가 반지를 받는가 싶더니 다시 내게 건네는 것이었다.

"인제 와서 내게 반지가 무슨 소용이 있겠소. 그대가 갖는 게 나아요. 누가 알겠소. 이 반지를 보고 그대를 '크로스 라이프' 영주로 알지……, 자! 받아요."

나는 반지를 되받긴 했어도 기분이 묘했다. 키 큰 백발이 간교한 땅족의 마을에서 '크로스 라이프' 영주라는 본연의 신분을 드러낸 까닭에서였다. 나는 무슨 말을 해야 할지 몰랐다. 상대도 더는 말이 없었다.

캄캄한 어둠 속에서 자물쇠 소리와 함께 쇠창살 문이 덜컥 열렸다. 물론, 키 큰 백발이 문을 연 것이었다. 하지만 나는 한 발짝도 움직일 수 없었다. 앞이 보이지 않는 데다 문을 연 것도 미심쩍어서였다.

"조심성이 많네요. 그대가 그곳에 있든 나오든 나는 개의치 않을 것이오. 그러나 시간이 얼마 남지 않았다는 것을 유념하시오."

키 큰 백발이 쇠창살 문을 연 게 내게 호의를 베풀고자 하는 의도임을 알아챘다. 나는 곁에 놔둔 망태기를 챙겨 어깨에 메었다. 그러고서 일어섰다. 키 큰 백발이 거듭 말했다.

"나올 생각이라면 내가 내민 몽둥이를 잡도록 하시오."

내가 음성을 쫓아 더듬더듬 몽둥이를 잡았다.

"몽둥이를 잡은 채 나를 따라오시오. 발소리를 죽이고 신중해야 하오."

키 큰 백발의 몽둥이를 잡고 따라간 곳은 그의 거처였다. 키 큰 백발이 자신의 거처라고 말해 그렇게 알았다. 물론 땅속의 또 다른 토굴일 테지만.

"지금쯤, 족장을 비롯해 모두 잠을 자고 있을 거요. 말소리만 줄이면 날이 밝을 때까진 안심할 수 있을 것이외다. 그리고 내가 아까 '할 말이 많다'라고 언급을 하지 않았소? 그 얘기를 하고자 이리로 데려온 거요. 의자가 없으니 그냥 바닥에 앉아요."

내가 그의 말대로 하자 키 큰 백발이 다음 말을 이었다.

"여긴 워낙 외져 사람들이 제 발로 찾아오지 않소. 대개 그대처럼 속아서 올 뿐이오. 그러다 보니 토굴의 인원을 유지하기 위해 족장은 찾아온 사람이 누구든 불구로 만들어 이곳에 살게 하는 것이오. 오죽하면 족징이 자기의 친구까지 유인해 도망가시 못하도록 두 다리를 잘랐겠소."

아마도 두 다리가 없어 남의 등에 업힌 사람을 지칭하는 것 같았다.

"족장이 원래부터 악인은 아니었을 것이오. 그가 북쪽 선민(選民) 출신이어서 기본 양심은 있었을 거란 말이오. 단지 지나치게 내기를 좋아하는 게 그를 파국으로 몰았던 거요. 어느 날 친구와 위험한 내기를 했소. 이긴 사람이 진 사람의 신체를 마음대로 해도 된다는 내긴데, 족장이 내기에 져서 코가 잘리게 된 것이오. 내기에 이긴 족장의 그 친구도 지금 이곳에 살지만……, 이후 족장은 세인의 시선이 부담스러워 이곳에 와서 토굴을 구축한 것이외다. 사실 이곳은 예전부터 강족이 신성시하는 흑하(黑河)의 시원지였소. 그런데 운이 좋았는지 당시 강족이 그를 보기에 선민 출신인 데다 코가 없는 장애인이어서 내치지 않고 이곳에 살도록 하였소. 대신 흑하의 시원을 그에게 관리토록 하였소. 물론 반대급부가 없지 않았소. 부정기적이나마 옷가지나 생필품 등을 제공하는 것이었소. 아는지 모르겠으나 '미스터 하'의 시자는 선민 중에서 선택되오. 강족은 그런 점도 고려했을 게요. 강족은 이곳 시원지에서 흘러나오는 검은 유체(물)를 섭취하지 않으면 발작을 일으키오. 검은 유체에 중독된 탓이겠지요……. 얘기가 옆으로 샜지만, 다소 시간의 여유가 있어 말하리다. 족장은 늘 그렇듯 사람을 억류한 다음 내기를 할 것을 제의해요. 그게 통상 억류 삼 일 차 때인데, 억류자에게 자신이 내는 두 문제로 맞히면 밖으로 내보내줄 것이고, 못 맞추면 족장의 원대로 한다는 것이오. 강제적이지만 어쩌겠소. 억류자는 한시라도 나가고 싶은 마음에 울며 겨자 먹기로 내기에 응하게 되나, 족장 자신만이 아는 문제를 내니 의당 억류자가 지게 돼 있소. 결국 한 문제도 못 맞혀 팔과 다리, 각 하나씩을 잘리는 것이오. 나도 그렇게 당했으니까."

이곳 땅족 사람들이 예외 없이 팔다리가 하나뿐인 건 내기에 진 때문이라니, 놀랍기도 하고 한편은 믿기가 어려웠다. 하지만 팔과 다리를 각 하나씩을 잃은 당사자의 얘기이고, 또 '크로스 라이프' 영주였던 사람의 말이어서 거짓 같지 않았다. 그러고 보니 날이 밝으면 나 역시 이곳에 억류된 지 사흘째가 되니 마음이 암담하지 않을 수 없었다. 이제 내가 토굴을 나갈 수 있는 길은 키 큰 백발의 호의뿐이었다. 그러나 호의를 바라기에 앞서 그를 위로하는 게 도리였다.

"족장이라는 자가 그토록 잔인무도한 사람일 줄 몰랐습니다. 노인장께서 큰 해를 입어 상심이 이만저만 아니겠습니다. 어떻게 위로의 말씀을 드려야 할지……."

"고맙소. 위로받고자 한 얘기는 아니지만, 족장은 반드시 죄의 대가를 치를 것이오. 나를 따르는 사람도 없지 않으니 꼭 그렇게 되리라……. 족장이 팔다리가 없는 몸통만으로 토굴에 갇혀 고통을 겪을 그날이 머지않다는 것이외다."

키 큰 백발이 애써 족장의 단죄를 강조하는 걸 보니 그의 증오

심의 깊이를 십분 헤아릴 수 있었다.

그가 말을 돌렸다.

"나도 참 어리석었소. '미스터 하'의 시자가 있다는 강족 뱃사공의 말을 믿고 여기까지 왔으니……. '미스터 하'의 시자는 고사하고 세상에 둘도 없는 악인에게 잡혀 이렇듯 팔다리가 잘려 오도 가지도 못하는 신세가 됐으니 말이오."

키 큰 백발은 나와 다르게 '미스터 하'를 만나려는 염원에서 이곳에 왔다는 뜻이었다. 새삼 술 빚던 노인이 들려준 얘기가 떠올랐다. '영주가 '미스터 하'를 찾아가 얼굴 기형을 고칠 약을 구해 오겠다'라고 한 그 대목이었다.

"너무 자책하지 마십시오. 그리고 노인장께서 좌절하지 않는다면 원하는 바를 이룰 것입니다."

"그래요? 원이 있다 한들 이곳 토굴에서 보낸 세월이 이십여 년이고 늙고 불구인 내가 뭘 하겠소. 돌이켜보면 뱃사공에게 속은 것보다 그전에 내가 저지른 잘못이 정녕 **뼈저리게** 후회가 되오."

키 큰 백발이 '크로스 라이프' 영주였을 때 자신의 아내를 제멸한 것을 후회하는지, 혹은 검은 옷의 남자에게서 씨앗을 받은 걸 후회하는지는 알 수 없었다. 다만 키 큰 백발이 왜 '크로스 라이프'를 떠났는가를 아는 나로선 듣고 넘길 일이 아니었다. 어찌 보면 그에 대한 연민 때문일 수도 있었다.

"저도 날이 밝으면 사흘째를 맞습니다. 설령 제 팔다리가 잘리더라도 노인장이 원하시는 일을 적극적으로 돕겠습니다. 진심으로 하는 말씀입니다."

"그 말을 들으니 그대에 대한 나의 신뢰가 더욱 확고해졌소. 이제 조금만 더 기다립시다. 날이 머잖아 밝을 테니……."

키 큰 백발의 의중이 무엇인지 모르나, 나는 그가 자신의 거처로 데려왔을 때부터 나를 밖으로 내보내주려는가 하고 일말의 기대를 했었다. 그런데 지금은 그런 기대에 대한 불확실성이 가시고 기대가 이루어질 것 같다는 느낌이 들기에 충분했다. 그럼에도 키 큰 백발이 구체적인 말을 않는 통에 나는 마냥 날이 밝기를 기다렸다.

시간이 얼마나 흘렀을까. 천장에 뚫린 구멍에 여리나마 빛이 감돌았다. 날이 밝고 있다는 증거였다. 굴 안이 아직 어두워 키 큰 백발이 구멍에 어린 빛을 보았는지는 알 수 없어도 나는 그 빛을 본 뒤 조바심이 생겼다. 그래서 고개를 들어 거듭 천장을 바라보는 것으로 그의 주의를 일깨웠다. 그도 빛을 본 것 같았다. 이윽고 그가 몸을 일으켰다. 나도 망태기를 멘 채 따라 일어섰다. 그가 무겁게 입을 뗐다.

"이제 때가 된 것 같소. 나와 함께 갑시다. 그대도 짐작하고 있었을 테지만 지금 그대를 밖으로 내보낼 작정이오. 대신 내 부탁을 하나 들어줘야 하오."

　기다렸던 말이었다. 나는 망설이지 않았다.

　"말씀하십시오. 어떠한 부탁이라도 기꺼이 들어드리겠습니다."

　"고맙소. 그 부탁은 밖으로 나간 뒤 말하겠소. 은밀해야 하오. 자! 갑시다."

　키 큰 백발이 다시금 몽둥이를 내밀었다. 나는 이곳에 올 때처럼 몽둥이를 잡고 그를 따라나섰다. 긴장된 시간이었다. 만일 족장이나 여타 땅족 사람들에게 발각되면 키 큰 백발이나 나나 제멸될지 모르는 일이었다. 통로는 구불구불하고 길게 느껴졌다. 어디로 가는지 모르지만, 키 큰 백발만 믿고 따라갔다. 종내 저만치에 불투명해도 빛 같은 게 보였다. 그런데 몇 발자국 더 가자 빛만이 아닌 사람의 모습도 얼핏 눈에 띄었다. 키 큰 백발이 그때 걸음을 멈추고 나지막이 말했다.

　"저곳이 후문이오. 사람이 지키고 있지만 나와 사전에 얘기가 돼 있으니, 그대는 내가 뭘 해도 상관치 마시오."

　키 큰 백발이 후문이라고 말한 곳을 향해 다시 목발을 디뎠다. 나는 몽둥이를 놓고 발소리를 내지 않고 뒤따랐다. 후문을 지키는 사람은 우리가 접근하는 것을 아는지 모르는지 문을 반쯤 열어둔 채 밖을 보는 듯했다. 우리와 그 사람 사이가 점점 가까워졌다. 키 큰 백발이 뭘 해도 상관치 말라고 했으나 나는 마음이 조

마조마했다. 그런 사이 키 큰 백발이 후문의 사람에게 바짝 다가갔다. 그리고 몽둥이를 높이 들더니 곧장 후문의 사람을 내리쳤다. 그는 짧은 외마디 비명과 함께 그 자리에 풀썩 쓰러졌다. 순식간이었다. 키 큰 백발이 쓰러진 사람은 안중에 없다는 듯이 내처 밖으로 나갔다. 나도 뒤따라 토굴을 빠져나왔다. 밖은 아직 이른 아침이었다 꼬박 이틀 반을 토굴에 갇혔다가 바깥세상에 나오자 몸과 마음이 그럴 수 없이 홀가분했다. 무엇보다 맡아지는 공기가 신선해서 좋았다. 그런 가운데서도 한편은 쓰러진 사람의 상태가 염려되었다. 그 사람은 여전히 쓰러진 채였고, 손으로 머리를 감싼 걸 봐서 상처가 난 모양이었다. 그 또한 팔과 다리가 하나씩뿐인 장애인이었다. 내가 쓰러진 사람에게서 눈을 떼지 못하자 키 큰 백발이 내 속내를 읽었는지 대범한 어조로 말했다.

"별일 없을 것이오. 머리에 상처가 있어야 족장에게 덜 추궁당할 것이오. 그러니 괜한 신경 쓰지 말고 어서 여길 떠나시오."

키 큰 백발의 재촉이 아니더라도 당장 떠나야 하는 상황이었다.

"그럼, 가겠습니다. 제게 부탁하실 것은 무엇인가요?"

"내게 하나의 염원이 있소. '크로스 라이프' 주민들의 얼굴 기형을 고치기 위해 '미스터 하'를 만나는 거요. 그대가 나 대신 그 일을 해주면 더할 나위 없이 고맙겠소."

'미스터 하'의 존재 여부를 모르는 데 그를 만나라고 하니 난감한 부탁이 아닐 수 없었다. 그런데도 '크로스 라이프' 주민들의 얼굴 기형을 고치고자 하는 선의이고, 또 노인이 아니었다면 꼼짝없이 불구가 됐을 거라는 생각에 쾌히 받아들였다.

"저는 노인장이 아니었다면 필시 팔과 다리를 잃었을 것입니다. 감사하다는 말씀을 드리며, 노인장의 염원을 제가 이루도록 노력하겠습니다."

"그래요. 나는 그대를 믿겠소. 잘 가시오!"

내가 인사를 하고 돌아서서 걷자 키 큰 백발의 음성이 들려왔다.

"절벽 우측으로 쭉 가시오. 그리고 두 번째 만나는 동굴에 유념하시오. 거기에 통로가 있을게요. 부디 '미스터 하'를 만나시오."

내가 돌아서서 화답했다.

"영주님! '미스터 하'를 만나 염원이 이루어지면 그때 다시 이곳에 오겠습니다."

'크로스 라이프' 영주가 말없이 손을 흔들었다. 나는 영주의 저 모습이 마지막이 아니길 마음속으로 빌었다.

얼마쯤 가다 걸음을 멈추고 토굴 쪽을 돌아다봤다. 후문에 몇몇 사람들이 나와 있었다. 개중에 땅족 족장도 있음 직했다. 그러나 신경이 쓰이지 않았다. 거리도 떨어져 있고, 그들 모두 한 다리가 없어 목발을 짚는다는 점을 생각했기 때문이었다. 물론 족장은 두 다리가 온전해도 노년이어서 젊은 나를 잡으러 오는 건

역부족일 것이다.

　절벽 아래에서 위를 쳐다보니 높이가 아득했다. 게다가 나무 한 그루 없는 민둥한 암벽에 경사가 가팔라서 오르는 건 엄두조차 낼 수 없었다. 애초 영주의 말대로 절벽을 끼고 갈 수밖에 없었다.

　곧 시커먼 물이 흘러나오는 한 동굴을 만났다. 강족이 신성시한다는 검은 강의 시원(始原)임을 직감했다. 동굴은 밑이 넓고 위가 좁은 세모꼴 형태였다. 흘러나오는 물에 의해 암반이 깎여 자연적으로 생긴 것 같았다. 그리고 동굴 입구에 사람이 안으로 들어갈 수 있게끔 디딤돌 같은 게 놓였어도 신성과 결부 지어 관리한 흔적이나 어떠한 표식도 없었다. 또 물이 검은 건 암석이 함유한 성분 때문일 테지만 암반을 뚫고 나올 정도로 석산 내부에 물길이 있다는 게 신기할 따름이었다.

　검은 강의 시원을 뒤로하고 다시금 길을 갔다. 사실 이곳 세상에 올라와 울퉁불퉁한 돌길을 더러 걸었어도 지금 가고 있는 곳만큼 험하지 않았다. 절벽에서 떨어져 내린 크고 작은 돌들이 내내 앞을 막다시피 한 까닭에서였다. 영주가 일러준 두 번째 동굴을 갈 양이 아니라면 진작 이 행로를 택하지 않았으리라. 다만 아직 이른 오전이고, 두 번째 동굴을 가는 게 시간을 다툴 만큼 서둘 일이 아니어서 그나마 다행이었다.

애써 돌들 사이로 가노라니 또 다른 난관을 만났다. 바로 절벽에서 떨어진 돌들이 켜켜이 쌓여 생긴 큰 오름이었다. 둘러 가려다가 자칫 두 번째 동굴을 지나칠 수 있다는 생각에 불가피하게 오름을 올랐다. 그런 가운데서도 절벽 가장자리에 놓인 큰 바위 뒤를 일일이 살펴야 했다. 행여 바위가 동굴을 가렸나 싶어서였다.

시작이 있으면 끝이 있는 법, 가까스로 오름에 올랐다. 시야가 탁 트였다. 절벽들이 끝없이 잇댄 가운데 봇짐을 지고 걸었던 들판과 땅족이 사는 봉우리들이 어렴풋이 눈에 들어왔다. 영주와 후문을 지키던 사람의 안위가 걱정됐으나 일시적이었다. 다시금 절벽으로 시선을 돌렸다. 동굴은 보이지 않고 절벽 밑동에 불거져 나온 듯한 바위가 눈에 띄었다. 바위가 크지 않아도 여타 바위들과 다르게 검은색이 유달리 짙어 보였다. 이끌리듯 바위로 접근했다. 그리고 의식적으로 바위 뒤를 살폈다. 그런데 뜻밖에도 바위와 절벽 사이의 틈새에 작은 구멍이 나 있었다. 한눈에 봐선 단순한 구멍 같았다. 그렇지만 여태껏 보지 못한 구멍이어서 허리를 굽혀 안을 들여다봤다. 훅하고 서늘한 바람이 얼굴에 끼얹어졌다. 깊다는 증거였다. 동굴이 맞나 싶어 확인차 구멍 속으로 머리를 밀어 넣었다. 그리고 들어갈 수 있다는 판단이 서자 몸을 한껏 낮춰 들어 비집듯 들어갔다. 안은, 어렵사리 들어올 때와 다르게 몸을 자유롭게 움직일 정도로 넓었다. 동굴이 맞았다. 어쩌면 이 동굴이 영주가 언급한 두 번째 동굴일 수 있었다. 그렇다면 나가는 데가 있을 터이다. 안쪽으로 몇 발짝 더 들어갔다. 밖에서 느꼈던 서늘한 바람이 동굴 저편에서 간간이 불어왔다. 또 다른 입구나 출구가 있다는 증거였다. 좀 더 들어갔다. 벌써 어두워져 앞이 거의 보이지 않았다. 그런데도 이 동굴이 절벽 너머 북쪽으로 갈 수 있는 유일한 방법이라고 여기며 벽을 더듬으며 점점 깊이 들어갔다.

동굴 바닥이 울퉁불퉁했다. 게다가 심하지는 않지만, 줄곧 내리막이었다. 조심하지 않으면 넘어져 사고를 당할 수도 있었다. 그때쯤 든 생각은 이 동굴은 자연적으로 생긴 게 아닌, 통로로 이용하기 위해 인공적으로 판 굴이라는 것이었다. 한편은 땅족 봉우리를 떠나 이 굴에 이르기까지 겪은 고생을 떠올리니, 영주 노인을 비롯한 땅족 사람들이 진작 땅속 마을을 떠나지 못한 이유를 알 수 있을 것 같았다. 한쪽 팔다리가 없는 불구의 몸으로 여기까지 오기가 사실상 불가능하기 때문이라는 것을…….

어둠 속에서 한 가닥 빛이 보였다. 출구가 가까워졌다고 생각되나 아직은 빛이 여리고 거리가 있었다. 그러나 빛을 보고 나니 어두운 굴속일지라도 밖을 나갈 수 있어 마음이 안돈하고 기쁘기까지 했다.

송내 굴을 빠져나왔다. 늘어갈 때와 달리 줄구는 편히 나올 수 있을 만큼 크게 뚫려 있었다. 눈앞은 황토로 이루어진 허허벌판이었다. 그러나 아득한 저편에 푸르스름한 공기에 감싸인 또 다른 대지가 있었다. 내가 처음 택하려던 북쪽이었다. 내가 빠져나온 뒤를 봤다. 앞쪽 절벽과 대조적으로 경사가 완만하고 기슭에 가끔 풀과 나무가 있는 보통의 산이 그곳에 있었다. 출구 근처에서 잠시 쉰 뒤 망태기를 어깨에 메었다. 하늘이 쾌청하고 선선한 바람이 불었다. 길 떠나기에 좋은 날씨였다.

먼 대지를 향해 걸었다. 길이 따로 없었다. 발을 내디디는 데가 곧 길이었다. 전개되는 풍광은 한결같이 단조로웠다. 간혹 층이 진 둔덕 아래에 자생하는 나무나 풀이 눈에 띄긴 해도 무인지경과 다름없었다. 하늘을 나는 새라도 있으면 고적감이 덜 하겠지만, 전번 봇짐을 등에 지고 갈 때의 고생에 비하면 홀몸인 것만으로도 자족해야 할 판이었다.

오전부터 늦은 오후까지 내내 걸었으나 목표로 하는 북쪽의 대지는 아직 요원했다. 거리가 좁혀졌다는 생각은 들어도 원경은 마냥 그대로여서 맥이 빠지는 건 어쩔 수 없었다. 날이 저물 때를 대비해 적당한 곳을 찾아 일찌감치 휴식 겸 숙면의 시간을 갖기로 했다.

날이 밝자 다시 길을 떠났다. 지치지 않기 위해 쉬엄쉬엄 갔다. 어제처럼 바람이 불지 않아도 날이 서늘해 쾌적하기까지 했다. 다만 원경의 대지가 좀처럼 가시화되지 않아 속이 탔다.

오후 무렵, 내가 가고자 하는 저편의 대지가 갑자기 시야에서 사라졌다. 대지를 감쌌던 푸르스름한 공기도 마찬가지로 더는 볼 수 없었다. 이 무슨 변고인가 싶어 걷다 말고 대지가 있던 방향을 한참을 바라봤다. 그러나 가뭇한 지평선 외엔 사라진 대지는 끝내 볼 수 없었다. '그럼, 어제부터 줄곧 봤던 푸른 공기와 대지가 신기루였단 말인가······.' 낙담은 되지만 방향을 달리할 수도 없어 그냥 걸어온 방향으로 나아갔다.

다음 날, 일관되게 북쪽으로 걸은 게 잘한 일일까. 조금 먼 앞쪽에 짙은 녹색을 띤 구릉 같은 게 포착됐다. 가서 보니, 자잘한 열매가 주렁주렁 달린 나무들로 이루어진 자그마한 동산이었다. '척박한 황야인데······' 정녕 뜻밖이었다. 뒤쪽으로 가봤다. 나뭇가지로 이엉을 얹은 오두막 같은 초옥이 한 채 있었다. 그리고 그 아래에 샘인지 모를 웅덩이도 있었다. 전체적으로 조촐하고 아담한 분위기를 자아냈다. 사람이 거주하는 듯해서 초옥까지 가서 조심스레 동정을 살폈다. 예상이 맞았다. 잠시 후, 방문이 열리며 수염을 기른 사람과 그렇지 않은 사람이 거의 동시에 모습을 나타냈다. 남자와 여자였다. 부부가 아닌가 싶었다. 둘 다 중년쯤으로, 나이는 그다지 많아 보이지 않았다. 먼저 인사를 했다.

"길을 가는 사람올시다. 집이 있길래 들렀습니다."

"그래요? 인기척을 들었어요. 아무튼 반갑습니다."

인적이 전무한 곳이라 사람을 보면 놀라 경계를 할 법도 한데 의외로 태도가 차분했다. 여자도 다를 바 없었다. 비록 초옥이긴 해도 거주자를 만난 이상 요깃거리라도 대접받을 수 있지 않을까 하고 생각하던 차에 남자가 말했다.

"내 거처에 왔으니 괜찮다면 차라도 대접할까 합니다."

기대하던 바였다. 거절할 이유가 없었다.

"고마운 말씀입니다. 그럼, 폐를 끼치겠습니다."

남자를 따라 집으로 들어갔다. 방은 협소했다. 그것도 단칸이었다. 집 뒤쪽에 주방이 따로 있는지 모르지만, 여자가 금세 차를 가져왔다. 여자는 곧 방을 나갔다. 그리고 다시 들어오지 않았다. 차는 맛도 없고 미지근했다. 그렇지만 예의상 치레는 해야 했다.

"차가 순순해 제 입맛에 맞습니다."

"이곳에 흔한 나뭇잎을 끓인 것인데 호의적으로 말하니 민망합니다. 보시다시피 여기는 사람의 왕래가 드문 오지여서 차를 쉽게 구할 형편이 못 됩니다. 또 차뿐만 아니라 먹거리도 나무 열매뿐이어서 객이 오더라도 대접할 만한 게 없습니다."

"아닙니다. 저는 차 대접만으로도 감사할 따름입니다."

남자가 말을 돌려 물었다.

"참, 길을 간다고 했는데 목적으로 하는 곳이 있습니까?"

"사실 목적하는 곳은 없습니다. 막연히 북쪽으로 가는 길입니다. '미스터 하'를 만났으면 하는 바람 때문이기도 하지요."

"미스터 하요?"

남자가 의아한 표정을 지었다.

"예, 중도에 만난 한 노인의 부탁으로 '미스터 하'를 만나려는 것입니다. 그분에게 있어서 제가 '미스터 하'를 만나는 게 세상 무엇보다도 절실할 수 있습니다."

"흥미롭군요. 그분이 왜 '미스터 하'를 만나라고 했는지 모르겠으나 나는 '미스터 하'는 '동물들 나라'의 총집사라고 알고 있어요. 즉 '강아지 나라를 비롯한 여러 동물 나라에서 필요로 하는 것들을 조달하고 입국자를 엄격히 선별하는 그런 존재입니다. 물론 선별이라는 건 해당 동물이 아닌 인간들에게 적용될 테지요."

나는 반신반의했다. '미스터 하'는 사람들이 우러러보는 절대적 권능자로 알고 있었는데 동물들 나라의 총집사라니…….

"미스터 하가 동물들 나라의 총집사라는 말씀은 저로선 금시초문입니다. 저는 쉽게 만날 수 없는 절대적 존재라고 들었습니다."

"손님이 '미스터 하'에 대해서 이러쿵저러쿵하는 얘기를 어디서 들은 것 같습니다. 아무튼 북쪽으로 쭉 가시면 선민들이 사는 번잡한 곳에 이르게 됩니다. 그곳에서 '미스터 하'에 대해 구체적인 얘기를 들을 수 있을 것입니다. 내 생각엔 '미스터 하'는 만나기 어려울지 모르지만, 시자라고 하는 자들은 만날 수 있을 듯합니다."

이제 일어설 때가 된 것 같았다.

"요긴한 말씀 잘 들었습니다."

방을 나서자 남자가 따라 나왔다. 그리고 떠나려는데 안 보였던 여자가 총총걸음으로 나타났다. 손에 갈색 옷이 들려 있었다. 설마 했는데 여자가 말없이 내게 옷을 건네는 거였다. 엉겁결에 옷을 받긴 했지만 너무나 고마웠다. 보답할 게 없어 정녕 미안한 심정이었다.

"옷이 해진 것을 내자가 본 모양이네요. 우린 틈틈이 나무줄기로 베를 짜 옷을 짓습니다. 그래서 여분의 옷이 있어요. 옷을 지어 필요한 사람에게 주는 것이 이곳에 사는 가장 큰 즐거움이기도 하지요. 아마도 손님이 가진 망태기도 만든 사람이 그런 마음으로 짰겠지요. 반지도 예사롭지 않네요. 물론 손님 것이 아닐 테지만……."

중년의 내외와 헤어져 다시 길을 갔다. 도중에 입고 있던 옷을 버리고 새 옷으로 갈아입었다. 소매가 짧은 위아래가 붙은 통옷이지만 몸에 잘 맞았다. 몸과 마음이 한결 깨끗해진 것 같았다. 남자에 대해 이런저런 생각을 했다. 인적이 없는 외딴곳에 사는 것 자체가 범상치 않은 건 분명하나 '미스터 하'가 동물들 나라의 총집사라는 얘기는 여전히 이해되지 않았다. 물론 총집사도 대단히 높은 직분임이 틀림없었다. 문제는 남자 말의 신빙성 여부였다. 만약 남자가 한 말이 모두 사실이라면 '미스터 하'를 만날 가능성이 없지 않다는 측면에서 귀한 정보가 아닐 수 없었다. 한 가지 아쉬운 건 '미스터 하'가 어디에 주거하느냐를 묻지 않았다는 점이었다. 그렇지만 '북쪽으로 계속 가다 보면 선민들이 사는 곳에 이른다'라고 알려준 것으로 아쉬움을 달랬다.

손에 낀 반지를 새삼 들여다봤다. 남자가 이 반지를 보고서 타인의 반지임을 어떻게 알았을까 하는 의문 때문이었다. 신통하다고 여기면서 외딴집에 사는 두 내외의 행태로 보아, 권능을 지닌 '미스터 하'의 시자일지 모른다고 추측을 했다.

축축한 느낌에 잠에서 깼다. 일어나 사방을 둘러보니 온통 안개 천지였다. 어디선가 새소리가 간헐적으로 들려왔다. 오랜만에 듣는 새소리였는데 잠시 후 그쳤다. 그러나 새의 울음이나 새의 출현은 늘 긍정적 예시여서 어쩌면 오늘 중에 선민들이 사는 곳에 당도할지 모를 일이었다. 문제는 안개가 짙어 방향을 도통 알 수 없다는 점이었다. 하는 수 없이 새소리가 들려온 쪽을 어림해 방향을 정했다.

해가 떠 주위가 약간 밝아졌으나 안개는 여전했다. 주위를 살피며 앞으로 나아갔다. 한, 두어 시간 안개 속을 걸었을까. 천만다행히도 안개가 서서히 걷혔다. 시야가 조금씩 트였다. 가는 방향이 북쪽인지 알 순 없어도 안개가 모두 가셨을 즘, 땅이 무르고 푸른 이끼가 자라는 넓은 습지에 이르렀다. 붉은 담은 큰 웅덩이도 곳곳에 있는 걸 보니 호소(湖沼) 지대 같았다. 그리고 호소 뒤편, 저 멀리에 우뚝 솟은 웅대한 산을 목도했는데, 산정에 쌓인 눈 때문인지 몰라도 햇살을 받아 찬연한 황금색을 띠고 있었다. 경치가 참으로 장엄했다. 산 아랫녘에 자리한 일단의 집들도 보였다. 다소 멀어 집들의 규모는 알 수 없어도 이 세상에 온 이래 지금껏 본 적 없는 큰 마을인 건 분명했다. 그렇지만 동산의 남자가 말한 번잡함과는 거리가 있어 선민들이 사는 곳이 아닐 거라는 생각이 들었다.

산 아래 집들이 있는 마을로 가기 위해 호소를 우회하기로 했다. 우회하는 중에라도 물웅덩이가 없고 이끼가 옅다면 소호를 가로질러 저편으로 갈 참이었다. 그러나 집들이 가깝듯 멀어질 듯 했어도 실행을 할 수 없었다. 이끼가 옅은 곳도 발이 빠지긴 마찬가지인 까닭에서였다. 그러는 사이 해가 중천인 오후가 되었다. 이러다 호소 저편으로 못 가는 게 아닌가 하는 우려마저 생겼다. 다른 선택이 없어 습지 가장자리를 따라 좀 더 가보기로 했다.

저 앞쪽에 잔교(棧橋)처럼 생긴 나무다리가 놓인 게 눈에 띄었다. 천만다행이었다. 가서 보니 발판이 군데군데 빠진 엉성한 상태였다. 그런데도 다리가 길게 이어져 있어 다리를 통해 저편 마을로 갈 수 있을 성싶었다. 다리 끝에 땅이 무르지 않길 바라면서…….

다리에 발을 들여놓았다. 조심스레 걸음을 뗐다. 삐걱거리고 흔들리긴 했으나 위험한 정도는 아니었다. 다리를 건넌 뒤 땅을 밟았다. 이끼가 더러 돋아나 있었어도 땅이 그다지 무르지 않았다. 하지만 일대가 여전히 습지 같아 경각심은 가질 필요는 있었다. 종내 호소의 습지를 빠져나왔다. 마을과의 거리가 한층 가까워져 있었다.

마을을 앞에 두고 내 행색을 살폈다. 비록 몸만 가린 갈옷 차림이었어도 해진 옷이 아니라는 점에서 동산의 두 내외가 거듭 고맙게 여겨졌다. 그리고 보니 땅족 토굴을 벗어나 여기까지 오는 데 거의 열흘이 걸렸다. 돌이켜보면 고생스러운 나날이었다. 그러나 영주 노인 덕에 이 세상을 표랑(漂浪)하지 않게 된 것만으로도 지난 고생을 상쇄하기에 충분했다. 세상 어디에 있는지 모를 '미스터 하'를 만나야 하는 부담은 있지만…….

마을 입구에서 텃밭의 작물을 수확하는 주민을 봤다. 작물은 길쭉하게 생긴 황록색 과채인데 주민은 작물을 수확하느라 여념이 없는 것 같았다. 인기척하며 주민에게 다가갔다. 그제야 주민은 허리를 펴고 나를 봤다. 얼굴에 주름이 가득한 노인이었다. 왠지 친근감이 느껴져 낯선 노인임에도 거북살스럽지 않았다. 노인은 어리둥절한 표정을 지었다. 머리를 숙여 나름의 인사를 하며 말을 건넸다.

"지나가는 사람입니다. 마을이 있길래 들렀습니다."

노인은 고개를 갸웃하더니 혼잣말을 했다.

"내가 외지인을 언제 봤더라……."

소리가 작아도 알아들을 수 있었다. 그렇지만 노인이 가는귀가 먹은 듯해서 의사소통이 원활치 않을 것 같았다. 그만 가려는데 "뉘시오!" 하는 소리가 뒤쪽에서 났다. 돌아보니 한 주민이 이쪽으로 걸어왔다. 노인인데 앞의 노인보다는 한결 정정해 보였다.

"예, 길손입니다. 지금 가려던 참입니다."

"행색을 보니 외지에서 왔군요. 나는 이 노인의 이웃에 사는 주민입니다. 혹시 추방자인가요?"

"아닙니다. 저는 '크로스 라이프'라는 곳에서 왔습니다. 멀리 떨어진 곳입니다."

"그래요? 나는 우리처럼 추방돼서 온 사람인가 했어요. 하여간 오랜만에 젊은 사람을 만나게 돼 반갑습니다."

초면의 길손에게 서슴없이 구는 거 보니 붙임성이 있는 사람 같았다. 그래서 선민들이 사는 곳을 물어봐야겠다고 생각했다.

"사실 저는 선민들이 사는 곳에 가려고 합니다. 그곳의 길을 아신다면 제게 말씀해주셨으면 합니다."

"젊은이가 선민들이 사는 곳에 가려는 이유는 내 알 바 아니지만, 그곳은 내가 잘 알지요. 이 노인장이나 나 한때 그곳에 살

앉으니까. 괜찮다면 여기서 이럴 게 아니라 내 집에 가서 얘기를 나누도록 합시다."

그러잖아도 선민이 사는 곳이 궁금하던 차였는데 잘됐다 싶었다. 선선히 응했다.

"예, 어르신의 말씀대로 하겠습니다."

나는 노인에게 묵례한 뒤 이웃 주민을 따라갔다. 이웃 주민의 집은 근처였다. 흙집인데 앞서 노인의 집보다 조금 컸다. 또 울타리가 없다는 점과 수확하다 만 과채밭이 있는 게 같았다. 집 안이 한적한 마을처럼 조용했다. 주민이 방문 앞 마루에 털썩 앉으며 자리를 권했다. 내가 마루 한 모퉁이에 걸터앉자 주민이 말했다.

"집이 보시다시피 흙집입니다. 그나마 아까 노인처럼 혼자 사는 사람들의 단칸집보다는 큰 편입니다. 나는 집을 배정받을 때 배우자가 있어 두 칸 집을 받았지만 혼자가 되다 보니 외려 썰렁하기조차 합니다. 하릴없이 이웃집을 기웃거리는 것도 그 때문이라고 할까요."

"그렇군요. 말씀을 듣자니 이 마을에서 오래 사신 것 같은데, 어쩌다가 여기에 오시게 되었습니까?"

"젊은이에게 이런 얘기를 해도 될지 모르나, 나나 얼마 전 제멸한 반려자나 본래 선민이었어요. 시자를 원숭이에 빗댔다고 해서 선민의 도시에서 추방돼 이렇듯 변방에서 살게 된 게지요. 그때 처분을 내린 판관이 내게, '죄가 가벼우니 일정 기간만 변방에서 자숙하고 있으면 다시 돌아올 수 있다.'라고 했지만 뻔한 거짓말이었어요. 물론 이 마을에 사는 사람들도 대개 사소한 죄로 여기에 왔고, 추방될 때 나처럼 돌아올 수 있다는 말을 들었어도 선민의 도시로 복귀한 이를 여태껏 보지 못했어요. 그래서 거짓말이라는 겁니다."

상대방 노인은 그쯤에서 한스러운지 시선을 돌려 먼 곳을 응시하는가 싶더니 얘기를 계속했다.

"선민이 사는 곳은 이 산 너머예요. 우측으로 내내 가다 보면 보일 겁니다. 그러나 젊은이가 그 도시에 들어갈 수 있을지는 모르겠어요. 판관의 명령을 받드는 문지기들이 입도자에 대해 여간 까다롭게 굴지 않으니까요. 하나 행여 문을 통과한다면 이 말을 들려주고 싶어요. '부디 언행을 조심하라'는 겁니다. 자칫 치안을 담당하는 안전원들의 비위를 거스르는 날엔 '언행 불량자'라고 하여 처벌을 받으니 꼭 명심해야 합니다."

"예, 유념하겠습니다. 하지만 저는 선민들이 사는 곳이 그토록 엄중한지 미처 몰랐습니다. 한편은 왜 사람들이 언행을 조심해야 하는 그런 곳에 사는지 이해가 되지 않습니다."

"사는 곳이 엄중할지라도 다 이유가 있을 테지요. 자연환경이 좋고, 물산이 풍부한 것도 이유일 수 있으나 무엇보다 선민이라는 자긍심 때문일 거예요. '선민'이라는 그 자체가 세상 타 지역민들에게 있어서는 경외의 대상이니까요. 아마 그게 가장 주된 이

유일 겁니다."

"유익한 말씀 잘 들었습니다."

자리에서 일어서자 주민도 따라 일어섰다.

"벌써 가려고요? 좀 아쉽네요……."

"저물기 전에 길을 떠나는 게 나을 듯싶습니다. 다시금 이 마을을 지나가게 되면 그때 들르겠습니다."

"그래주면 얼마나 좋겠어요. 꼭 선민 도시에 들어가기를 바랍니다."

"감사합니다."

주민이 뒤따라오면서 밭에 있는 큼직한 과채 하나를 따서 내밀었다.

"줄 게 없으니 이거라도 받으세요. 맛은 없으나 그래도 이 과채가 우리들의 유일한 먹거리이자 식량 턱입니다."

노인의 성의라고 여겨 과채를 받았다. 그리고 망태기에 과채를 넣은 뒤 일찌감치 노인에게 작별의 인사를 했다. 그럼에도 노인은 마을 밖까지 배웅차 따라 나왔다.

추방자의 마을을 떠나 길을 갔다. 좌변은 연해 습지였다. 물웅덩이는 보이지 않지만 푸르스름한 이끼나 마른 잔풀 같은 수생 식물이 여기저기 테두리를 지어 돋아 있었다. 어찌 보면 습지가 이쪽 산 아래와 저편 대지를 구분하는 완충지라는 생각이 들었다.

얼마쯤 가다 잠깐 쉬었다. 망태기에 넣어둔 과채를 꺼냈다. 과채가 익은 듯해도 향이나 냄새는 풍기지 않았다. 껍질을 벗겨 조금 맛을 봤다. 수분이 많을 뿐 별맛이 없었다. '크로스 라이프'에 살 때 상시로 먹었던 구근 생각이 났다. 이 과채는 그 구근보다 못한 것 같았다. 과채를 더는 먹고 싶지 않아 도로 망태기에 넣었다. 과채를 준 주민의 성의만 아니라면 짐스러워 당장 버렸을 터였다. 과채는 결국 다음 날 버렸다.

산녘을 거의 반 돌았을 때, 또 하나의 큰 산을 목도했다. 새롭게 나타난 산은 앞서 호소 맞은편에서 본 웅대한 산과 평원을 사이에 두고 마주 보는 형태였다. 그런데 두 산은 쌍둥이처럼 닮았었다. 생긴 모습도 그러했고, 높고 가파른 산정에 석양이 깃들어 황금빛인 점도 똑같았다. 단지 앞서 산은 경치가 장엄했는데 지금의 산은 신비롭고 고즈넉하게 느껴졌다. 그리고 원경이어서 분명치 않지만, 그 산을 배후에 두고 많은 집들이 들어차 있는 것처럼 비쳤다. 단정은 이르나 집들이 맞다면 선민 도시일 터였다. 의당 그러길 바랐다. 몇 날 며칠을 걸어서 여기까지 왔는데 고생이 헛될 순 없기 때문이었다. 해가 기웃해 이쯤에서 밤을 새운 뒤 아침에 길을 가는 게 나을 것 같았다. 좌변은 이제 완전히 풀로 뒤덮였다.

날이 밝자 곧장 산을 향해 걸었다. 불분명했던 풍경이 차츰 뚜렷해졌다. 예측한 대로 선민의 도시가 맞은 듯싶었다. 크고 작은 집들뿐만 아니라 높이가 있는 건축물들이 도시를 부각하듯 곳곳에 자리한 까닭에서였다. 꽤 먼 거리인데도 걸음이 절로 빨라졌다. 또 조금은 긴장되고 불안하기조차 했다. 선민들이 사는 곳이라는 중압감에 더해 입도에 대한 불확실성 탓일 수 있었다. 도시 외곽을 두른 긴 방벽이 눈에 들어왔다. 문은 보이지 않았다. 쉼 없이 걸어 이윽고 방벽에 이르렀다. 방벽은 사람 키를 훌쩍 넘는 석축이고 견고해 보였다. 그러나 망루나 여장(女墻)이 없어 방호보다는 출입을 차단할 목적으로 조성한 담장임을 알 수 있었다. 여전히 문은 어디에도 없었다. 문을 찾아야 했다. 담장을 끼고 한 방향으로 걸었다. 걷는 중에 문을 발견해 문지기들을 상대할 때를 대비해 입도의 목적을 미리 생각해둘 필요가 있었다. 그래서 '미스터 하를 만나려 이곳에 왔다'라고 하기보다 '마을 주민들의 얼굴 기형을 고칠 약을 구하고자 왔다'라고 하는 게 나을 것 같았다. 여하튼 문을 봐야 하는데 문은 여간해서 눈에 띄지 않았다. 담장이 있으니 의당 문이 있을 거라고 낙관은 하지만 조급해지는 건 어쩔 수 없었다. 담장을 끼고 계속 걸었다. 한참을 걸은 뒤에야 마침내 담장 가운데 난 문을 발견했다. 하지만 기대했던 문이 아니었다. 닫혀 있는 작은 쪽문이었다. 또 지키는 이가 없는 걸 봐서 항시 출입하는 문은 아닌 것 같았다. 혹시나 하는 마음에서 문을 몇 번 두드렸으나 응답이 없었다. 다시금 문을 찾아 걸음을 옮겼다. 그리고 얼마 가지 않아 몇몇 사람들과 짐 실은 손수레들이 문처럼 생긴 데를 나고 드는 모습을 보게 됐다. 사람들이 출입하는 문임을 직감했다. 문 앞에 당도했다. 문은 크지 않았다. 그래도 손수레 정도는 넉넉히 지나갈 수 있을 것 같았다. 조금 전과 달리 드나드는 사람과 수레가 끊겼다. 문을 지키는 사람이 있었다. 남색 옷차림에 두 뼘 남짓한 짧은 막대를 쥔 채 문에 딱 서 있었다. 문 바로 위쪽, 담장에도 한 사람이 더 있었다. 동일 색상의 복색이고 상반신만 드러낸 채 굽어보듯 하고 있었다. 문지기에게 다가갔다. 별스레 위압적이지 않아도 추방자 마을 노인의 언급처럼 까탈스럽게 굴까 봐 고분고분하기로 했다. 문지기의 시선이 쏘아보듯 했다. 괘념치 않고 가까이 가 허리를 숙여 인사를 했다. 문을 지키는 사람이 대뜸 물었다.

"어디서 왔소? '덴 하루'에서 왔소?"

언사가 자못 퉁명스러웠다. 사람을 깔보는 게 아닌가 싶었다. 물론 '덴 하루'라는 데를 알지 못하고 또 나와 상관없는 일이었다.

"아닙니다. 저는 '크로스 라이프'라는 곳에서 왔습니다. 주민들의 얼굴 기형을 고칠 약을 구하기 위해서입니다."

"크로스 라이프……? 금시초문인데, 여하튼 입도 증명서나 표식이 있으면 보여주시오. 그런 게 없다면 들어갈 수 없어요."

문지기의 말이 일견 타당한 것 같지만 입도 증명서나 표식은 나 역시 금시초문이었다. 적이 난감했다. 궁한 나머지 짐짓 손을 들어 반지를 보란 듯했으나 문지기는 반지를 보고서도 이렇다 할 반응이 없었다. 그때, 담장 위에서 사람의 말소리가 들려왔다.

"입고 있는 옷이 본래 그대의 것이오?"

내가 고개를 들자 담장 위의 사람과 눈이 마주쳤다. 표정은 알 수 없으나, 문지기보다 상대적으로 나이가 든 사람이었다.

"제 옷이 아닙니다. 이삼일 전, 어떤 내외로부터 받은 옷입니다. 작은 동산에 사시는 분들입니다."

"그래요? 나는 긴가민가했는데, 맞는군요."

무엇이 맞는지 모르지만 달라진 건 문을 지키는 사람의 태도였다. 나와 담장 위 사람의 대화를 듣자마자 입도를 허락한 까닭에서였다.

"윗분이 맞는다고 하니 들어가도 됩니다."

정녕 뜻밖이었다. 하지만 들어가라고 했으니 군말 없이 들어가고 볼 일이었다. 담장 위의 사람에게 가볍게 묵례한 뒤 문을 통과했다. 그러고서 잠깐 생각했다. 내가 입은 옷이 표식과 다름없다는 건, 동산의 두 내외가 범상한 인물들이 아니라는 뜻일 수 있었다. 아마도 두 내외가 선민의 도시에서 높은 지위에 있었거나, 혹은 애초 추측대로 '미스터 하'의 시자일 수 있었다. 물론 두 내외가 생면부지의 내게 어떤 이유로 호의를 베풀었는지는 의문이나 그 점에 대해선 굳이 헤아리고 싶지 않았다. 여하튼 두 내외에 대한 고마움과 함께 큰 신세를 진 기분이었다.

3

　선민의 시가가 눈앞에 펼쳐졌다. 고대한 곳이지만 여기저기 둘러봐도 경이로움이나 관심을 끌 만한 풍경은 없었다. 단지 집과 건물들이 반듯하고 거리가 깨끗해 사람이 사는 곳답다는 인상은 받았다. 그런 가운데 의외로 행인이 뜸하고 정적이어서 번잡하고 활기찰 거라는 나름의 예상이 빗나갔다. 더욱이 길가에 가로수조차 심겨 있지 않고 집이나 건물들이 온통 천편일률적 회색이어서 삭막하기까지 했다. 추방자 마을의 노인이 말한, 자연환경이 좋다는 것과는 거리가 있어 보였다. '미스터 하'를 만나려는 막연한 마음을 지닌 채 중심부로 걸음 했다.

　건물색과 같은 잿빛 옷을 입은 몇몇 사람이 무표정한 얼굴로 곁을 지나갔다. 짐 실은 수레를 힘겹게 끄는 수레꾼도 있었다. 짐이 과도한 탓이려나……? 그 역시 흰색과 검은색의 중간인 재색 옷을 입었었다. 그러고 보니 행인들이나 수레를 끄는 사람이나 하나같이 재색 옷차림이어서 재색 옷이 이곳 사람들의 일상복이 아닌가 싶었다. 주민들의 옷 색깔을 더 봐야 알겠지만, 이 도시에 사는 사람들이 한결같이 재색 옷차림이면, 언행에 유념해야 할 필요와 더불어 이 도시가 전제적(專制的) 사회일지 모르는 일이었다. 물론 선택받은 사람들의 도시다운 활기와 풍요의 면모는 여전히 미지수이지만…….

  길 따라 계속 가노라니 거리의 풍경이 달라졌다. 오가는 사람들도 늘었고, 도로변의 건물들도 앞서 본 것들보다 크고 형태도 다양했다. 그런 가운데 새롭게 전개된 넓은 도로와 반짝임이 있는 나무 형상의 푸른색 거대 석상이 눈에 들어왔다. 그리고 그 나무 형상의 거대 석상 앞쪽에 몇 개의 건물을 이어놓은 듯한 흰 건물이 자리해 있는데, 사람들이 그 건물에 빈번히 드나드는 걸 보니 관청이나 공공의 장소가 아닌가 싶었다. 넓은 도로의 기점도 그 건물에서부터였다.
  어디로 갈까 망설이다가 흰 건물로 향했다. 저 흰 건물에서 행여 '미스터 하'와 관련해 어떤 얘기라도 들을 수 있지 않을까 하는 기대도 없지 않지만 기실 부작성이었다. 그러나 건물에 채 가지 못해 걸음을 멈춰야 했다. 외곽문에서처럼 남색 옷의 경비원들이 사람들을 검색하고 있는 까닭에서였다. 그만 돌아서려다가 내친김에 흰 건물 뒤편에 있는 나무 형상의 푸른 석상에 가보기로 했다. 석상의 거대함에 호기심이 동한 탓이었다. 하지만 석상 전체가 보이는 곳에 이를 즘, 석상 역시 함부로 다가갈 수 없는 곳임을 직감했다. 수 미상의 경비원들이 보초를 서고 있어서 사람의 접근을 통제하는 양상이기 때문이었다. 더욱이 나 자신이 갈색 옷을 입은 외지인임에랴. 그나마 내 위치가 사람들이 왕래하는 도로변이고, 석상과는 거리가 있고 바라본다고 해서 별일은 없을 듯싶었다. 그럼에도 마음을 놓을 수 없었다.

  석상은 호기심을 유발하는 그 이상이었다. 나무를 형상화한 거대 외형만이 아닌 몸통과 뻗친 가지에 창들이 나 있는 까닭에서였다. 게다가 창에서 사람의 모습까지 어른 돼, 석상의 크기나 상징과는 별개로 사람들의 거주처일 수 있다고 추량(推量)을 했다. 물론 석상의 반짝임은 햇빛을 받은 창 때문이라는 것도 알았지만.
  바라보는 중에, 흰옷 차림의 어떤 사람이 인력거처럼 생긴 것을 타고 석상 밑동에서 나왔다. 석상에 거주하는 사람들이 어떻게 높은 석상을 오르내릴까 생각하던 참이었다. 인력거를 탄 사람의 신분이 자못 궁금했다. 재색 옷차림이나 남색 옷이 일반적인데 저 사람만이 유독 흰옷이고, 인력거를 탔다는 게 의문이나,

사실 나와 상관없는 관심일 수 있었다. 그보다 호기심을 충족했으면 그만 떴어야 하는데도 지체한 게 실수라면 실수랄까. 그 대가를 곧 치르게 됐다. 연해 흰옷 차림의 사람이 탄 인력거에 눈을 떼지 못하던 중이었다. 등 뒤에서 급작스럽게 "비켜라!" 하는 호통이 들려왔다. 반사적으로 돌아보니, 허리께에 방망이를 찬 남색 옷의 사람 넷이 어떤 한 사람을 포박해 압송하는 중이었다. 바로 코앞이었다. 엉겁결에 옆으로 비켜섰으나 이번엔 꾸짖음이 뒤따랐다.

"동력꾼 주제에 거치적거려!"

그때 다른 한 명이 나를 의심쩍게 훑어보더니, 곁의 동료에게 넌지시 말했다.

"조장님, 행색이 수상합니다. 혹시 도망자가 아닐까요?"

"나도 그런 생각이 들어. 연행해!"

불쾌하다고 생각할 겨를조차 없었다. 조장이라고 불린 사람의 말이 떨어지자마자 다른 두 명이 즉각 내게 달려들었다.

"이게 무슨 짓입니까?"

"닥쳐! 공무를 집행하는 거야!"

나는 제대로 항변조차 못 하고 그들에게 제압당했다. 참으로 어이가 없었다. 문득, 추방자 마을 노인의 얘기가 기억났다. '선민의 도시에 가면 치안을 담당하는 안전원들의 비위를 거스르지 말라'는. 그리고 보니 이들이 안전원일 거라는 판단에서 고분고분

해야겠다고 생각했다. 그러나 한편은 설령 안전원이라 해도 무슨 권한으로 이렇듯 무지막지하게 구나 싶었다. 굳이 죄라면 석상을 바라본 것밖에 없는데, 이런 봉욕을 당하다니……. 하지만 외지인인 탓에 억울해도 참는 게 나을 성싶었다. 그나마 다행인 건, 내가 저항을 안 하는 때문인지 포승으로 묶지 않고 양쪽에서 내 팔을 낀 채 끌고 가려고 했다. 그 와중에 압송당하던 사람이 불쑥 내뱉었다.

"또 생사람 잡는군!"

"뭐라? 중죄를 지은 놈이 무슨 할 말이 있다고 참견을 해!"

호송인의 호통이 있자 포박당한 사람이 단박 입을 봉했다. 아마도 호송인의 위세에 눌린 탓이려니 생각하면서도 포박당한 사람이 나와 같은 갈색 옷이어서 새삼 관심을 두게 됐다. 그래서 포박한 사람의 얼굴을 보려 했지만 흘러내린 머리칼 탓에 그의 옆모습만 볼 수 있을 뿐이었다.

남색 옷 호송인들에게 끌려간 곳은 앞서 본 흰 건물이었다. 그리고 경비원들이 있는 정문이 아닌 별도의 문을 통해 건물 안으로 들어갔다. 재차 회랑과 다름없는 복도로 해서 어느 방으로 조치됐다. 약간 어둡기조차 한 공간이었다. 다만 벽 쪽에 탁자가 놓여 있어 취조실 같기도 하나 일종의 위장 같았다. 호송인 하나가 탁자 뒷벽을 밀자 벽이 미닫이가 마냥 열린 까닭이었다. 벽의 문은 아래로 향한 계단과 연결돼 있었다.

　나와 포박당한 사람은 호송인들에게 이끌려 계단을 밟고 아래로 내려왔다. 계단이 끝나는 곳에 또 하나의 문이 있었다. 철문인데, 눈구멍처럼 작게 뚫린 곳을 통해 누군가가 내다보는가 싶더니 문이 열렸다. 습한 냄새가 났다. 또 천장과 맞닿은 벽 쪽에 환기구인지 창인지 모를 격자 형태의 구멍이 나 있어 그곳을 통해 여린 빛이 흘러들고 있었다. 지하라고 할 수 있는 공간이었다.

　지하 공간은 곧 사람을 가두는 감옥이었다. 간수로 짐작되는 남색 옷의 사람들과 쇠창살과 칸막이가 쳐진 방들을 직관했기 때문이었다. 호송인들은 간수들과 몇 마디 얘기를 나누더니 포박한 사람을 풀어줬다. 우리를 간수들에게 넘길 모양이었다. 그리고 나서 호송인들은 등을 돌려 철문을 나갔다. 철문이 닫힐 즘, 방금 나간 호송인들의 쾌활한 웃음소리가 들려왔다. 그들은 임무를 완수한 홀가분함에서 그럴 테지만 내게 있어선 그 웃음소리가 마치 조롱처럼 느껴졌다. 마음 같아선 고함이라도 질러 울분을 표출하고 싶었다. 그러나 간수들이 옆에 있어 차마 그럴 수 없었다.

　간수들이 우리를 창살 방 안쪽으로 데려갔다. 자연 좌우측, 창살 방에 눈길이 갔다. 사람들이 빠짐없이 갇혀 있었다. 수감자들은 덩그러니 앉아 있어도 만사 관심이 없다는 듯이 우릴 쳐다보지도 않았다. 창살 방은 한 사람이 겨우 운신하리만지 작았다. 어떤 방은 두 사람이 갇혀 있기도 한데 1인용 독방보다는 약간 커

보였다.
 우리 두 사람도 창살 방에 수감되었다. 둘이 함께였다. 남은 방이 없어 합사를 시키는 걸로 짐작했다. 게다가 독방이었다. 수감시에 늘 어깨에 메던 망태기를 압류당했다. 간수가 임시로 보관한다고 했으나 돌려줄지는 의문이었다. 물론 내가 죄가 없음이 판명 나 감방을 나갈 때 일이긴 해도 망태기에 연연할 일은 아니었다. 그러나 정작 신경에 거슬리는 일은 우리가 갇힌 창살 방 바로 앞에 긴 나무 의자가 놓였다는 점이었다. 지금은 비었으나 간수들이 수감자들을 감시하기 위해 수시로 앉아 있을 건 뻔한 이치였다.

 창살 방에 둘만 있게 되자, 포승에 묶였던 의문의 남자가 손으로 머리칼을 쓸어 넘기더니 말을 걸었다. 낯설고 늙수그레한 얼굴이었다.
 "형씨, 우리가 언제까지 같이 지낼지 모르지만, 이참에 통성명이나 합시다. 나는 저세상에 있을 때 '김 상무(김종갑)로 불리었소."
 나는 상대의 제의가 달갑지 않았다. 아무 죄도 없이 잡혀 와 억울하다는 심정이 여전히 응어리진 까닭이었다. 그렇다고 그럴 기분이 아니라고 거절하기도 뭐해 마지못해 응했다.
 "아, 그렇습니까. 저는 '정우'라고 합니다."
 "정우라……, 내가 아는 어떤 사람과 이름이 비슷하네요. 성은 어떻게 됩니까?"

이름을 알면 됐지, 남의 성까지 알려고 하느냐는 성가신 마음에 대꾸를 안 하려다 상대가 나보다 한참 연배 같아 대답했다.

"최가입니다."

"참, 공교롭군요. 내가 아는 사람과 성이 같고 이름까지 비슷하다니……"

성이 같고 이름이 비슷한 게 뭐가 그리 공교로운지 몰라도 내겐 대수로울 수 없었다. 그럼에도 맞장구를 쳐줬다.

"세상사, 우연치 않는 게 어디 한둘이겠습니까."

"맞는 말이오. 우리가 이렇게 만난 것도 우연만이 아닐 테지요."

그때 이쪽으로 오는 간수들의 발소리가 들렸다. 우리는 동시에 입을 다물었다. 간수는 두 명이었다. 의자에 앉는가 싶었는데, 그중 한 명이 창살 사이로 사발 형태의 나무 그릇 두 개를 넣어주었다. 그러고서 동료의 옆자리에 앉았다. 그릇까지 받고 보니 이제 꼼짝없이 수감자 신세가 된 것 같아 마음이 착잡했다. 곁의 남자가 아무렇지 않게 벌렁 누웠다. 나도 별수 없이 그 자리에서 몸을 뉘었다. 하지만 뒤척일 틈이 없을 정도로 좁아 모로 누워야 했다. 남자의 팔과 내 등이 맞닿았다. 너무 불편했다. 그렇지만 앞날이 암울해 불편하다는 생각은 잠시였다. 그런 가운데 석상에 대한 호기심을 충족했으면 곧장 발길을 되돌렸어야 하는데 라는 뒤늦은 후회가 일었다. 부질없었다.

감방은 상당수의 사람이 갇혀 있음에도 불구하고 기침 소리조차 들리지 않을 정도로 조용했다. 감방 안에선 간수나 수감자나 모두 침묵을 지켜야 하는 불문율이라도 있는 모양이었다. 드러누운 사람이 가늘게 코를 골았다. 그새 잠이 든 것 같았다. 나 또한 감방 안의 정적에 눌려 눈꺼풀이 무거워졌다.

누가 흔들어 깨웠다. 일어나 보니 나를 깨운 사람은 남자였다. 창살밖에 손잡이가 달린 나무통을 든 어떤 간수가 와 있는 걸 그제야 알았다. 간수가 손가락으로 그릇을 가리켰다. 나무통 안에 든 게 무엇인지 모르지만, 우리에게 음식을 줄 눈치 같았다. 옆의 남자가 자신의 그릇을 창살 사이로 내밀었다. 그러자 간수가 국자로 멀건 죽 같은 걸 퍼서 그릇에 부어줬다. 일종의 관식이었다. 그러고서 간수가 이번엔 내게 그릇을 내밀라고 손짓했으나 나는 고개를 저었다. 간수는 즉시 죽통을 들고 저쪽으로 가버렸다.

"저세상의 습관이 아직 남아 있어서 받긴 했어도 아무 맛이 없네요."

죽과 다름없는 관식을 그릇째 들이켜던 남자의 말이었다. 내가 이렇다 할 대꾸를 하지 않자, 남자는 나를 슬쩍 곁눈질하더니 제풀에 입을 봉했다.

감방 안이 차츰 어두워졌다. 날이 저문다는 의미였다. 그때쯤,

죄인들을 감시하느라 의자에서 죽치던 간수들도 자리를 떴다. 그 때문인지 감방 안에 약간의 소란스러움이 일었다. 수감자들이 낮 동안 참고 있던 말문을 튼 모양이었다. 그러나 두런거리는 정도에 불과했다. 남자가 등을 돌리더니 또다시 말을 걸어왔다.

"형씨, 이곳에 온 지는 얼마나 됐소? 입은 옷을 보니 남쪽에서 온 것 같구려."

남자가 무료해서 나와 얘기를 나누고자 하는 의도로 보이지만 귓등으로 들을 수 없는 건, 내가 남쪽에서 온 걸 어떻게 아느냐는 점이었다. 그러고 보니 남자가 나보다 이곳 세상에 먼저 왔고, 또 이곳 선민의 도시에 대한 식견도 있을 법했다.

"예, 그렇습니다. 저는 '크로스 라이프'라는 곳에서 왔습니다."

"크로스 라이프라면 내가 조금 알지요. 예전, 그러니까 전차, 이곳 세상에 살 때 그 마을 주민들의 얼굴이 기형으로 변했다는 보고를 받은 적이 있어요. 지금도 그러합니까?"

한마디로 터무니없는 얘기처럼 들렸다. 전차, 이 세상에 살았다면 지금은 두 번째인 후차란 얘긴데, 이 남자가 무슨 재주로 이 세상 저세상을 반복해서 오갈 수 있었을까 하는 점에서였다. 그리고 보고를 통해 '크로스 라이프'라는 외떨어진 마을의 사정을 알았다는 게 사실이라면 전차든, 후차든 간에 이 남자가 한때 이곳 선민의 도시에서 꽤 높은 신분이었을 거라는 생각이 언뜻 들었다. 하지만 그 점 역시 믿기 어려웠다. 신분이 높았던 사람이 죄인이 돼 감방에 갇혔다는 게 이해가 되지 않기 때문이었다.

"예, 그렇습니다. 그런데 노형의 말씀은 저로선 이해가 되지 않습니다. 전차 세상에 산 것이나, 이렇듯 갇히게 된 것이나 하나같이 의문이기 때문입니다."

"그런 의문은 당연하겠지요. 내가 그럼, 그 의문에 대해서 말씀드려도 될까요?"

아직 초저녁이고, 창살 방 여기저기서 두런대는 마당에 상대방의 얘기를 듣는 것도 나쁠 것 같지 않았다. 또 '크로스 라이프' 사정을 보고받았다고 했으니 그 뒷얘기도 궁금했다.

"저야 괜찮습니다."

"괜찮다고 하니 얘기하겠습니다만, 그전에 서로의 호칭부터 정하는 게 어떨까요? 나를 노형이라고 하니 조금 그렇네요. 아저씨라고 부르는 게 어떻습니까?"

"좋습니다. 그리고 저보다 한참 손위이니 말씀을 편하게 하셔도 됩니다."

"그렇다면 나는 정우 씨라고 하겠어요. 그리고 내 얘기를 하기 전에 정우 씨 얘기부터 듣고 싶네요. 정우 씨가 '크로스 라이프'를 떠나 여기에 온 목적이 흥미롭기도 하고요."

"제가 이곳 선민의 도시에 온 건 '크로스 라이프' 영주의 긴한 부탁 때문입니다. 그 부탁은 마을 주민들의 얼굴 기형을 고칠 수 있게 '미스터 하'를 만나달라는 것이었습니다. 물론 그 부탁을 거절할 수도 있었습니다. 하지만 '크로스 라이프'는 제가 이곳 세상에 왔을 때 처음 산 마을이고, 또 주민들의 얼굴 기형에 대해 안타깝게 여긴 터라 부탁에 응한 것입니다."

"정우 씨가 이곳에 온 목적이 단순하고 조금은 엉뚱하네요. 그러나 '미스터 하'를 만나는 건 단순함이나 엉뚱함과는 차원이 달라요. 결론적으로 말하면 '미스터 하'는 이 도시에 없을뿐더러 무작정 만날 수 있는 존재도 아니고요. 하긴 나 역시 '미스터 하'인지, 뭔지 하는 존재를 보려다가 종내 이 꼴이 됐지만……. 정우 씨도 다를 바 없을 거예요. 어쨌든 얘기를 잘 들었어요. 한편은 '크로스 라이프'의 주민들이 여태껏 얼굴 기형을 고치지 못했다니 참으로 안됐습니다."

"저도 '미스터 하'를 만나는 게 쉽지 않다는 걸 압니다. 그렇다고 영주의 부탁을 저버리고 싶진 않습니다. 아저씨께서 '미스터 하'를 보려고 하셨다는데 그럴 이유라도 있었습니까?"

"그럴 이유가 있다기보다 순전히 호기심 때문이었어요. 물론 일반인들로선 어림없는 짓이지만……, 그 얘기를 하려면 깁니다."

그 말끝에 남자가 나직이 한숨을 내쉬었다. 가슴속에 무슨 회한이라도 있는 듯싶었다. 그때 간수들의 발소리가 들렸다. 그와 동시에 주위의 두런거림이 순식간에 가셨다. 간수들이 창살 방 이쪽저쪽을 살폈다. 아마도 야간 순검을 나온 모양이었다. 그 뒤 간수들은 긴 발소리를 내며 어디론가 가버렸다. 다시금 두런거림이 시작됐다. 남자도 입을 뗐다.

"묵시적이라고 할까요. 간수가 있을 땐, 입을 닫고 없을 땐, 대화를 하는 걸 보면, 그럼 우리도 얘기를 계속할까요."

내가 고개를 끄덕였다.

❦ ❦ ❦

"나는 매우 운이 좋은 행운아였어요. 전차, 저세상에서 곧장 선민의 도시에 배정된 게 그렇고, 이후 청산의 영원나무 열매를 획득해 종내 '미스터 하'의 시자라는 높은 벼슬자리에 오른 것 역시도 그 예라고 할 수 있지요. 물론 '미스터 하'의 시자는 별칭이고 판관이 정확한 명칭입니다만, 청산은 이 도시 맞은편에 있는 높다란 산을 뜻합니다. 아마 정우 씨도 여기 오는 도중에 봤을 겁니다. 눈에 덮인 우뚝한 산 말이에요. 참고로 말씀드리면, 이 도시를 품고 있는 산은 성산이라고 부릅니다. '미스터 하'의 성소가 있기 때문이지요. 그러나 사실 두 산은 서로 이름만 다를 뿐이지 똑같이 성스럽긴 마찬가지입니다. 왜냐하면 성산에 '미스터 하'의 주재처(駐在處)인 성소가 있다면, 청산 산정엔 한 그루의 영원의 나무가 있는 까닭입니다. 영원의 나무가 왜 성스럽냐면, 눈과 추위가 항상 해도 나무가 살아 있고, 또 수년에 오직 한 개의 열매를 맺기에 그러합니다. ……얘기가 옆으로 샜지만, 그 영원의 나무는 청산 산정의 눈이 녹을 때쯤, 열매가 파랗게 익습니다. 단 열흘 사이예요. 신기한 건, 그 영원의 나무 열매를 사람이 따지 않으면 청산의 산정은 오래도록 눈이 녹은 그 모습이라는 것입니다. 또 열매도 열흘이 지나면 나무에서 저절로 잘게 부서져 흔적 없이 됩니다. 물론 전후차 내가 여기에 살 때 그런 일은 한 번도 없었습니다. 청산의 눈이 녹고 영원나무의 열매가 익으면 누군가가 그 열매를 땄기 때문입니다. 덧붙여 열매를 획득한다는 것은 '미스터 하'의 시자, 즉 판관으로 등극하는 일이니 너나없이 청산의 눈이 녹기를 학수고대한다고 봐야겠지요. 나 또한 그랬으니까. ……이곳 선민의 도시에 산 지 수년이 지났을 때였어요. 어느 날 남쪽 청산의 눈이 곧 녹을 거라는 소식과 함께 청산의 열매를 따러 갈 사람들을 선발한다는 공지가 거리에 나붙었어요. 나도 응모를 했지요. 온전히 판관 벼슬에 대한 욕심에서요. 응모자는 나를 포함해 수백 명이었지만 그중 신체가 건장한 사람 위주로 백여 명 정도로 추려졌어요. 그리고 이튿날 새벽, 선발된 우리 백여 명은 청산의 동쪽 벽을 향해 각개 약진했어요. 동쪽 벽이 비교적 경사가 덜하기 때문이에요. 사실 청산의 열매를 딴다는 것은 세밀을 삭오하고 결행하는 일입니다. 왜냐하면 산정은 온통 절벽으로 이루어져 있으니까. ……나는 중간 그룹이었어요. 달리기에 능한 이십여 명이 나보다 앞서갔어요. 내 뒤가 대략 삼십

명 정도이니 내가 속한 인원은 오십 명쯤 됐겠지요. 내가 산정 아래, 즉 절벽이 시작된 곳에 이를 즘, 벌써 제멸자가 나오기 시작했어요. 맨몸에, 바람마저 세차게 불어 빙벽을 오르다 떨어진 게지요. 나는 사람들이 절벽을 오르는 모습을 보며 서두르지 않았어요. 가파른 절벽을 어떻게 올라야 하나 궁리하면서 말입니다. 차츰 절벽을 오르는 인원이 줄어들었어요. 개중에 절벽 오르려다 포기하고 돌아가는 사람도 있었으나 대부분 절벽을 오르려고 했어요. 그러다 보니 절벽 아래에 떨어져 제멸된 사람들이 켜켜이 쌓여갔어요. 나는 참고 기다렸어요. 절벽을 오르는 인원이 나중 열댓 명으로 줄어들었어요. 바람은 여전히 세찼어요. 나는 줄곧 기다렸지요. 이제 나를 포함해 셋만 남았어요. 그리고 그때 세차게 불던 바람이 신기하게도 잠잠해졌어요. 나는 그 기회를 놓치지 않고 온 힘을 다해 절벽을 올랐어요. 켜켜이 쌓인 사람들이 발판이 돼주었지요. 하지만 나보다 먼저 두 사람이 산정에 당도하더군요. 그런데 내가 뒤처져 산정에 당도하려니, 앞서 당도한 두 사람이 영원의 나무를 저만치 두고 엉겨붙어 맹렬히 싸우는 거예요. 서로 열매를 차지할 욕심에서지요. 나는 절벽 턱에서 지켜봤어요. 얼마 후 둘은 싸우다 기진했는지 땅바닥에 드러눕더군요. 나는 그제야 꼼짝하지 않는 그들에게 다가가 한 명씩 잡아끌어 빙벽 아래로 보내줬어요. 내가 열매를 따면 필시 뺏으려고 들텐데 나름의 자구책쯤으로 좋게 이해해주세요. ……영원나무의 열매는 딱 하나 나무 중간쯤에 달려 있더군요. 모양이 둥글고 크기는 사과 정돈데 흠집 하나 없는 짙은 청색이었어요. 그리고 매우 딱딱하기도 하고요. 마치 최상의 사파이어 보석과 다름없었어요. 나는 열매를 따서 주머니에 잘 간수하고선 바로 빙벽을 내려왔어요. 빙벽을 다 내려오니 또 신기하게도 잠잠하던 바람이 세차게 불더군요. 나는 그러한 바람의 조화에 신경 쓸 계제가 아니었어요. 열매가 든 주머니를 손으로 움켜쥐고 선민의 도시를 향해 내달렸지요. 출발지인 시민청 앞에 도착하니 많은 사람이 환호로 반겨주었어요. 한껏 우쭐해지더군요. 시민청은 우리가 연행돼 들어온 바로 이 건물이에요. ……나는 많은 시민이 지켜보는 가운데 내가 획득한 영원나무 열매를 행사를 주관한 시민청의 고위 판관에게 바쳤어요. 물론 그 고위 판관이 열매를 갖는 게 아녜요. 열매는 며칠 후 성산의 성소에 봉정하게 돼 있어요. ……그 뒤, 나는 가짜이긴 해도 '미스터 하'의 시자라는 칭호와 함께 도시를 다스리는 판관에 보임됐어요. 또 시민청 뒤편, 판관 전용 숙소인 푸른 나무 석상에 거주하는 특권까지 누렸지요. 세월이 흘러 어느덧 내가 이 도시의 고위 판관이 됐을 때, 내가 성산의 성소에 영원나무 열매를 봉정하는 집전을 맡게 됐어요. 돌이켜보면, 그 집전을 다른 고위 판관에게 양보해야 했어요. 왜냐, 그 일로 내 운명이 나락에 떨어졌으니까. 지금도 그때 집전만 생각하면 회오의 심정 금할 수가 없어요."

❦　　❦　　❦

남자가 다시금 한숨을 쉬었다.

"내가 남달리 호기심이 많은 사람도 아닌데, 그때 왜 그랬는지 모르겠어요. 하여튼 참배 의식차, 시민이 따온 영원나무의 열매를 갖고 내 아래 판관 둘과 함께 성소에 가게 됐어요. 물론 성소가 자리한 산정 아래는 빙벽이에요. 그 때문에 성소에 가기 위해선 산중턱에 설치된 승강기를 타야 합니다. 승강기는 일종의 빙벽을 오를 내릴 수 있는 삭도(철선에 운반기를 매달아 화물과 사람을 운반하는 장치) 같은 것인데, 오로지 동력꾼들의 힘만으로 회전축을 돌려 운행합니다. ……승강기를 타고 한참 만에 산정에 올랐어요. 산정 한가운데에 성소인 작은 집 한 채가 있더군요. 집 둘레는 연못으로 돼 있고, 집으로 건너갈 수 있는 디딤돌이 놓여 있었어요. 집 앞에 단이 설치된 것 외에 이렇다 할 표식이나 성물이 없어 성소치곤 매우 소박했어요. 참배 의식은 그 단에 열매를 올리는 것을 시작으로 진행이 돼. 나는 전날, 성소를 다녀온 적이 있는 고위 판관으로부터 참배 의식 전반에 대한 얘길 들었어요. 전반이라고 하지만 사실 참배 의식은 극히 단순해요. 열매를 단 위에 올린 다음, 성소의 문을 세 차례 노크하고 물러서서 세 번 절을 하면 그것으로 끝이에요. ……나는 나를 수행한 두 판관이 지켜보는 가운데 열매를 받들고 성소로 향했어요. 연못에 놓인 디딤돌이 발만 겨우 디딜 정도로 작아 여간 신경이 쓰이지 않더군요. 그렇지만 명색이 집전관이라는 자가 발을 헛디딘다는 건 있을 수 없는 일이잖아요. 무난히 연못을 건너 성소에 닿았어요. 닿자마자 열매부터 단 위에 올렸고요. 수십 명의 사람이 제멸해 얻음 직한 푸른 열매를 말입니다. ……그런 다음 옷매무새를 가다듬고서 문을 가볍게 세 차례 노크했어요. 그런데 문이 노크할 때마다 살짝살짝 열리는 거예요. 닫혔다고 들었는데 이상하다 싶어 혹시 '미스터 하'가 성소에 있는 게 아닐까 하는 생각이 들었어요. 그래서 세 번째 노크를 한 뒤 문을 밀어봤어요. 문이 소리 없이 열렸고, 내실 문 같은 게 하나 더 있었어요. 그 문도 조금 열린 채여서 호기심이 생기더군요. 두 번째 문을 살짝 밀어 안을 들여다봤어요. 방자하기 짝이 없다고 할까, 겁을 상실했다고 할까요. 웬 젊은 여인이 실오라기 하나 걸치지 않은 알몸으로 붉은 보료 위에 비스듬히 누워 있는 거예요. 그리고 그 순간, 여인이 눈을 번쩍 뜨더니 나를 쳐다봤어요. 여인의 눈에서 두 줄기 붉은 안광이 뿜어져 나오는 것도 그때기도 하고요. 나는 너무나 두려웠어요. 급히 몸을 돌려 도망치려 했지요. 그러다 디딤돌을 헛짚어 그만 연못에 빠졌고, 그 길로 정신을 잃었어요."

❦ ❦ ❦

나는 이 늙수그레한 남자의 얘기에 반신반의했다. 사실 같지 않기 때문이었다. 그런 가운데서 '미스터 하'와 관련한 뒷얘기는 궁금하기도 했다. 그렇지만 날이 새는지 감방 안이 밝아져왔기에 남자도 더는 얘기를 하지 않았다.

"얘기가 중도에 그쳐 아쉽습니다. 오늘 밤에 아저씨의 얘기를 마저 들을 수 있겠습니까?"

"물론이지요. 정우 씨가 내 얘기에 흥미를 보이는데 내가 그만둘 수 있나요. 허, 허……."

다시금 저녁이 되었다. 전날과 마찬가지로 간수 두 명이 순검을 한 후 돌아갔고, 이후 남자는 하다만 얘기를 재개했다.

❦ ❦ ❦

"나는 다시금 저세상에 태어났어요. 약간의 신통력과 재간을 부수적으로 지닌 채 말입니다. 명목상의 부모에게서 김가라는 성과 '종갑'이라는 이름도 얻었지요. 그리고 일찍부터 이 세상을 떠돌았어요. 집안이 원체 한미(寒微)한 데다 부모가 6·25 전쟁통에 사망했기 때문이에요. 그러다 '최중대'라는 나와 처지가 비슷한 사람을 만나 친구가 됐어요. 그 최중대에게 있어선 나를 만난 게 최

악일 테지만 나는 정반대예요. 왜냐하면 최중대에게 여러모로 도움도 받았고, 또 그의 여식 덕분에 잠깐이나마 세상 사는 즐거움을 누렸으니까요. 최중대는 사업 수완이 뛰어난 사람이었어요. 또 의리도 있고요. 그가 나를 신임해 집사(執事)에서 상무로, 또 영월 구룡산에 있는 백수정 광산의 책임자로 임명한 것을 예로 들 수 있어요. 그런데 내가 간과한 게 있었어요. 성산의 성소에서 나를 잡으러 용자(勇者)를 보냈다는 사실을요. 물론 '미스터 하'의 시자일 테고, 붉은 후광을 띠고 나타나는 모습에서 용자의 존재를 알게 됐어요. 그리고 그때부터 나는 화수도인, 바다괴인 등으로 변신해 그와 대적했어요. 결국 내가 패해 이렇듯 재차 이곳 세상에 오게 됐지만……. 그 용자는, 딸만 둘인 최중대가 우연찮은 인연으로 양자로 입양한 '최성우'예요. 내가 어제, 정우 씨의 이름과 성을 듣고는 공교롭다고 한 것도 바로 최성우를 떠올렸기 때문이에요."

❦　❦　❦

내가 이해된다는 뜻으로 잠자코 고개를 끄덕였다.

❦　❦　❦

"……내가 광산 책임자긴 하나 고용된 사람 아니겠습니까? 어느 날이었어요. 최중대 부부가 대학에서 회계를 전공하는 큰딸과 함께 광산을 방문한다는 기별을 최중대의 운전수인 조 기사로부터 받았어요. 광산의 재무 상태를 살피기 위해 온다는 것이에요. 나는 그 기별을 받자 조 기사에게 모종의 지시를 했어요. '사전에 계획한 것을 실행하라'라고요. 사전 계획은 교통사고로 가장해 최중대를 살해하는 것이에요. 물론 최중대의 재산과 광산을 차지할 목적에서이지요. 조 기사는 내가 미리 심어둔 사람이었어요. 그는 광산이 소재한 구룡산에서 화전을 일구는 노인의 아들로, 사십 줄에 미혼이고 탄광에서 트럭을 몰던 사람이었어요. 성격이 단순해 상당액의 돈과 그의 아비를 광산에 취직시켜 준다는 조건으로 매수할 수 있었어요. 그렇지만 그 나름으로 꿍꿍이는 있었어요. 여대생인 최중대의 딸에 대한 흑심이라고 할까. 물론 언감생심, 가당찮은 욕심이지만. ……나는 일찍부터 종교를 창시해 교주가 되는 게 꿈이었어요. 그렇지만 교당을 마련할 재원이 없어 차일피일하던 차였는데 기회라고 판단했지요. 광산에서 멀지 않은 곳에 '주천'이라는 강이 있어요. 최중대 부부에겐 안됐지만, 그곳은 내겐 기회의 장소였어요. 마침 비도 많이 내려 강물이 불어난 차제이기도 하고요. 조 기사는 내 지시를 충실히 이행했어요. 주천강 상류에 이를 즘, 차의 속력을 높여 그대로 강으로 돌진한 거예요. 그리고 조 노인의 아들은 그 즉시 최중대의 대학생 딸인 순영만 구한 채 물가로 나왔어요. 물가에서 그가 반쯤 혼절한 순영에게 무엇인가 먹이더군요. 양귀비(양귀비꽃 열매)라고 하는 아편이었어요. 내가 도로변에서 지켜보고 있었지만 제지하지 않았어요. 내 관심은 오직 최중대 부부의 사망 여부였으니까. 최중대 부부는 예상한 대로 차에서 빠져나오지 못하고 익사를 했어요. ……조 노인의 아들이 정신이 반쯤 나간 순영을 둘러업더군요. 그리고 자신의 아비가 사는 구룡산 기슭으로 향했어요. 내가 뒤처져서 따라갔지요. 사실 최중대 딸을 조 노인의 움막으로 데리고 가는 일은 내가 지시하지도 않았고, 계획에도 없던 일이었어요. ……조 기사가 자신의 아비 움막에 도착해선 순영에게 아편(마약)을 탄 물을 또다시 반강제로 먹였어요. 순영은 이내 정신을 잃었고. 내가, 조 기사에게 '순영을 아편중독자로 만들 셈이냐'고 나무랐더니 '순영을 안정시키기 위한 수단'이라는 거예요. 또 당분간 자신과 제 아비가 순영을 보살피겠다고 한술 더 떴어요. 나는 조 기사의 음흉한 속셈을 모를 리 없지만, 순영의 처리가 난감해 '며칠간'이라는 조건을 달아 허락을 할 수밖에 없었어요. 그러고선 순영이 깨어나면 '김 상무에게 교통사고 소식을 알렸고, 부모님은 지금 영월 병원에서 치료 중이라'고 그렇게 말하라고 일러뒀어요. 그 이후로도 조 기사가 순영이 도망 못 가게 아편을 계속 먹였겠지요. 사실 아편이라는 양귀비는 당시 흔하게 재배가 됐어요. 더욱이 인적이 전혀 없는 깊은 산속이라 누발할 나위가 없을 테지요. ……최중대 부부의 교통사고 사망 소식은 언론과 방송에 크게 보도가 됐어요. 하지만 늘 그렇듯 오래지 않아 세상 사람들의 관심에서 멀어지더군요. 경찰도 실종된 순영과 조 기사에 대한 수색에 나섰으나 성과가 없자 나중 흐지부지됐고요. 그런 과정에서 고등학생인 성우가 누나인 순영을 찾겠다고 사고 현장과 백수정 광산에 왔었지요. 성우가 찾는 누나 순영은 이미 내가 모처에 안배했으니 헛수고였어요. ……이후 나는 광산을 비롯한 최중대의 재산을 대부분 가로채, 내가 갈망하던 종교(화수교火水敎, 일명 우주교)를 창시했어요. 그리고 혹세무민과 내세에 대한 약속 등으로 신도를 끌어모았지요. 하지만 나는 교주가 아닌 그 아래 교총의 직위를 가졌어요. 교주를 따로 둔 셈이지요. 순영의 얘기를 해야겠네요. 순영은 내가 풀려나게 했어요. 며칠이 지나 순영이 감금된 조 노인의 움막에 갔었으나 조 기사는 순영을 풀어줄 기색이 아니었어요. 그래서 조 기사에게, 약속한 돈이 마련됐으니 내일 광산으로 오라고 유인했지요. 그가 의심 없이 광산에 왔고, 나는 기회를 틈타 그를 처단했어요. 시신은 구덩이를 파서 광산 근처에 묻었어요. 이튿날, 아들 일이 궁금해 조 노인이 왔더군요. '경찰이 아들을 수배하고 있어 내가 한동안 일본에 가 있어라'라고 했다고 하니 곧이들었어요. 그리고 돈도 얼마쯤 줬고, 내일부터 광산에 경비로 출근하라고 했지요. ……조 기사를 처단한 건, 순영을 감금했기 때문이 아니에요. 전적으로 최중대 부부의 살해와 관련한 입막음이었어요. 그런데 후일 순영이가 내게 털어놨지만, 아편에 취해 있는 동안 조 노인 부자가 번갈아가며 자신을 능욕했다는 거예요. 그런 짓까지 고려하면 어쨌든 조 기사는 마땅히 죽어야 할 놈이 아니겠어요. ······내가 종교를 창시한 이듬해 교당이 여러 개로 불어났어요. 내 설교에 혹했는지 신도도 한층 많아졌고요. 그쯤에 순영을 교주로 앉혔지요. 그리고 일반인들은 말할 나위도 없거니와 신도들까지도 그녀와 접촉하는 것을 차단했어요. 그녀는 얼굴 없는 교주가 된 셈이지요. 당시 그녀는 아버지 친구인 나와 내연의 관계였어요. 또 아편이 없으면 한 시도 버티지 못하는 아편 중독자이기도 하고요. 나는 그녀를 명목상의 교주로 내세운 뒤 교총이라는 직함으로 행세했고, 교세 확장에 더욱 힘썼어요. ······전국에 구룡산이라는 이름의 산이 여럿인데, 그중 수도(서울) 가까운 구룡산에 본당을 뒀어요. 말하자면 내가 창시한 종교의 본산이라고 할까요. 그런 와중에 내게 첫 불행이 찾아왔어요. 전국 각처의 교당을 순행하고 돌아와 보니, 교주인 순영이 목을 매 자진한 거예요. 내가 비밀리에 순영을 매장하긴 했으나 마음이 착잡했어요. 순영의 배 속에 내 아이가 자라고 있어서 더욱 그렇더군요. ······세월이 흘렀어요. 내가 창시한 종교는 기존 종교로 자리를 잡을 만큼 크게 발전했고요. 그러나 그런 성취도 보람이 없게 되었어요. 어느 날, 지방의 교당을 순행하는 중에 어른이 된 성우로부터 불의의 피습을 당하게 된 거예요. 성우 존재를 잊고 지낸 게 불찰이었어요. 나는 그때 치명상을 입었어요. 그가 날린 단 하나의 쇠꼬챙이가 내 목을 관통한 게지요. 그가 나를 해한 것은, 양부모와 순영에 대한 복수심 때문일 테지만 결과적으론 용자인 자신에게 부여된 임무를 완수한 격이 됐어요. 그 점은 전날 밤에 얘기한 성소의 불경과 연관된 것이에요. 그리고 이참에 순영의 동생 은영을 언급하지 않을 수 없네요. 성우에게 복수를 촉발하도록 한 계기를 줬으니까. ······성우는 양부모가 죽은 후, 동생인 은영과 둘이 살았어요. 둘은 피가 한 방울도 섞이지 않은 남매간이나, 어릴 적부터 가족이었기에 같이 산 거예요. 문제는 둘 다 성인에 가까운 청소년이라는 겁니다. 자연 은영이 오빠인 성우에게 많이 의지했지요. 그러다 은영이 성우에게 이성적 감정을 갖게 됐고, 종내 둘은 넘지 말아야 할 선을 넘고 말았어요. 오빠인 성우도 잘못이 없진 않아요. 하지만 은영이 의도적으로 그런 기회를 만들었다는 점에서 성우보다 은영의 잘못이 크다고 할 수 있어요. ······그 일이 있고 나서 성우는 집을 나갔어요. 가출인 셈이나 죄책감 때문이에요. 그 이후로 성우는 두 번 다시 은영에게 돌아오지 않았지요. 그리고 성우는 자신이 태어난 묵호(동해시)로 가서 닥치는 대로 일을 하며 살았어요. 은영에 대한 죄책감까지 승화된 확고한 복수심을 지닌 채 말입니다. 그런 동안 은영은 자신의 어머니가 저축한 돈과 집을 매각한 돈으로 생활을 영위했어요. 그리고 대학을 졸업한 이듬해, 성우의 절친이자 쓰리 똘(『푸른 밤 붉은 수레』에 나오는 삼총사) 중 한 명인 일주와 결혼해 가정을 꾸렸지요."

　　　　※　　※　　※

 또 하룻밤이 지났다. 어김없이 간수들이 나타났다. 간수들을 보자 이제부터 입을 닫고 있어야 한다고 생각하니 새삼 갑갑증이 일었다. 그러나 남자는 내 마음을 아는지 모르는지 느긋한 기색이었다. 게다가 간수들이 수감자들의 동태를 살피기 위해 창살 방을 기웃거리고 다니는데도 남자는 안쪽 벽에 등을 비스듬히 기댄 채 두 다리를 뻗기까지 했다. 마치 간수가 안중에 없다는 태도와 다를 바 없었다. 나는 간수들이 남자의 이런 태도를 보고 제재를 가하지 않을까 생각했으나 기우였다. 간수들은 남자의 태도가 필시 눈에 거슬렸음에도 못 본 척하는 것 같았다.

 시간이 흘러 죽 배식 시간이 됐다. 남자도 죽을 먹지 않겠다는 뜻으로 나처럼 그릇을 내밀지 않았다. 어제와 마찬가지로 죽통 간수는 군말하지 않고 갔다. 이후 저녁이 도래했으나 그때까지 남자에게 아무 일도 일어나지 않았다.
 "아침 순검 때, 아저씨가 간수들에게 질책을 받지 않을까 내심 걱정했습니다."
 "걱정은 고마우나 나는 두려울 게 없어요. 내 운명은 이미 정해져 있으니까. 말이 나온 김에 하는 말이지만 정우 씨는 금명간에 여길 나갈 거예요. 아마 형식적인 재판을 거쳐 승강기나 삭도를 운용하는 동력꾼이 될 가능성이 커요. 그렇더라도 삭도 동력꾼이 되는 게 나아요. 운이 따른다면……."

"아저씨의 말씀을 들으니 선민의 도시에 온 게 후회가 됩니다. 저는 '미스터 하'를 만나려는 기대를 품고 선민의 도시에 왔었는데……, 동력꾼은 제게 뜻밖입니다."

"내가 첫날에 얘기했잖아요. 이 선민 도시에 '미스터 하'가 없다고……. 그리고 삭도 동력꾼도 나쁘지 않아요. 이 도시에 살 수 있는 자격이 주어지고, 특정한 날에만 힘을 쓰면 되니, 어쩌면 정우 씨에게 기회가 될 수도 있어요. 내가 동력꾼 경험자라서 하는 말이에요."

남자의 말이 거짓 같지 않았다. 그럼에도 물론 자신의 술회이긴 하나, 전차, 이 세상에서 죄를 지어 도망쳤고 저세상에서도 숱한 악행을 저질렀다는 점에서 그의 말을 온전히 믿고 싶지 않았다. 어쨌든 남자의 말을 좀 더 구체적으로 들어 볼 필요가 있었다.

"동력꾼 경험자라고 하셨는데, 어떤 경험을 하셨습니까?"

"오늘도 우리가 밤을 지새워야 하겠네요."

❦ ❦ ❦

"나는 성우에게 죽임을 당했지만 좋은 운이 남아 있어서 그런지 또다시 이 세상에 오게 됐어요. 드넓은 강을 배후에 둔 '덴 하루'라는 곳이었소. 나는 그곳에서 한동안 살았지요. 전차에 살던 선민의 도시 생각이 안 날 리 만무했어요. 고위 판관 벼슬에 대해 아쉬움이 컸던 탓이랄까. 따지고 보면 내가 '미스터 하'에게 불경을 저지른 것은 맞지만 의도적이지 않았고, 또 내 실수로 연못에 빠져 제멸된 것이잖아요. 그래서 선민의 도시로 돌아가기로 작정했어요. ……'덴 하루'에서 서쪽 선민의 도시까진 사흘 거리라고 들었으나 실제 나흘쯤 걸렸어요. 그런데 가는 도중에, 내가 집전관이었을 때 나를 수행하던 예전 판관을 만난 게 화근이었어요. 그는 불모지와 다름없는 고원의 동산에서 반려자와 살면서 나그네에게 편의를 제공하는 듯 보였어요. 그 편의라는 건 의복을 제공하는 것이지만, 실상은 동력꾼이 되게 하는 일종의 기만책이에요. 그가 나를 알아보더군요. 그는 '마음 편히 살고자 판관을 그만두고 이곳 동산에 산다'라고 했으나 믿어지지 않았어요. 분명 어떤 큰 잘못을 저질렀겠지요. 내 지시를 받는 그 당시에도 여러 비리가 있었으니까. ……내가 떠날 때, 그가 갈색의 통옷을 선물로 주더군요. 깨끗한 새 옷이었어요. 나는 호의에 고마워했지만, 그 옷은 농력軍이라는 표식과 다름없었어요. 선민의 도시에 늘어가자마자 곧 안전원들에게 체포됐지요. 그리고 영문 모르게 이 감방으로 끌려온 게지요. 사나흘 후, 형식적으로 재판을 받았어요.

젊은 판관이 그러더군요. '죄는 크지 않지만, 일정 기간 동력꾼으로 복무해야 한다.'라고 말이에요. 항변했지만 소용이 없었어요. 웃기는 건 '그 일정한 기간이 얼마인지를 알려달라.'고 했으나 대답을 안 하더군요. 그래서 꼼짝없이 동력꾼이 될 수밖에요. …… 그런데 엎친 데 덮친 격으로 나무 석상에 배치가 됐어요. 전차, 석상에 거주를 해봐 아는데, 석상의 승강기를 운용하는 동력꾼들은 쉴 틈이 없어요. 판관들이 석상을 오르내릴 때마다 힘을 합쳐 승강 장치를 돌려야 하니 얼마나 고되겠어요. 동력꾼 일을 며칠 해보니 일이 너무 고돼 이러다 종내 제멸되지 않을까 하는 생각마저 들더군요. 선민의 도시에서 무고한 사람들을 분별없이 잡아들여 동력꾼이 되게 하는 이유를 그제야 알 수 있었어요. 일이 고돼 부상이나 제멸 등으로 늘 결원이 생기기 때문이에요. 게다가 석상의 동력꾼이다 보니 내 아래에 있던 옛 판관들이 고위 판관이 돼 있는 걸 목격할 수 있었어요. 그들도 암암리 나를 주시하는 걸 보면 나에 대해 아는 눈치였어요. 한마디로 치욕이었지요. 상사였던 내가 아랫사람들의 편의적 도구로 전락했다는 그 사실 말이에요. ……기회를 봐 도망을 쳤지요. '덴 하루'로 돌아갈 계획이었으나 뜻대로 되지 않았어요. 도시의 외곽 담장을 넘으려다가 안전원들에게 잡혔지요. 그리고 그때 내가 끌려가는 중에 정우 씨를 만난 거예요. 정우 씨가 안전원들에게 잡힌 건 동산의 내외로부터 받은 옷의 색깔 때문입니다. 지금 생각하면 판관을 지낸 동산의 거주자나 도시를 다스리는 현 판관들이나 비양심적이고 악의적인 건 두말할 나위가 없어요. 이런 사람들의 세상인데 나의 앞날도 뻔해요. 도망친 죄에다 전차의 불경죄까지 더해 필시 제멸을 당하겠지요."

❖ ❖ ❖

그쯤에서 남자는 자조하듯 쓴웃음을 지었다. 내가 위로의 말을 건넸다.

"그까짓 일로 제멸을 당하겠습니까? 그리고 선민의 도시에 나쁜 판관만 있는 게 아닐 것입니다. 너무 비관하지 마십시오."

"고마워요. 이틀 밤에 걸쳐 얘기하다 보니 이젠 정우 씨가 가깝게 느껴지는군요. 내가 갇힌 몸만 아니라면 정우 씨를 도울 일이 있을 텐데 안타깝기도 하고요."

"아닙니다. 오히려 제가 감사합니다. 아저씨의 얘기를 통해 이곳 세상 사정을 안 것만으로도 충분합니다."

"정우 씨가 선민의 도시에 온 목적이 '미스터 하'를 만나는 것이라고 했는데, '미스터 하'가 여기에 없으니 앞으로 어떻게 할 작정이에요? 물론 동력꾼은 되지 말아야겠지만……."

"저도 동력꾼이 되는 걸 원치 않습니다. 한 가지 궁금한 게 있습니다. 제게 갈색 옷을 준 동산의 사람이 얘기하길, '미스터 하'

는 동물들 나라의 총집사라고 했습니다. 그때나 지금이나 저로선 이해가 되지 않습니다."

"글쎄요. 터무니없는 얘기는 아닐 거예요. 물론 그자가 진짜 '미스터 하'의 시자에게 들었다면 맞겠지요. 이건 내 추측이지만, '미스터 하'를 저세상이나 이 세상이나 그 어디에서도 만났다는 사람이 없으니 '미스터 하'는 가상의 존재일 수 있어요. 그래서 '미스터 하'를 들먹이는 진짜 시자들이 '미스터 하'이면서 아닌 양 호도하는 게 아닌가 해요. 내가 '미스터 하'의 성소에서 목격한 인물도 분명 여성이었으니까요. 이런 점들에 미뤄봐서 '미스터 하'가 동물들 나라의 총집사라는 게 빈말 같지 않다는 겁니다. 물론 그 총집사 역시 '미스터 하'로 인식되는 진짜 시자일 수도 있지만……, 또 내가 '덴 하루'에 살 때 들은 말 중에 '강 저편에 강아지 나라가 있고, 그 강아지 나라의 출입자를 통제하는 건 여성이다'라는 얘기와도 일맥상통하고요. 아무튼 정우 씨가 '미스터 하'에 대한 정보를 얻으려면 '덴 하루'에 가보는 게 낫지 않겠어요? '덴 하루'에는 '미스터 하'의 실체를 알고 있는 재사(才士)가 필시 있을 거예요. 여기 선민의 도시보다 억압이 덜해 자유롭기도 하고요. 누가 압니까? 정우 씨가 '덴 하루'에서 우연한 인연으로 '크로스 라이프' 주민들의 얼굴 기형을 고칠 처방을 얻게 될지……."

"그러면 얼마나 좋겠습니까? 존재 여부가 불분명한 '미스터 하'를 굳이 찾지 않아도 되니 말입니다."

남자와의 대화는 거기까지였다. 날도 밝았지만, 순검차 나온 두 명의 간수가 우리가 갇힌 창살 방 앞에 멈춰선 까닭에서였다. 왜 지나치지 않을까 생각하던 차에 간수가 창살 문을 여는 것이었다. 그러고선 나를 지목해 나오라고 했다. 영문은 알 수 없으나 지시에 순응할 수밖에 없었다. 내가 밖으로 나오자, 두 간수가 즉각 양쪽에서 내 팔짱을 꼈다. 간수들의 태도가 심상치 않아 '무슨 일이냐'고 물었으나 대답이 없었다. 나는 직감적으로 재판을 받게 되거나 다른 곳에 이감될 것 같다는 생각이 들었다. 내가 고개를 돌려 남자를 쳐다보자 남자도 창살을 부여잡은 채 나를 마주 쳐다봤다. 이별의 눈인사였다. 비록 남자가 저세상에선 더할 나위 없는 배덕자이고 악인이었지만 그 순간만은 남자에게서 인간의 정을 느꼈다.

　지하 감방을 나서기 전, 망태기를 돌려받았다. 망태기 안의 씨앗 주머니도 그대로였다. 한 가지 다행인 건, 간수들이 포승으로 나를 결박하지 않은 점이었다. 그렇다 해도 앞날에 대한 불안감은 사그라지지 않았다. 오래지 않아 철문이 덜컹 열렸다. 거의 동시에 방망이를 찬 남색 옷 두 명이 열린 문으로 들어왔다. 처음 보는 얼굴들이었다. 나를 데려갈 계호원 같았다. 예상대로였다. 간수들이 나를 그들에게 인계하자 그중 한 명이 내 등을 떠밀었다. 그리고 앞뒤에 붙어 나를 데려갔다.

사흘 전, 들어올 때 봤던 탁자만 덩그러니 놓인 공간으로 해서 복도로 나왔다. 어두운 창살 방에 있다가 밝은 데로 나오니 시야가 트였다. 하지만 불안감은 여전했다. 묵묵히 계호원을 뒤따랐다. 이윽고 복도 중간쯤에 있는 한 문에 이르러 계호원이 멈춰 섰다. 계호원이 그 문을 열더니 턱짓으로 내게 들어가라는 거였다. 안으로 들어갔다. 널찍한 공간에 책상과 의자들이 일정하게 배치된 가운데 남색 옷의 사람들이 저마다 책상을 차지해 업무를 보고 있었다. 계호를 담당하는 남색 옷 사람들의 사무실 같았다. 그리고 사무실 한쪽에는 일반인들로 짐작되는 한 무리의 재색 옷 사람들이 기다란 나무 의자에 앉아 있는데, 개중에 빈자리가 있음에도 앉지를 않고 서성이는 이도 있었다. 계호원들의 사무실임을 참작해 처분을 앞둔 대기자들이 아닌가 싶었다. 나를 호송한 남색 옷이 나더러 "저 사람들처럼 저기서 기다리시오."라고 지시했다. 나는 그의 지시를 쫓아 재색 옷 사람들에게 가서 합류했다. 재색 옷 사람들은 갈색 옷의 나를 쳐다보지 않았다. 재색 옷 간에도 시선을 마주치지 않는 건 마찬가지였다. 분위기를 보니 재색 옷의 사람들이 어떤 이유로 계호원들의 사무실에 와야 했는지는 알 수 없으나 결코 좋은 일은 아닌 듯싶었다. 초조한 듯 서성이고, 시선을 떨구고 있는 것으로도 익히 그런 느낌이 들었다.

잠시 후, 계호원 서넛이 이쪽으로 왔다. 사람들이 의자에서 주춤주춤 일어섰다. 나도 덩달았다. 계호원들이 사람들을 쭉 둘러보는가 싶더니 호명을 했다. 그러고는 "호명한 사람들은 앞쪽으로 나와 줄을 서라."고 했다. 반수 가량인 예닐곱 명이 앞으로 나가 줄을 섰다. 그 직후 계호원들이 미리 준비한 원판 모양의 수갑을 줄 선 사람들 손목에 일일이 채우는 것이었다. 나는 목전에서 사람들이 수갑을 차는 것을 보곤 절로 경각심이 생겼다. 그런데 정작 수갑 찬 당사자들은 의외로 담담해 큰일이 아닐 것 같아 마음이 조금은 놓였다.

수갑 찬 사람들은 그길로 계호원들에 이끌려 사무실을 빠져나갔다. 나는 그 모습을 지켜보다가 다음은 '내 차례일까?' 하고 조바심을 했다. 그러나 괜한 조바심이긴 해도 나는 아니었다. 얼마쯤 지나 남은 사람들이 안전원들에 의해 이송될 때도 나는 제외였다. 나는 지루한 기다림 끝에 계호원들의 사무실을 나갈 수 있었다. 창살 방 감옥에서 계호원 사무실에 올 때와 마찬가지로 남색 옷 사람 두 명이 나를 데려갔다. 나 또한 원판 모양의 수갑을 피할 수 없었다. 내 망태기는 계호원이 들어주었다.

내가 계호원들에 의해 재차 이동한 곳은, 같은 건물 이 층에 있는 한 호실이었다. 문에는 203이란 숫자가 표기돼 있었다. 문을 통해 발을 들여놓자, 먼저 눈에 띈 건 턱진 단상과 단상 중심에 배치된 책상과 의자였다. 그 뒤는 벽이었다. 그리고 단상과 얼마간의 거리를 두고 긴 나무 의자가 놓였는데, 등받이가 없다는 점에서 계호원 사무실에 있던 긴 나무 의자와 동일했다. 호실 내의 집기는 그게 다였다. 언뜻, 호실 공간은 넓지 않아도 단상의 책상과 긴 나무 의자가 맞보는 형태여서 재판을 하는 곳 같다는 생각이 들었다.

계호원들이 나를 긴 의자로 데려가 의자에 앉도록 했다. 그러고선 그들도 나를 가운데 두고 앉았다. 그 사이 시간이 점점 흘렀다. 이러다 날이 저무는 게 아닌가 싶었다. 나는 갑갑증에서 곁의 계호원들을 슬쩍 곁눈질했지만, 그들은 엄정한 표정으로 앞만 바라볼 뿐이었다.

어느 순간, 두 계호원이 거의 동시에 벌떡 일어섰다. 그리고 나직이 내게 "일어서라."라고 했다. 그때쯤, 책상 뒤쪽에서 사람들이 계단을 밟고 올라오는 소리가 들렸다. 책상에 가려 보이지 않지만, 아래층과 연결된 비밀 계단이라도 있는 모양이었다. 계호원들이 일어선 건 소리를 인지한 까닭이라고 할 수 있었다.

계호원들은 일어선 그 자세로 미동조차 하지 않았다. 책상 뒤쪽에서 사람들이 곧 나타나리라는 예감이 들었다. 나는 책상 뒤쪽을 응시하면서 나타날 사람이 판관일 거라고 지레짐작했다. 그리고 짐작하기가 무섭게 덜컥하는 소리가 났고, 곧 책상 뒤쪽에서 솟아나듯 한 사람이 모습을 드러냈다. 뒤이어 또 한 명의 사람이 올라왔다. 둘 다 남색 옷이었다. 그렇게 해서 아래층에서 이층 호실로 올라온 사람은 네 명이었다. 모두 남자들이었다. 그런데 맨 나중의 사람은 남색 옷이 아닌 흰 복색에 각(脚)이 달린 복두(幞頭) 형태의 관모를 쓰고 있어서 일견 신분이 높다는 것을 익히 알 수 있었다. 그 때문인지 풍채가 다른 셋보다 두드러져 보였고 거동에도 무게감이 우러났다.

흰옷의 사람이 단상의 의자에 앉기 전 나를 힐끗 쳐다봤다. 나도 시선을 피하지 않고 마주 쳐다봤다. 내 마음속에 도사린, 나는 '무고하다'라는 오기가 작용한 탓이지만 그나마 항의였다. 이후에도 나는 당당하게 굴려고 했다.

흰옷 사람이 의자에 앉자 기다렸다는 듯이 함께 온 사람들이 양옆에 시립 했다. 남은 한 명은 좀 더 흰옷 가까이 섰다. 그의 손에 책자 같은 게 들린 걸 보니 서기 같았다. 그때까지 두 계호원도 선 채로 있었고, 나 또한 흰옷 사람을 주시하며 서 있어야 했다.

흰옷 사람이 입을 뗐다. 음성이 풍채에 어울리지 않게 여리고 작았다. 그래도 주위가 숨소리조차 들리지 않을 정도로 조용해 알아듣는 데 어려움이 없었다. 흰옷 사람은 예상대로 판관이었다.

"누구든 무단으로 도시에 들어오거나 거리를 배회하는 건 불법이오. 아마 그대도 그 범주에 해당할 것이오. 따라서 죄가 없다고 할 수 없소. 마지막으로 하고픈 말이 있으면 하시오. 짧게……."

어떻게 짧게 나의 무고함을 다 말 할 수 있단 말인가. 나는 어이가 없었다. 그러나 짧게라도 내가 무고하다는 것을 밝히지 않으면 저 단상의 판관이 얼토당토않은 판결을 할 것 같아 나는 소신껏 말했다.

"도시에 무단으로 들어온 게 아닙니다. 문을 지키는 책임자가 입도(入都)를 허락해서 들어왔습니다. 이게 죄입니까?"

"입도를 허락받았다고 해서 거리를 배회할 수 있는 권리까지 받은 건 아니지 않소? 그래서 죄라는 거요. 그럼, 본 판관이 판결을 내리겠소. 거리를 무단 배회한 죄로 그대를 단기 동력형에 처하오."

재판을 빙자한 꼼수일 뿐이었다. 차라리 '동력꾼이 모자라니 얼마 동안 동력꾼이 돼달라'고 하면 그나마 억울해도 도리 없다고 하겠는데, 불의를 배척해야 할 판관이 자신의 편의를 위해 무고한 사람에게 억지로 죄를 씌우는 건 도저히 용납할 수 없었다. 더욱이 이 도시가 세상 사람들이 선망해 마지않는 선민의 도시이고, 판관 또한 그에 걸맞게 정의로워야 한다는 점에서 울분이 치솟았다. 큰소리로 항변했다.

"이런 터무니없는 판결이 어디 있습니까? 내가 왜 동력형을 받아야 합니까?"

그러나 판관은 벌써 의자에서 일어나 등을 돌리는 차제였다. 내 항변은 호실을 울리는 공허한 소리에 그쳤다. 남색 옷들이 판관을 에워싸더니 일제히 단상에서 모습을 감췄다.

내가 의자에 털썩 주저앉았다. 애써 화를 삭이려는데 계호원이 나를 내버려두지 않았다.

"판결이 났으니 그만 갑시다."

분통이 터질 노릇이나 현실을 거스를 수 없었다. 나는 수갑을 찬 그 상태로 다시금 계호원들에 이끌려 어디론가 가야 했다. 밖은 이미 밤이었다.

날이 밝을 무렵에야 알게 됐지만 나는 재차 이감됐다. 그러나 앞서 갇혔던 그 지하 감옥이 아니었다. 새 감옥의 방은 한결 넓었다. 또 밖으로 난 작은 창을 통해 햇빛이 들어와 어둡지 않은 데다 천장이 높아 공기질도 좋은 편이었다. 감옥이 지하가 아닌 지상에 위치하는 듯싶었다. 그럼에도 들고나는 출입구에 창살이 쳐졌다는 점에서 엄연한 감방임을 일깨워주었다. 감방이 넓은 만큼 수감자가 나 혼자일 수 없었다. 나를 포함해 다섯인데, 각자 자리를 차지해 아무렇게 누워 있는 걸 보면 이 감옥은 간수들의 통제나 속박이 덜한 것 같기도 했다. 그런 까닭에서인지는 모르지만, 아침이 됐는데도 간수들을 볼 수 없었다. 간수를 본 것은 그로부터 한참 지나서였다. 그런데 전 감옥의 간수들과 달리 허리께에 방망이를 차고 있어 눈을 불편하게 했다. 수감자들에게 정도의 자유로움을 주는 대신이라고 해도 사뭇 위협적이라는 생각이 드는 건 어쩔 수 없었다. 그리고 그제야 망태기 생각이 났다. 혹시나 해서 주위를 살폈다. 하지만 망태기는 눈에 띄지 않았다. 203호실을 나설 때 계호원 손에 망태기가 들린 건 기억나나 그 이후는 기억 밖이었다. 간수가 오면 망태기에 관해 물으려다가 없어져도 그만이라고 생각이 들어 단념했다.

감방의 수감자들은 신입인 내게 말을 붙이지 않았다. 나 역시 먼저 말을 붙이기가 서먹해 창살 쪽 자리에 잠자코 앉아 있을 수밖에 없었다. 늦은 오후에 죽통을 든 간수가 나타나 수감자들에게 배식했다. 나 이원 모두 그릇을 내밀어 관식을 받다. 나는 전처럼 관식을 거절했다. 도통 내키지 않아서였다. 관식 이후, 간수들이 보이지 않는 틈을 타 수감자 하나가 내게 말을 걸어왔다. 쉰쯤 되는, 수감자 중 가장 나이가 많아 보이는 사람이었.

"이봐요, 당신! 우리가 관식을 먹고 싶어서 먹는 게 아녜요. 무료한 시간에 입마저 무료하게 둘 수 없어서 그래요. 당신은 우리와 결이 다르네요."

내가 인사도 없이 입을 봉하고 있다는 것을 에둘러서 하는 말처럼 들렸다. 나는 상대할 기분은 아니지만 마지못해 일어났다.

"인사가 늦었습니다. 저는 최 아무개라고 합니다. 잘 부탁드립니다.”

그러고서 머리를 숙였다.

"절까지 할 필요가 없는데……."

그때 아까부터 나를 꼬나보던 앞 수감자가 내게 불쑥 물었다.

"최 아무갠지 뭔지 하는 당신은 어떤 판결을 받았소? 설마 제멸형은 아닐 테지요?"

분명 빈정거리는 말투이긴 하나 참았다.

"예, 단기 동력형입니다."

"형이 가벼워서 좋겠네요. 노형과 당신만 빼고 우린 성산에서 노역을 해야 하는 장기형인데……."

노형은 연해 나이 든 사람을 지칭하는 듯했다. 그 노형이 거듭 입을 열었다.

"단기나 장기나 오십보백보 아네요? 감독자의 눈 밖에 나면 단기가 장기가 될 테고, 또 재수 오지게 없으면 나처럼 제멸을 기다리는 신세가 되니 안 그래요?"

나에게도 해당하는 말 같았다. 또 그 말의 진의는 차치하고도 부당하게 죄인이 된 나로선 수긍이 가는 점이기도 했다. 그러고 보면 선민의 도시에서 형을 사는 것마저도 간단치 않다는 것을 일깨워준 셈이었다.

다음 날 저녁, 노형이라는 사람이 간수들에 의해 감방을 나가게 됐다. 그에게 무슨 일이 닥칠지 모르나 제멀형을 받은 사람에게 좋은 일 같지 않았다. 그도 그럴 것이 간수의 호명이 있자 노형의 표정이 금세 어두웠고, 일어나 감방을 나설 때도 축 처진 모습이기 때문이었다. 노형은 감방을 나서자마자 손목에 원형 수갑이 채워졌다. 그때 노형이 고개를 돌려 우리를 쳐다봤다. 애써 웃는 듯했으나 나로선 외려 처연하게 느껴져 마음이 편치 않았다. 간수들은 노형을 어디론가 데려갔다.

노형이 눈앞에서 사라진 뒤, 수감자들은 저마다 생각에 잠긴 양 이렇다 할 말이 없었다. 그러나 침잠한 분위기는 잠시였다.

"기분이 좀 그렇네요. 노형과 오래 같이 있지 않았지만 내 말동무였는데 말이에요."

내게 어떤 판결을 받았냐고 묻던 사람이었다. 수감자 하나가 맞받았다. 둘은 연배가 엇비슷했다. 하지만 나보다는 둘 다 연배가 높아 보였다.

"나도 마찬가지예요. 어쨌든 노형 다음으로 당신이 이 감방에 제일 오래 있었으니 이제부터 감방 분위기를 잘 이끄세요."

"감방 분위기요? 나도 오늘내일하고 있는데 뭔 분위기 얘기를 해요?"

그러나 성격 탓인지 몰라도 말과 달리 나대는 태도가 여실했다. 또 사람이 조금은 엉뚱하고 모자란 구석도 없지 않았다.

"분위기 말이 나온 김에 하는 말이지만, 노형이 없다고 해서 우리가 달라질 게 뭐가 있겠어요. 각자 지킬 건 지키면서 남에게 피해를 주는 일은 삼가야 하지 않겠어요? 물론 노형이 안됐긴 하나, 그도 노역장 감독을 구타해 제멸형을 받았으니 가해에 대한 결과가 아니겠어요?"

그러자 상대방 사람이 즉각 발끈했다.

"아니, 수감자 간에 피해 주는 것과 노형의 제멸이 무슨 관계가 있어요? 그러잖아도 노형이 억울하게 얽힌 판국에 당신이 뭔데 노형을 험구해요?"

"노형을 험구하는 게 아니라 전후 사정이 그렇다는 겁니다. 그리고 목소리를 낮춰요. 간수가 알면 싸운다고 하겠어요."

"목소린 그대가 더 커요!"

그때 잠자코 있던 제3의 수감자가 두 사람에게 넌지시 일렀다.

"간수가 와요."

그 말이 효과가 있었는지 두 사람은 단박 언쟁을 멈췄다. 그리고 아닌 게 아니라 제3의 사람 말처럼 정말 간수 두 명이 곧 감방에 들이닥쳤다. 간수들은 방망이를 빼든 채였고, 눈을 부라리며 자못 위협적으로 나왔다.

"뭐야! 감방 안에서도 다툼질해? 정신 차리게 따끔한 맛을 한번 보여줄까?"

감방 안이 쥐 죽은 듯 조용해졌다. 우리만이 아닌 전 감방이다 그러했다. 간수들은 우리를 노려보다가 돌아갔다.

"내 참, 간수가 된 게 무슨 큰 벼슬이라고……. 이거 어디 힘없고 배경 없는 사람은 서러워서 살겠나!……"

나대던 사람이 나직이 주절거렸지만, 그 역시 간수 앞에선 끽소리 못하는 한낱 죄수일 뿐이었다.

이튿날, 나대던 사람이 간수들에게 불려 감방을 나갔다. 얼마 뒤 새로운 수감자가 들어왔다. 나대던 수감자가 어디로 갔는지 알 수 없으나 새 수감자가 입감한 걸 봐선 내가 있는 감방에 다시 올 것 같지 않았다.

새로운 수감자는 앞서 노형처럼 나이가 지긋한 사람이었다. 그는 얼굴이 초췌하고 거동마저 불편해 보였다. 그래서인지 감방에 들어온 이래 한쪽 구석에 줄곧 누워만 있었다. 나대던 사람과 언쟁했던 사람이 보다 못해 일으키려 했으나 그 수감자는 꿈쩍도 안 하였다. 그러자 언쟁했던 사람이 수감자들을 둘러보며 자못 안됐다는 듯이 말했다.

"필시 큰 고초를 겪었나 봐요. 이렇듯 누워만 있는 걸 보면……."

수감자 하나가 그 말에 동조했다.

"나도 그렇게 생각해요. 엔간해서 저렇듯 누워 있겠어요?"

언쟁했던 사람의 눈길이 내게 멎었다. '네 생각은 어떠냐?'는 눈치 같았다. 그래서 한마디 거들었다.
"사정이야 알 길이 없으나 당분간 본인 편한 대로 놔두는 게 낫지 않겠습니까?"
언쟁했던 사람이 수긍한다는 듯이 고개를 끄덕였다. 어쨌든 감방 분위기를 도모하는 사람의 위치를 인정하는 게 나쁠 리 없었다. 그 시간 이후 나는 언쟁했던 사람을 비롯한 여타 수감자들과 자연스레 말을 트게 됐다.

새로운 감방에 갇힌 지 하루 이틀이 지나 어느새 엿새가 되었다. 형의 집행을 앞두고 있다 보니 사람이 조금씩 예민해지는 것 같았다. 나뿐만 아니라 다른 수감자들도 마찬가지인 듯싶었다. 그런 가운데서도 되도록 남에게 해되는 말이나 행동을 자제하려는 기색이 엿보여 감방은 평온을 유지했다. 분위기를 도모하는 사람이 있어야 할 필요성도 그 때문일 수 있었다.

나는 그날 언쟁했던 사람, 즉 분위기를 도모하는 사람으로부터 성산에서 장기 노역을 했다는 노형에 관한 얘기를 들을 수 있었다. 물론 내가 노형에 대한 궁금증을 피력한 까닭에서였다. '노형은 나처럼 성산 중턱에서 산정까지 길(계단)을 내는 노역을 했는데, 함께 노역하는 사람이 감독을 구타하는 일이 있었고, 그때 공모자로 몰려 제멸형을 받게 됐다'라는 것이었다. '당시 노형은 구타 현장에 있지 않았지만, 평소 입바른 소리를 해 감독들에게 밉

보인 게 이유일 거'라고 했다. 또 '노형이 장기형이어서 형이 가중돼 필연적으로 제멸형을 받은 게 모순이고 통탄스럽다.'라고도 했다. 그러고서 '노형은 이미 이 세상 사람이 아닐 것'이라면서 그쯤에서 노형의 얘기를 마무리 지었다.

이어서 분위기를 도모하는 사람은 내가 청하지도 않았는데 이곳 감옥(감방)에 대해서도 나름의 얘기를 했다. '이 감옥은 장기 이상의 형을 받은 수형자가 형 집행을 앞두고 대기하는 구치감'이라는 거였다. 자신이 단기 노역형을 사는 중에 감독에게 대들어 장기형을 받고 수감된 것을 예로 들었다. 나는 그 얘기에 반신반의했다. 왜냐하면 나는 단기 동력형인바 여기에 수감될 까닭이 없기 때문이었다. 그래서 내가 물었다.

"말씀대로라면 저는 단기 동력형이어서 이 감방에 있을 까닭이 없지 않습니까?"

"단기형이라면 의당 그래야겠지요. 하지만 동력형은 실상 단기나 장기나 구분이 없다고 합디다. 하기야 나도 얻어들어서 명확한지는 알 수 없으나 그 얘기가 맞는다면 그럴 만한 사정이 있지 않겠어요? 일테면 동력 수형자가 모자라 단기라고 해도 붙박이로 형을 살다 보니 장기 수형자의 적용을 받는, 그런 사정 말입니다."

듣고 보니 여간 심각하지 않았다. 선민 도시를 배회했다 해서 형을 살게 된 것도 억울한데 그에 더해 동력꾼살이조차도 기한이 없다니……. 사실이라면 차라리 제멸을 하든지 아니면 탈옥이라도 해야 할 판이었다. 물론 한낱 수감자 얘기를 믿을 순 없었다. 그도 얻어들었다고 하지 않았는가. 그러나 이 감방의 수감자들이 나를 제외하곤 모두 장기형 이상의 판결을 받았다는 점에서 전혀 근거 없는 얘기가 아닐 수 있었다. 문득 전 감방, 거기도 일종의 구치감일 테지만 함께 갇혔던 남자의 말이 생각났다. '동력꾼 일이 고되 부상이나 제멸 등으로 늘 결원이 생긴다.'라는 그 상황은, 인원 보충이 원활치 않아 단기라도 장기와 다를 바 없다는 의미일 수 있었다. 마음이 암담했다. 분위기를 도모하는 사람이 내 마음을 들여다봤는지 위로 아닌 위로를 했다.

"내가 쓸데없는 얘기를 한 것 같네요. 내 딴에 정보라고 알려준 건데 어쨌든, 사실이 아닐 수 있어요. 깊이 생각지 마세요."

"저도 그러길 바라지만 마음이 좀 그래요."

분위기를 도모하는 사람이 고개를 돌린 후에도 나는 그의 얘기에 연연했다. 괜히 겪어보지 않고 미리 걱정을 하는 게 아닌가 싶기도 했다. 그런 가운데 함께 갇혔던 남자가 나보다 연세가 훨씬 많음에도 동력 노역에서 탈출했다는 것을 상기해, 나 또한 못 할 일은 아닐 거라는 생각이 들었다. 그래서 만약 분위기를 도모하는 사람의 얘기대로라면 마땅히 그러리라고 다짐을 했다. 마음이 조금 가벼웠다.

다음 날 아침, 누워만 있던 사람이 간수들의 부축을 받으며 감방을 나갔다. 간수들이 그의 상태를 위중하게 여긴 모양이었다. 그렇지만 중죄인이 감방을 벗어났다고 해서 감방보다 환경이 나은 곳에서 치료를 받을지는 의문이었다. 만약 제멸형자라면 조기에 제멸형이 집행될 지모를 일이었다. 감방 수감자 중에 말수가 적은 사람이 방금 나간 위중자의 빈자리를 쳐다보며 한숨을 쉬었다. 여타 수감자들의 속내를 알 수 없으나 표정들을 봐선 좋은 일이 아닌 건 분명했다.

오후 무렵, 말수가 적은 수감자가 출감했다. 그 뒤 간수들이 다시금 나타나 감방문을 열었다. 그리고 뜻하지 않게 내게 손짓을 했다. 내 차례였다. 물론 마음의 준비는 어느 정도 하고 있었지만, 막상 닥치고 보니 불안한 심정은 어쩔 수 없었다. 그래도 감방 안의 수감자들에게 헤어짐의 인사는 잊지 않았다.

감방을 나오자, 간수들이 미리 와 있던 두 명의 계호원에게 나를 넘겼다. 계호원들은 각각 방망이와 원형 수갑을 허리에 차고 있었는데, 그중 원형 수갑을 찬 사람은 전번 판결 때 나를 호송한 사람인 것 같았다. 다른 한 명은 낯설었다. 수갑은 채우지 않았다. 호송원들이 내게 수갑을 채우지 않는 것은 봐주거나 아니면 수형자가 항거하거나 도주를 할지라도 능히 제압할 수 있다는 자신감 때문일 수 있었다. 그래도 전자가 아닌가 싶었다.

구치감을 나설 즘, 간수가 잊고 있던 망태기를 가져왔다. 내 물건이라서 받긴 했지만 그다지 소용이 없을 것 같아 달갑지 않았다. 그렇다고 두고 갈 순 없는 노릇이었다. 망태기를 어깨에 메었다. 씨앗 특유의 냄새가 맡아졌다. 망태기를 열어보지 않아도 씨앗 주머니가 그대로 있다는 것을 알 수 있었다. 망태기에서 나는 씨앗 냄새 때문일까. 불현듯 '크로스 라이프'에서 술을 빚던 노인 생각이 났다. 연이어 불구가 돼 땅속 마을을 떠나지 못하는 백발 영주의 모습도 머릿속에 떠올랐다.

계호원들에게 이끌려 건물을 나왔다. 건물 뒤쪽이었다. 그리고 바깥 공기를 접할 사이도 없이 시선을 압도하는 푸른색 거대 석상과 맞닥뜨렸다. 한 열흘 전, 도로변에서 목격한 나무를 형상화한 그 석상이었다. 바로 앞이어서 석상 밑동의 출입문과 엇갈리게 뻗은 가지들에 난 창들까지 세부적으로 볼 수 있었다. 가지는 좌우 합쳐 여덟 개였다. 몸통에 비할 바는 못 되나 가지들도 웅대하긴 마찬가지였었다. 전에 판관을 지냈다는 감방 남자의 말이 기억나, 나무 형태의 석상이 청산의 영원나무를 본뜬 것이라고 단순 짐작을 했다. 석상이 푸른 것도 영원나무의 열매 색과 무관하지 않을 터였다. 한편은 그런 짐작과는 별개로 특권도 좋고 상징적 의미도 중요하지만, 사람은 땅에 발을 디딜 수 있는 집이라는 일반적인 거처에 살아야 한다는 점에선 희화감도 없지 않았다.

예상대로 계호원들이 나를 석상으로 데려갔다. 출입처인 정문 좌우에는 진작 방망이를 찬 남색 경비원들이 경비를 서고 있었다. 문은 열린 채였다. 그런데 전과 달리 지금은 정문 경비원 외엔 여타 경비원들은 눈에 띄지 않았다. 아마도 그땐 동력꾼 탈출 사건이 벌어져 경비원을 늘려 석상 주위에 배치한 것일 수 있었다. 어쨌든 탈출을 염두에 둔 나로선 경비원이 적은 게 나쁠 리 없었다.

계호원들과 내가 석상 정문에 이를 즘, 경비원들이 계호원들에게 머리를 숙였다. 계호원들도 손을 들어 화답했다. 같은 남색 옷이어도 계호원이 경비원보다 급이 높은 모양이었다. 열린 문을 통해 안으로 들어갔다. 기다렸다는 듯이 체구가 남달리 크고 수염이 덥수룩한 사람이 계호원들을 반겼다. 익히 아는 사이들 같았다. 그도 남색 옷이었다. 나는 세 사람이 서로 안부를 물으며 얘기를 나누는 틈에 암암리 주위를 둘러봤다. 석상이 거대한 만큼이나 내부도 넓었다. 그렇지만 내부 한가운데 천장을 떠받친 커다란 원통형 구조물 외엔 이렇다 할 게 없었다. 물론 인력거처럼 생긴 수레 몇 대가 원통형 구조물 가까이에 정차돼 있고, 벽면에 나선형 계단이 있긴 해도 대체로 빈 듯한 공간이라고 할 수 있었다. 원통형 구조물에 거듭 눈이 갔다. 외부에 나 있는 문과 손잡이 때문인데, 장식이 아닌 실제 문이라면 원통형 구조물이 승강기일지 모른다고 생각했다. 그러나 문이 닫힌 채여서 짐작만 할 뿐이었다. 그때쯤 얘기를 마쳤는지 계호원이 나를 돌아보며 말했다.

"우린 복귀합니다. 여기 감독님 말에 복종하고 수형 잘 사세요.

그 말을 듣는 순간, 잊고 있던 긴장이 되살아났다. 하지만 감방을 나설 때처럼 막 불안하거나 떨리지 않았다. 이미 동력꾼살이를 피할 수 없다고 반쯤 체념했기 때문이었다.

계호원들이 떠나자 감독이라는 사람이 짧게 재촉했다.

"우리도 이제 갑시다."

그가 성큼 걸음을 옮겼다. 내가 뒤따랐다. 상대가 간수와 다름없는 감독이라는 걸 알고 나니 새삼 위축이 돼 발이 잘 떼어지지 않았다. 피할 수 없는 현실이었다. 그는 원통형 구조물로 곧장 갔다. 나는 따라가면서 정문 쪽을 쳐다봤다. 계호원들의 뒷모습과 경비가 눈에 들어왔다. 그런데 불현듯 계호나 경비, 공히 감시가 느슨하게 느껴져 달리기에 능한 수형자라면 언제든 도망칠 수 있을 것 같았다. 물론 지금이 어두운 밤이라면 나 역시 그런 시도를 했을 터였다. 다시금 감방에 함께 갇혔던 노년의 남자가 생각났다. 그 사람이라면 필시 이런 기회를 놓치지 않을 것 같아 나는 그 남자에 비해 과단성이 부족한 게 아닌가 싶었다.

    감독이 원통형 구조물에 다가가 그곳의 문을 열었다. 그러고는 안으로 거리낌 없이 들어갔다. 내가 주춤거리자 감독이 들어오라고 손짓을 했다. 나도 발을 들였다. 안이 밀폐된 격실 같다고 생각되는 순간, 바닥이 약하게 흔들렸다. 격실이 아닌 승강기임을 금방 깨달았다. 그 직후 감독이 승강기 문을 닫고선 문 옆에 내려져 있는 줄을 한 차례 당겼다. 익숙한 행동거지였다. 허공에서 나는 듯한 여린 종소리가 들렸다. 거의 동시에 덜컥하고 내부 전체가 움직였다. 승강기가 작동하는 모양이었다. 감독이 머리 위에 달린 손잡이를 잡았다. 나도 따라 했다.

    승강기는 흔들림이 일정한 가운데 덜컥거리는 진동이 간헐적으로 발생했다. 차츰 위로 가는 느낌 속에 말로만 듣던 석상 승강기를 탔다는 것을 온전히 실감했다. 승강기는 한참 올라가는 듯싶었다. 승강기 안은 넓지 않았다. 네댓 명이 탈 수 있는 정도인데 그나마 감독처럼 체구가 큰 사람이 공간을 차지하니 여분의 자리가 없었다.

    감독이 다시금 줄을 잡아당겼다. 이번엔 두 차례, 연속이었다. 종소리와 함께 승강기가 멈췄다. 나는 줄을 잡아당기는 건 승강기를 작동시키고 멈추게 하는 신호라는 걸 알아챘다. 감독이 문을 열려다 말고 나를 슬쩍 쳐다봤다. 내 기색을 엿보는 것일 테지만 나는 앞날에 대한 걱정 탓에 그의 시선에 반응할 여유조차 없었다.

　감독이 문을 열고 나간 뒤, 나도 승강기 밖으로 나왔다. 내린 데가 석상의 상층부로 짐작됐지만, 목재를 비롯해 각종 도구 같은 것들이 눈에 띄어 창고가 아닌가 싶었다. 그리고 빛이 들어오는 창이 많아 밝긴 해도 천장이 낮아 감독처럼 키 큰 사람은 허리를 숙여야 할 판이었다.

　감독이 승강기 뒤쪽으로 갔다. 나는 뒤처져 따랐다. 벽면에 길이가 짧은 계단이 설치돼 있었다. 여타 출구가 보이지 않는다는 점에서 감독이 계단을 이용할 모양이었다. 그런데 막상 계단에 와서 보니 계단 위가 판자로 막혀 있었다. 계단이 시작되는 바닥도 마찬가지였다. 위와 아래를 판자로 막은 이유가 있을 거로 생각할 즘, 감독은 아무렇지도 않게 계단에 성큼 올라섰다. 그리고 발을 들어 짐짓 쿵! 쿵! 하고 밟았다. 나는 감독의 의도를 금방 간파했다. 위층에 보내는 신호라는 것을……. 그가 고개를 쳐들고 위를 주시했다. 이마가 천장에 닿을 듯 말 듯했다. 잠깐의 기다림 끝에 끼익 하고 판자로 막혔던 부분이 덮개처럼 열렸다. 계단 위 개구부가 드러났다. 단절된 계단의 연결부였다. 개구부를 통해 어떤 사람이 우릴 내려다봤다. 반기는 기색이 엿보여도 얼굴 한쪽이 크게 흉이 져 인상이 괴이했다.

계단을 통해 위층으로 올라왔다. 승강기의 구동부가 있는 곳인가 했는데 뜻밖에 가림막이 쳐져 있어 어떤 곳인지 감을 잡을 수 없었다. 그때 사람들의 음성이 가림막 안쪽에서 들려왔다. 한두 사람의 소리가 아니었다. 막에 가려 보이지 않아도 다수의 사람이 막 안쪽에 있다는 점에서 어쩌면 동력꾼들일지 모른다고 생각을 했다. 감독이 막을 이중으로 가린 곳에 가더니 그 부분을 들췄다. 안 일부가 보였다. 그러자 얼굴에 흉이 진 사람이 얼른 손을 보태 막을 크게 쳐들었다. 사람이 들어갈 수 있는 틈이 만들어졌다. 감독이 습관처럼 나를 쳐다봤다. 나는 눈치껏 막 안으로 들어갔다. 이어 감독과 얼굴에 흉이 진 사람이 순차적으로 들어왔다. 본래대로 막이 가려졌다. 기실 막을 이중으로 가린 이곳은 통상의 출입처가 아니었다. 개구부 쪽이어서 감독이나 관계자들이 편의적으로 이용하는 간이 출입처라는 것을 나중에 알았다.

저만치에 여러 가닥의 밧줄이 감긴 권선기와 기둥에 달린 활차(도르래) 설비가 있었다. 승강기를 오르내리게 하는 일종의 구동부였다. 권선기는 두 개의 받침대 위에 고인 실패를 연상케 했는데 의외로 크지 않았다. 설비도 전체적으로 단출했다. 그러나 정작 눈이 쏠린 건, 하의만 입은 벌거벗은 몸으로 구동부 좌우에 웅크리고 있는 사람들이었다. 모두 여덟 명쯤 됐다. 그들이 이쪽을 쳐다봤다. 나는 그들의 시선이 부담스러워 고개를 돌렸다. 그렇지만 나는 그때 그들이 봉대 같은 것을 잡은 걸 목도했다. 나 역시 곧 같은 처지가 될 텐데 왠지 그 모습들이 눈에 불편하게 와닿았다. 아직도 내가 동력꾼일 수 없다는 자의식 탓일까. 감독이 말했다. 내 신분을 명확히 주지시키는 언명과 다를 바 없었다.

"짐작했겠지만 여기가 당신의 수형처요. 먼저 저 사람들에게 가서 신입 인사부터 하는 게 순서일 거요. 그리고 여기 있는 감독자의 지시를 잘 따르고 제반 규칙도 잘 엄수하길 바라오."

감독이 제 역할을 다한 양 막을 나갈 즘, 얼굴에 흉이 진 사람이 자신을 소개했다.

"나는 갑반 수형자들의 감독입니다. 총감독의 말씀대로 앞의 수형자들에게 신입 인사부터 하세요. 얼굴을 알리는 정도면 됩니다."

괴이한 인상과는 달리 말이 부드러웠다. 나를 데려온 사람이 총감독이고 이 사람 역시 감독이라고 하니 권유라도 응종할 수밖에 없었다. 그의 말대로 구동부로 갔다. 약간 층이 진 단 위에 좌우, 앞뒤로 두 사람씩 짝지어 앉아 있던 사람들이 일제히 나를 주시했다. 역시 봉대에서 손을 놓지 않은 채였다. 생경한 얼굴들 앞에 나서기가 여간 어색하지 않으나 인사는 해야 했다. 감독이 옆에서 나직이 일렀다.

"잘 부탁드린다고 하고 그냥 고개만 숙여요."

나는 그가 시키는 대로 했다. 그러나 수형자들은 내 인사에도 무덤덤했다. 그만 자리를 뜨려다가 여기 수형자들이 갑반이라면 을반 수형자들도 있다는 생각이 들어 감독을 쳐다봤다. 그 차제였다. 갑작스럽게 설비 기둥에 매달린 작은 종이 울렸다. 그러자 권선기 좌우에 있던 수형자들이 즉시 봉대를 돌리기 시작했다. 권선기가 돌며 밧줄이 일정하게 풀렸다. 누구 하나 구령을 붙이지 않는데도 일사불란하고 기계적이었다. 그리고 다시금 연속된 종소리로 수형자들의 봉대 돌림은 멈췄다. 잠깐이긴 해도 순전히 사람들의 힘만으로 권선기를 돌리는 것을 보고서 세인들이 석상 수형자들을 왜 동력꾼이라고 하는지를 알 것 같았다.

"자, 이제 가십시다."

갑 반 감독의 한마디에 나는 다시금 움직였다.

감독이 나를 구동부 뒤로 데려갔다. 그곳엔 문이 있었다. 개구부 맞은편, 통상의 출입구 같았다. 그리고 문을 통해 가림막을 벗어나기 직전, 또 한 차례의 종소리가 울렸다. '수형자들이 또 힘써 권선기를 돌리겠지.' 하고 무심코의 생각했으나 문 앞에 쳐진 쇠창살로 말미암아 나는 수형자 현실로 회귀했다.

쇠창살은 삼면이 벽으로 막힌 공간에 쳐져 있었다. 또 가림막과 쇠창살 사이를 통로라고 할 수 있는데 좁다란 통로만큼이나 쇠창살 안쪽도 그다지 넓지 않았다. 게다가 칸을 지르고 칸마다 자물쇠 달려 한눈에 수감 시설임을 알아봤다. 수감자는 없었다.

하지만 감방이 모두 빈 게 아니었다. 앞쪽의 두 칸을 제외한 안쪽의 두 칸은 네 명의 수감자와 세 명의 수감자가 각각 수용돼 있었다. 수감자, 즉 수형자들은 감독과 내가 눈앞에 있는데도 예사롭게 여기는 것 같았다. 감독도 수형자들의 그런 태도를 신경 쓰지 않는 눈치였다. 나는 두 감방의 수형자들이 을반 사람들임을 직감했다. 감독이 수형자들을 두루 보며 나를 소개했다.

"이번에 새로 온 을반 신입자입니다. 서로 탈 없이 지내기를 바랍니다."

나는 감독의 말이 있자 갑반 수형자들에게 한 것처럼 '잘 부탁드린다'면서 허리를 숙였다. 그때 "사람이 멀뚱하진 않네."라는 소리가 내 귀에 들렸다. 우측, 네 명이 수감된 감방에서 난 소리였다. 그 직후 감독이 허리춤에서 열쇠를 꺼냈다. 그리고 세 명이 수감된 쇠창살에 다가서서 자물쇠를 열었다. 나를 그 감방에 배정할 모양이었다. 감독이 감방 문을 열고서 내게 눈짓을 했다. 들어가라는 뜻이었다. 나는 어깨에 멘 망태기를 그에게 넘기고 감방에 발을 들여놓았다. 나는 이로써 새로이 수감됐다. 권선기를 돌려야 하는 석상 동력꾼이 된 첫날이기도 하였다.

다음 날 아침, 감방의 창이 밝아오는 시각에 나는 을반 감독과 대면했다. 쇠창살을 마수한 재였다. 그는 내 손의 반지와 나를 번갈아 보더니, 모두가 듣도록 내게 '16이라는 수형자 번호가 부여됐다'라는 것과 '형을 사는 동안 제반 규칙을 잘 지키라'고 했다. 나는 고개를 끄덕여 알았다는 표시를 했다. 그렇지만 그의 처사가 못마땅했다. 사람을 앞에 두고 굳이 공개적으로 수형자임을 주지시킬 필요가 있느냐는 것이었다. 물론 얼굴에 흉이 진 갑반 감독의 부드러운 언사와 비교가 안 될 수 없었다. 다른 한편은 감독이 내 또래의 젊은 사람이기 때문에 반감이 작용한 것일 수 있었다. 그러나 못마땅하고 젊다고 해도 그는 내가 속한 을반 감독이고 남색 옷의 간수 신분이었다.

감독이 나와 대면 후, 감방문을 차례로 열었다. 수형자들이 기다렸다는 듯이 하나둘 감방을 나섰다. 나도 따라 나왔다. 옆 감방의 네 명의 수형자들은 우리보다 한 발 먼저 나와 있었다. 통로가 좁아 자연스럽게 줄이 형성됐다. 나는 맨 뒤에 섰다. 감독이 수형자들을 짐짓 세는 듯하더니 "갑시다!"라고 명령조로 언명했다. 감독이 걸음을 떼자 줄 선 사람들이 연이어 움직였다. 갑 반 수형자와 교대차 구동부로 가는 것임을 쉽게 짐작했다.

나를 포함한 을반 수형자들이 가림막으로 들어설 즘, 이미 갑반 수형자들은 손잡이를 놓고 모두 일어나 있었다. 아마도 을반 감독의 소리를 들은 모양이었다. 교대랄 게 없었다. 양 감독이 몇마디 말을 주고받는 사이에 갑반 수형자들은 자리를 떴고, 그 자리를 을반 수형자들이 앉음으로써 교대가 이루어졌다.

　나는 키가 크고 체격이 좋은 사람과 짝이 됐다. 나이는 들어 보였다. 그는 옆 감방 수형자이자 내가 속한 을반 반장이었다. 반장과 짝이 된 것은 내 의사와 무관한 내가 신입인 탓이었다. 그는 내게 '언제나 손잡이(봉대)에서 손을 떼지 말라'고 되풀이해서 주지시켰다. 그리고 '자신이 하는 것을 따라 하면 된다'고 했다. 즉 종소리가 나서 그가 손잡이를 돌리면 나도 그처럼 돌리면 됐다. 손잡이를 돌리는 것은 단순해도 만만치 않았다. 힘을 쓰는 일이기 때문이었다. 무엇보다 자리를 뜰 수 없는 붙박이 상태로 하루 밤낮을 꼬박 봉대를 돌려야 한다는 게 여간 고역이 아니었다. 물론 휴식 시간이 없지 않았다. 관식을 주는 점심때 딱 한 차례였다. 하나 그 휴식도 잠깐이었다. 관식은 하루 한 번인데 이미 경험한 바 있는 멀건 죽이었다. 나는 전처럼 관식을 받지 않았다.

　반장이 신입인 나를 배려해서 바깥쪽에서 봉대를 돌리는 편의를 봐주었다. 단 '닷새뿐이다'라고 그가 단서를 달았다. 벌써 하루가 지났으니 나흘 이후부터 내가 안쪽에 자리할 테지만……. 봉대처럼 생긴 손잡이는 철제이고 길었다. 그래도 둘이 붙어 앉아 손잡이를 돌릴라치면 바깥쪽이 그나마 몸놀림이 편한 건 불문가지였다. 반장은 평상시에는 일반 수형자들과 다를 바 없었다. 그러나 감독이 구동부에서 잠시 자리를 비웠을 땐 감독 역할을 했다. 그렇다 해도 수형자들을 임의로 통제할 권한까지 주어진 건 아니었다. 수형자들이 자리를 이탈하지 못하도록 단속하는 그 정도로 보면 되었다. 하지만 반장은 감방 안에서만큼은 감독(간수) 다음의 권력자라고 해도 타당했다. 왜냐면 감독, 즉 간수가 죄수들과 밤낮없이 같이 있는 게 아니라서 감독이 규칙이나 질서 유지 차원에서 반장의 행동을 일정 부분 묵인하는 까닭에서였다.

반장이 언급한 닷새가 지나 이레째가 되자 나는 안쪽에서 봉대를 잡게 됐다. 물론 나와 짝을 이뤘던 반장 대신 얼굴과 몸이 유달리 검은 사람으로 바뀌었다. 새롭게 나와 짝이 된 사람은 교대 시 나의 동의를 구하지도 않고 바깥 자리를 차지했다. 선임 행세를 하나 싶어 언짢았지만 어쩌랴 내가 초임자인 탓에 그의 행동을 묵과할 수밖에.

반장과 마찬가지로 옆 감방 수형자인 그는 하루 밤낮을 봉대를 함께 돌렸어도 내내 말 한마디 없었다. 나 또한 그에게 말을 붙이지 않았다. 나중에 알았는데 그는 감방에서도 입을 거의 닫고 지내는 수형자였다. 나는 실어증일지 모를 사람과 짝이 되었다. 종소리가 울리면 곧장 그와 함께 봉대를 돌렸고, 다시금 종소리가 두 번 울리면 멈춰야 하는, 그렇듯 그와 짝이 되어 같은 동작을 수없이 되풀이했다. 사실 아침에 시작해 다음 날 아침까지 봉대를 돌리는 일은 여간 고되지 않았다. 온 신경을 종소리에 집

중해야 하고 힘을 써야 하기 때문이었다. 또 꼼짝하지 않고 자리를 지키는 것도 고역이었다. 그런 가운데 정해진 형기도 없어 기약 없이 봉대를 돌려야 한다는 점에서 암담함이 늘 가슴을 억눌렀다. 이따금 시작이 있으면 끝이 있다고 자위를 해보지만, 감방과 구동부를 오가는 쳇바퀴 일상에서 헤어나지 못하다 보니 한낱 부질없는 기대일 수밖에 없었다.

그러는 사이 보름이 지났다. 아침 교대 시에 웬일인지 내 짝이 안쪽 자리에 털썩 앉는 것이었다. 내가 '왜 그러느냐'고 만류했어도 그는 고개를 저으며 안쪽 자리를 고수했다. 나는 어쩔 수 없이 바깥 자리에 앉아야 했다. 사실 내심 고마웠다. 따지고 보면 그는 성실하고 심지가 곧은 사람이었다. 우리가 종소리 신호에 따라 봉대를 돌려야 할 때, 그는 봉대를 돌리는 척 꾀를 부린 적이 단 한 번도 없었다. 감방에서 종종 '짝이 요령을 부린다'는 요지의 힘구나 원성이 없지 않다는 점이 내 짝의 인간 됨됨이를 절로 깨닫게 했다.

어느 날 아침, 동력꾼의 소임을 다하고 감방으로 들어가려는데 을반 감독이 나를 불러 세웠다. 내게 무슨 할 말이라도 있는 모양인가 싶었는데 나를 비어 있는 갑반 감방 쪽으로 데려가더니 단도직입적으로 물었다.

"지금 손에 끼고 있는 반지가 16번 수형자 것이오?"

얼토당토않았지만 대답을 했다.

"그렇긴 합니다만, 반지 주인이 정표(情表)로 제게 준 것입니다. 왜 그러시죠?"

"별일은 아니오. 나는 그저 16번이 중지에 낄 만큼 반지가 커서 물어본 것이오."

그는 다음 말이 궁했는지 나를 더는 붙잡아두지 않고 놓아주었다. 나는 감방으로 돌아왔어도 기분이 찜찜했다. '내가 반지를 중지에 끼든 약지에 끼든 감독이 상관할 일인가?' 한편은 감독의 속셈이 무엇인지 모르나 반지를 탐내는 것 같다는 인상을 지울 수 없었다. 그리고 만약 차후에 감독이 노골적으로 반지를 요구할지라도 단연코 거부하리라고 작정을 했다. 설령 석상에서 내보내준다고 해도. 물론 일개 간수가 그런 권한이 있을 것 같지 않지만, 반지로 인해 잊고 있던 영주 노인의 모습이 떠올랐다. 토굴을 탈출할 때가 불과 두 달 전인데, 시일이 오래된 것처럼 느껴졌다. 또 영주 노인을 떠올리면 어김없이 뒤따르는 생각은 영주 노인의 안위였다. '영주 노인이 나를 탈출시켰다고 해서 족장에게 큰 고초를 겪지는 않았을까? 행여 남은 한쪽 팔마저 잘렸다면 제멸될지 모를 텐데…….' 그렇지만 지난 일이고 지금의 내 처지론 만부득이 어서 잘 가라고 손을 흔들던 그 모습만 기억하려고 했다.

밤중에 옆 감방의 창살을 두드리는 소리가 들렸다. 그 소리에 잠에서 깼으나 창살을 두드리는 사람이 누군지는 알 수 없었다. 그리고 곧 소곤거리는 소리까지 듣게 되었다. 필시 누군가가 창살을 사이에 두고 수형자와 얘기를 나누는 것일 테지만 밤중에 감방을 찾아와 얘기를 나눌 만큼 긴박한 사항 같진 않았다. 소곤거리는 소리는 잠시 만에 그쳤다. 나는 감방에 나타나 수형자와 얘기를 한 사람이 궁금했다. 하지만 그보다는 남은 시간이라도 눈을 붙이는 게 낫다 싶어 잠을 청했다.

시간이 더디 간다고 느끼는 사이 석상 동력꾼이 된 지 벌써 석 달이 됐다. 그리고 어느 날, 전번처럼 정체불명의 사람이 또 밤의 감방에 나타나 수형자와 얘기를 나누는 것이었다. 그때 귀를 기울여 보니 바깥 사람은 짐작조차 할 수 없어도 상대방은 우리 반 반장 같았다. 물론 추측에 불과하나 이렇듯 밤에 나타난 사람과 얘기를 나눌 만큼의 수형자라면 반장 외는 달리 생각할 수 없는 노릇이기도 했다. 이튿날, 갑반과 교대 후 궁금증에서 감방 동료들에게 넌지시 물었다.

"그저께 밤에 누군가가 옆 감방에 와서 수형자와 얘기를 나누는 것을 어렴풋이 들었습니다. 그 사람이 누군지 아시는 분이 있나요?"

하지만 동료 수형자들은 뭔가 숨기는 듯한 눈치이긴 하나 선뜻 나서서 대답하지 않았다. 나는 객쩍어 슬그머니 자리에 앉았다. 그때 감방 선임으로 자처하는 맞은편 수형자가 툭 던지듯 내게 말을 건넸다.

"형씨! 그런 건 알려고 하지 말고 그냥 입 닫고 지내요. 우리도 모르는 일이 아녜요. 한마디로 우리에게 좋은 일이에요."

나는 그 말에 고갯짓으로 알았다는 시늉을 했다. 그러나 밤중에 정체불명의 사람이 찾아와 수형자와 얘기를 나누는 일이 우리에게 왜 좋은지가 새로운 의문으로 와닿았다. 물론 내게 충고 비슷하게 말한 수형자는 뭔가 알고 하는 소리일 테지만……. 그런 가운데 밤에 찾아오는 사람이 정황상 간수(을반 감독)일 리 없다고 생각했다. 왜냐하면 간수이자 감독이 반장이나 혹은 여타 수형자에게 용무가 있다면 밤중에 은밀히 찾아올 게 아니라 낮에 말할 기회가 충분히 있으니까. 여하튼 이제는 밤에 감방을 찾아오는 누군가보다 나는 얘기가 실질적인 궁금증으로 자리했다.

석상 동력꾼이 된 지 어느덧 넉 달째로 접어들었다. 그사이 정체불명의 사람이 밤의 감방을 찾아오는 일이 두어 차례 더 있었다. 그리고 한 사나흘쯤 지났을까. 갑반에 봉대를 넘겨주고 뒤쳐져 감방에 들어오니 연해 선임으로 자처하는 수형자가 뜬금없이 얘기하는 것이었다.

"고대하던 일이 곧 우리에게 닥칠 것 같습니다."

그 말이 다였으나 나를 제외한 두 수형자가 와! 하는 탄성과 함께 박수로써 화답했다. 나 역시 영문도 모른 채 분위기에 탓에 덩달아 손뼉을 쳤다. 그러고는 뒷말이 있을까 싶어 선임을 쳐다봤다. 하지만 그는 종내 말이 없었다. 그때 옆에 있던 내 봉대 짝이기도 한 수형자가 내 속내를 헤아렸는지 다가앉더니 내게 은근슬쩍 귀띔했다. 그 수형자는 나와 봉대 짝이 된 그날부로 우리 감방에 재배정됐다. 대신 우리 감방의 수형자가 옆 감방으로 갔다.

"우리가 풀려날 수 있다는 거예요."

나는 너무 뜻밖이어서 황당한 얘기처럼 들렸다. 그러나 정말 그런 날이 온다면 더없이 좋을 터였다. 아니 그렇게 되길 간절히 빌어도 모자랄 판이다. 게다가 내 짝이 말을 했다는 것도 실감이 나지 않았다. 나는 그에게 눈웃음으로 고마움을 전했다. 그러고 보니 내 짝은 물론 감방의 두 수형자의 표정도 전에 없이 밝았다.

풀려난다는 희망을 지닌 탓에 하루하루가 정말 더디게 갔다. 나뿐만 아니라 다른 수형자들도 교대 후 감방에 돌아오면 선임의 입을 바라보는 것이 습관처럼 되었다. 그러나 그에게서 어떠한 말도 들을 수 없었다. 그러다 보니 수형자들은 행여 밤손님이 기대하는 정보를 가지고 오지 않을까 이제는 그쪽에 관심을 쏟았다. 옆 감방 수형자들도 우리와 같은 심정인지 잦은 기척으로 깨어 있음을 은연중에 알렸다. 그런 나날이 이어지는 동안 우리를 대하는 감독의 태도가 눈에 띄게 달라졌다. 언사가 한층 부드러워졌다고 할까. 달라진 건 언사만이 아니었다. 감독이 수형자들이 봉대를 돌리는 것을 감시하기보다 예사로 자리를 비울 때가 많다는 점이었다. 하기야 감독이 부재해도 봉대를 돌려야 하나, 수형자들에게 있어서 감독의 눈초리에서 놓여나 봉대를 돌리는 게 심정적으로 자유롭고 편한 건 말할 나위가 없었다.

　고대하던 희망이 이루어진 건 내가 석상 동력꾼이 된 지 꼭 다섯 달 만이었다. 물론 그 과정에서 조짐이 없지 않았다. 며칠 전부터 감독이 교대차 우리를 구동부로 인솔하곤 온종일 모습을 보이지 않는다든가, 해가 떨어지기 무섭게 연일 밤손님이 찾아오는 것도 그 예였다. 그렇지만 기다림이 계속되다 보니 막연히 희망의 징조라고는 여기면서도 단정을 짓긴 어려웠다.
　희망의 실현은 조금은 예상 밖이었다. 날이 밝아 평소와 다름없이 갑반과 교대하기 위해 구동부에 왔을 때, 뜻밖에도 우리와 교대를 해야 할 갑반 수형자들이 단 한 명도 보이지 않았다. 대신 흰옷으로 몸을 감싼 웬 남자가 갑반 감독과 함께 우리를 기다리고 있었다. 나는 남자가 판관이 아닐까 하고 생각하던 차에, 우리 반 감독이 몇 발짝 앞에 있는 남자에게 공손히 인사를 하곤 갑반 감독처럼 그 옆에 섰다. 수형자들의 눈길이 남자에게 쏠렸다. 풀려난다는 기대 탓에 너나없이 긴장된 낯빛이었다. 주위가 갑자기 적막해졌다. 그때 우리와 마주 선 남자가 수형자들을 쭉 보는가 싶더니 입을 열었다.

"다들 수형을 사느라 노고가 많았소. 이제 이 시간 이후로 그대들은 수형자가 아니오. 우리 판관 회의 결정에 따라 그대들을 사면하는 바이오. 각자 원하는 곳에서 원하는 삶을 살기 바라오."

공식적인 사면 통보였다. 정녕 원하던 일이었다. 기적과도 같았다. 그럼에도 마음이 외려 담담했다. 다른 수형자들도 같은 심정인 듯 표정의 변화가 없었다. 아직 사면이 실감 나지 않은 까닭일까. 그렇지만 마음속에는 지난날의 만감이 교차하고 있을 법도 했다. 흰옷의 남자가 몸을 돌려 걸음을 떼자 을반 감독이 수행하듯 뒤따랐다. 우리와 마주 선 갑반 감독이 남자에 이어서 말했다. 특유의 온유한 음성을 듣는 것도 오랜만이었다.

"판관님 말씀대로 이젠 자유의 몸들이 되셨네요. 잘들 가세요. 그런데 이 석상을 벗어나는 길이 평탄치 못해 유감입니다. 앞서 갑반 인원들처럼 비상계단을 통해 이곳을 나갈 수밖에 없다는 말씀입니다."

권선기를 돌리지 않아 승강기를 이용할 수 없다는 뜻이었다. 그러나 나는 풀려났다는 그 한 가지 사실에 몰두한 나머지 갑반 감독의 말이 귀에 제대로 들어오지 않았다. 하지만 갑반 감독의 말이 끝나자마자 그제야 차분했던 분위기 돌변했다. 서로는 기쁨을 표출하며 축하의 말을 나누기에 바빴다. 마치 억눌렸던 감정들이 한순간에 터진 것과 진배없었다. 나도 봉대 짝을 비롯한 감방 수형자들에게 축하의 말을 건넸다. 갑반 감독도 그 흉한 얼굴에 미소를 지으며 내게 축하를 해줬다.

　구동부를 나가기에 앞서 수형자들은 자신들의 유치물을 돌려받을 수 있었다. 대개 사소한 용품에 불과하나 다들 기꺼워하는 기색들이었다. 나도 입감 때 갑반 감독에게 넘긴 망태기를 돌려받았다. 남들과 달리 마음이 덤덤했다. 그렇지만 형식적이나마 갑반 감독에게 고마움을 표했다.

　나를 포함해 여덟 명의 사람들이 갑반 감독을 따라 석상 아래층으로 내려왔다. 석상의 내부 계단을 통해서였다. 그러나 곧장 석상 밖으로 나갈 수 없었다. 석상에 구인됐을 때 나를 구동부로 데려다준 총감독이 기다렸다는 듯이 우리를 막았기 때문이었다. 물론 그가 악의로 우리를 막은 건 아니었다. 단지 수형 번호와 도장 형태의 푸른색 동그라미가 찍힌 것 외에 백지와 다름없는 종이를 나눠주기 위해서였다. 동그라미는 도장에 갈음하는 일종의 증표라고 할 수 있었다. 종이의 수수가 이뤄진 후, 총감독이 우리를 세워놓고 강조하듯 주지시켰다. 요약하면 푸른 동그라미가 찍힌 종이는 시민청에 제출해야 하는 사면 확인서이며, 제출하지 않을 시 여전히 수형자 신분이라는 것이었다.

　갑 반 감독이 석상 밖까지 따라 나와 우리를 배웅했다. 간수에 어울리지 않게 친절한 사람임이 틀림없었다. 밤손님도 갑반 감독이었음을 절로 알게 되었다. 얼굴의 흉만 아니라면 그는 필시 훌륭한 인격자로 대접받을 터였다. 동력꾼 수형자에서 이제 자유의 신분이 된 우리는 밝게 웃는 얼굴로 그에게 작별을 고했다. 시민청은 석상 앞쪽의 흰색 건물이었다.

나는 봉대 짝과 어깨를 나란히 해 시민청으로 향했다. 기실 그는 얼굴과 손발이 검어서 그렇지 나이는 내 또래거나 아니면 나보다 젊은 사람일 수 있었다. 그가 자신의 신상이나 나이를 내게 말해준 적이 없어 추정이긴 하지만. 내가 그에게 물었다.

"앞으로 어떻게 할 생각입니까?"

그가 덤덤히 대꾸했다.

"살던 곳으로 가야지요."

"이곳에 거주하지 않겠다는 말이네요?"

"선민의 도시라고 하지만 낯선 이곳에서 내가 뭘 하겠어요. 살던 곳이 편해요. 이웃도 있고 할 일도 있으니까."

그리고 보니 나만 막연했다. 애초 목적한 곳이 여기인데 이젠 목적도 갈 곳도 없다는 생각이 든 탓이었다.

그가 되물었다.

"형씨는 여기에 눌러앉을 작정입니까?"

"그럴 마음도 없지 않지만, 저로선 어떤 노인과 약속이 있어서 그 일 때문에 고심을 해야 할 것 같습니다."

"중요한 약속이라면 그 일이 우선이겠지요."

그 소리에 나는 가만히 한숨을 쉬었다.

시민청은 의외로 사람들로 붐볐다. 대부분 나처럼 갈색 옷차림이었고, 손에 하나같이 종이를 쥐고 있었다. 아마도 성산에서 노역형을 살았거나 혹은 감방에서 출소한 사람들일 수 있었다. 우리 여덟 명은 시민청 건물에 들어서자마자 줄을 서야 했다. 연두색과 남색 옷을 입은 관리들의 통제에 따른 까닭이었다.

접수처는 두 군데였다. 따라서 줄도 두 줄로 섰다. 하지만 양쪽 다 줄이 길어도 접수까지 오래 걸릴 것 같지 않았다. 사람들이 내미는 종이를 창구에서 단순 접수하는 양상이어서 그러했다. 줄이 빠르게 줄었다. 그런데 접수로써 사면 절차가 끝날 줄 알았는데 그게 아니었다. 접수를 한 사람들은 빠짐없이 접수처 우측, 복도로 가는 것이었다. 접수처 주변에 있는 남색과 연두색 옷차림의 관리들이 그쪽으로 가도록 유도하기 때문이었다.

내 차례가 되었다. 동력꾼 살이를 같이한 여덟 명 중, 내가 맨 뒤였다. 둥글게 뚫린 창구로 사람 얼굴이 보였다. 여성이고 무표정했다. 나는 여성에게 종이를 내밀었다. 여성이 종이를 받자마자 종이를 확인하는 게 아니라 내 얼굴부터 쳐다봤다. 그러고는 저리 가라는 뜻으로 턱짓을 하는 거였다.

나도 관리가 지켜보는 가운데 동료를 따라 복도로 갔다. 그리고 복도 끝에 문이 열려 있는 방으로 걸음 했다. 방에 들어서자

일곱 동료 중, 봉대 짝을 포함한 서넛이 웃음기를 머금고 나를 반겼다. 방에는 동료들만 있는 게 아니었다. 남색과 연두색 옷차림의 세 명의 관리들을 포함해 십여 명쯤 됐다. 그런데 동료들을 비롯한 같은 갈색 옷 사람들이 진작 한쪽 팔을 걷어붙이고 있었다. 방 한가운데 놓인 책상의 사람이 방망이 형태의 도장을 들고 있는 걸 봐서 그에게 도장이라도 받을 모양새였다. 나도 한쪽 팔을 걷어붙였다.

동료들에 이어 나도 팔뚝에 옅은 검은색 도장이 찍혔다. 사실 팔뚝에 찍힌 건 도장이라고 할 수 없었다. 단순한 동그라미 표식일 수 있었다. 그렇지만 기분이 별로 좋지 않았다. 그냥 일종의 표식이라고 생각하면서도 왠지 낙인같이 부정적으로 느껴졌기 때문이었다. 다행히도 우리 팔뚝에 도장을 찍은 관리가 "표식은 이삼일 후면 저절로 없어집니다."라고 해서 기분이 풀렸다. 그는 이어서 "이곳 도시에 거주를 희망한다면 희망자는 표식이 없어지기 전에 시민청을 방문해 절차를 밟아야만 합니다."라고 부언했다. 나는 그 말을 듣는 순간 '팔에 표식이 있는 한 안전원에게 피체되지 않는 것은 물론 행동의 자유를 보장받을 수 있겠구나.' 하는 생각이 언뜻 들었다.

팔에 표식을 마친 사람들은 방 뒷문을 통해 밖으로 나갈 수 있었다. 그전에 연두색 옷차림의 관리로부터 아래위가 붙은 통옷 한 벌을 받았다. 이곳 서민들이 일상으로 입는 재색 옷이었다. 옷을 갈아입을 장소가 마땅치 않아 옷을 들고 있으려니 봉대 짝이 손으로 건물 모서리 쪽을 가리켰다. 동료들은 이미 그쪽으로 가고 있었다.

이제 동료들과도 헤어질 시간이 됐다. 각자 의중대로 선택했다. 여덟 명 중 다섯은 이곳 선민의 도시에서 살겠다고 했다. 나머지는 나를 포함해 셋인데 한 사람은 청산 너머 남쪽으로 간다고 해서 최종적으로 봉대 짝과 나만 남았다. 나는 봉대 짝의 목적지가 그의 고향이라는 걸 알지만 그가 거절을 안 한다면 어디든 따라가기로 마음을 먹었다. 봉대 짝이 먼저 내게 물었다.
"형씨는 어디로 갈 생각입니까?"
"글쎄요. 마땅히 갈 데가 없네요. 그렇다고 이곳 도시에 남기는 싫고……. 혹 폐가 안 된다면 고향길에 동행해도 될까요?"
"되다마다요. 나는 상관없습니다. 그렇지만 내 고향은 북쪽에 있고 많이 멀어요. '덴 하루'라는 곳에 가서 다시 배를 타고 며칠을 강을 거슬러 가야 하니까."
나는 '덴 하루'라는 말에 불현듯 감방에 함께 갇혔던 나이 많은 남자, 즉 노형이 기억났다. 그도 '덴 하루'라는 데를 언급한 적이 있었지……. 그는 내가 반응이 없자 망설이는 줄 알았는지 간단없이 덧붙였다.
"원치 않으면 같이 안 가도 됩니다. 형씨가 편한 대로 하십시오. 저는 조금도 개의치 않습니다."

"아니요. '덴 하루'라는 말을 들으니 기억나는 사람이 있었서요. 여하튼 '덴 하루'까지 함께 가십시다. 이후 되도록 당신의 고향까지 가볼 생각입니다."

사실 나는 그가 나와의 동행을 원치 않을까 하는 조바심도 없지 않았는데 그가 쾌히 승낙하자 내심 다행으로 여겼다. 나는 망태기를 어깨에 둘러메었다.

우리는 선민의 도시를 나왔다. 재색 옷차림이어서 그런지 외곽 문을 지키는 경비병들로부터 아무런 제지를 받지 않았다. 봉대를 돌리던 수형자에서 자유인이 된 걸 다시금 실감하는 순간이기도 했다.

4

우리는 서쪽으로 향했다. 덴 하루의 방향이 그쪽이기 때문이었다. 펼쳐진 풍경은 허허벌판과 다를 바 없었다. 풀과 나무가 자라지 않는 고원이어서 그러했다. 반면 길은 사람과 손수레꾼들이 오가는 탓에 그런대로 넓고 평탄했다. 바삐 갈 이유가 없었다. 봉대 짝과 수형을 살았던 얘기를 하며 느긋하게 걸었다. 얘기 중에 알게 됐지만, 그도 나처럼 석방된 이유를 모르는 것 같았다.

반나절을 꼬박 걷다 보니 해가 황량한 개활지 저쪽으로 기울고 있었다. 구름 한 점 없는데도 하늘이 붉게 물드는 게 장관이었다. 그 무렵, 길이 이어진 멀리 앞쪽에 몇 개의 거무스름한 것들이 눈에 들어왔다. 바위나 흙더미 같지 않았다. 그때 봉대 짝이 객사일 거라고 해서 그렇게 알았다. 아닌 게 아니라 좀 더 그것들과 가까워졌을 때, 길 양옆에 넓적한 돌로 지붕을 얹은 짓다 만 집 같은 게 있었다. 주변에 드나드는 사람들도 가끔 눈에 띄었다. 일부 사람들은 그 객사라고 하는 지붕만 덩그러한 집 바닥에 드러누워 있기도 했다. 그들 발치에 짐을 실은 손수레들이 놓여 있는 걸 봐선 손수레의 주인들 같았다.

 길을 사이에 두고 마주해 있는 객사는 크기와 모양이 엇비슷했다. 모두 네 채인데 주인으로 자처하는 사람이 없는 걸로 보아 언제인지 모르지만, 수레꾼과 길손이 손을 보태 지은 듯싶었다. 어떤 곳은 지붕의 넓적한 돌이 반 정도밖에 덮여 있지 않아 전체적으로 객사보단 간이 쉼터라고 하는 게 타당했다. 그렇지만 한 곳만 빼고 세 곳은 이미 사람들이 들어차 누워 쉬는 중이었다. 남은 한 곳도 세 남자가 선점해 약간의 빈자리만 남아 있을 뿐이었다. 우리도 밤을 이곳에서 보낼 심산이었기에 남은 자리에 끼어들 수밖에 없었다. 그런데 불가피하게 낯선 이들과 밤을 보내게 됐지만 세 사람이 입고 있는 옷이 우리와 같은 재색 통옷이어서 동숙이 그리 어색하지 않았다. 우리에 앞서 자리를 차지한 세 남자도 표정으로 봐선 우리를 불청객으로 여기는 것 같지 않았다.

 우리가 드러눕지 않고 앉아 있는 까닭에서인지 누워 있던 세 사람이 차례로 일어나 앉았다. 나는 예의상 그들에게 양해를 구했다.

"빈자리가 없어 이렇듯 불편하게 했습니다."
"같은 길손 처지에 불편할 게 뭐가 있겠소."
셋 중 체구가 작은 남자가 아무렇지 않게 대꾸했다.
그 말을 들으니 마음이 한결 편했다.
"보아하니 댁들의 옷이 우리와 같은데 혹시 선민의 도시에서 오는 길이오?"
상대편의 다른 남자가 내게 말을 걸었다.
"예, 그렇습니다."
"정말 우리와 같은 처지네. 실례지만 혹시 오늘 사면을 받지 않으셨소?"
잠자코 있던 봉대 짝이 대답했다.
"아침에 사면을 받았습니다. 시민청에 가서 절차까지 마쳤고요."
"야! 사면이 대규모였네."
나는 상대편 남자가 내뱉은 '대규모'의 의미를 이해하기 어려웠다. 하지만 그 말을 계기로 우리는 상대편 남자들과 얘기를 트게 되었다. 알고 보니 셋도 수형을 살다 오늘 자로 똑같이 사면을 받았는데 우리와 달리 성산에서 노역형을 산 사람들이었다. 그래서인지 셋은 조금은 늙고 지친 모습들이었다. '대규모'는 그 말을 한 당사자에게서 들을 수 있었다. 그는 얘기에 앞서, '사면자들이 많아 그런 판단을 하게 됐다.'고 전제를 했으나 그의 말에 동의하지 않을 수 없었다. 우리와 연관됐기 때문이었다. 그의 얘기를 간추리면, '성산의 통로 공사가 한창일 무렵, 판관들이 석상을 벗어나 지상의 관사에서 살기를 희망해 성산 기슭에 관사를 짓게 되었고, 때맞춰 통로 공사와 관사가 동시에 완공돼 그 기념으로 수형자들을 대폭 사면했다.'는 것이었다.

주위가 어스름해졌다. 나는 사실 그들과 얘기를 주고받을 때부터 묵혀두었던 심중의 말을 하려고 망설이던 참이었다. 이제 잠을 청해야 할 시간이고, 얘기도 다 한 듯싶어 기회라고 여겼다.

"제 개인의 궁금증입니다만 혹여 '미스터 하'의 소재를 아시는 분이 계시는지요?"

그렇게 물었지만 조금은 엉뚱할 수 있었다. 그럼에도 고맙게도 대답이 뒤따랐다. 연해 체구가 작은 사람이었다.

"무슨 사연인지 몰라도 '미스터 하'의 소재를 아는 이가 있을까요? '미스터 하'의 존재 여부조차 분명치 않은데……. 나를 포함해 수십, 수백 명이 성소가 있는 산정까지 길을 냈지만, 그 누구에게서도 '미스터 하'를 봤다는 얘기를 들은 바가 없어요."

그의 말에 곁의 사람도 동감을 표했다.

"그래요. 나 역시 이 사람과 마찬가지로 노역 중에 '미스터 하'가 주재(駐在)한다는 산정 성소를 누차 봤어도 인적이 전무했어요. 어쩌면 '미스터 하'가 성소에 주재하지 않거나 아니면 우리와 같은 사람이 아닐 수 있어요."

남은 한 사람이 입을 열었다. 그는 두 사람과는 달랐다.

"내가 돌배[山梨] 장사를 할 때 들은 얘긴데 '미스터 하'는 기실 여성이며 '덴 하루' 강 건너 동쪽, 동물 나라에 주로 머문다고 합디다. 그곳은 시간의 차원이 다르다는 얘기도 있고요. 소문인지 몰라도……."

나는 그 얘기를 듣는 순간, 불현듯 동산 초옥에 사는 남자와 시민청 감방에 함께 갇혔던 노형이 머릿속에 떠올랐다. 그리고 그때 두 사람이 내게 한 얘기와 상대편 남자의 지금 얘기와는 공통점이 있다고 생각됐다. '미스터 하'가 성소가 아닌 동물들 나라에 머문다는 게 그 점이었다. 물론 남자의 뒷말처럼 '미스터 하'와 관련된 여러 얘기가 소문일 수 있었다. 또 노 형이 직접 목격했다는 성소의 거주자가 '미스터 하'가 아닌 붉은 보료 위의 여성이었다는 얘기도 미심쩍은 구석이 있었다. 하지만 소문이든, 그렇지 않든 간에 '미스터 하'를 만나야 하는 나로선 규명해야 할 일임은 자명했다. '덴 하루'에 가야 할 필요성이 더욱 명백해졌다.

내가 더는 묻지 않자 상대편 세 남자도 입을 다물었다. 나는 상대편 남자들과 봉대 짝이 자리에 눕는 것을 보고선 뒤늦게 망태기를 베고 누웠다. 망태기를 베니 머리가 너무 편했다. 망태기가 이렇듯 유용하게 쓰인다고 생각할 즘, 여전히 익숙지 않은 씨앗 냄새가 콧가에 맴돌았다. 그러나 악취로 느껴지지 않았다.

잠깐 눈을 붙였는가 싶었는데 벌써 아침이었다. 비록 노숙과 다름없는 잠자리였어도 자유인이 됐다는 편안함이 깊은 잠에 빠지게 한 것 같았다. 옆자리의 남자들과 수레꾼들은 이미 떠났는지 보이지 않았다. 어제저녁, 그들과 대화 중에 셋 다 '켓챠(덴 하루의 남쪽)라는 곳에서 돌배 농사나 지으며 선민 도시에는 얼씬도 안 하겠다'라고 한 단언(斷言)이 생각나 입가에 미소가 피었다. 하지만 그들 세 사람의 의기투합이 단언대로 실현될지는 미지수였다.

아직 자는 봉대 짝을 깨웠다. 그는 좀 더 잤으면 하는 눈치이나 내가 길을 나설 듯 보이자 일어나 옷매무새를 가다듬었다.

우리가 향하는 저쪽 대지가 푸르스름했다. 반년 전쯤에 석산 동굴을 나올 때 맞닥뜨린 공기의 조화를 연상케 했다. 그럼에도 마음 한편에선 먼 저곳이 풀과 나무가 자라는 초원이길 바랐다. 어제처럼 때때로 짐 실은 수레를 끄는 수레꾼 몇이 우리를 스쳐 지나갔다. 방향만 다를 뿐 빈 수레로 가는 이도 우리처럼 맨몸으로 가는 길손들도 없지 않았다. 끝없이 펼쳐진 황막한 풍경 때문일까 아니면 인간 본연의 정일까. 사람을 보는 것만으로도 반가웠다.

오후 무렵, 작고 완만한 구릉처럼 보이는 동산 같은 게 눈에 들어왔다. 길옆이고 나무가 심어졌는지 진녹색을 띠었다. 자세히 보니 그 한가운데에 초옥도 자리해 있었다. 예전 선민의 도시로 오는 도중에 들렀던 초옥이 생각났다. 방향이 같았다면 그 초옥으로 여길 뻔했다. 나는 초옥이 어떤 곳인가를 아는 탓에 들를 마음이 조금도 없었다. 그런데도 짐짓 봉대 짝의 의향을 물었다.

"이런 황량한 벌판에 동산과 초옥이 있는 게 신기합니다. 사람이 사는지 한 번 들러볼까요?"

하지만 내 말이 채 끝나자마자 봉대 짝이 '그럴 수 없다'는 듯이 고개를 저었다. 그리고 정색한 표정으로 말했다.

"안 됩니다. 저 초옥에 들렀다간 큰 낭패를 당합니다. 초옥은 미끼나 다름없어요."

아마도 봉대 짝 역시 나와 비슷한 경험을 한 모양이었다. 어쩌면 나보다 더 큰 봉욕을 치른 것 일 수가 있었다. 석상 수형을 나보다 몇 곱절이나 더 살았으니까. 나도 그 말에 동의했다.

"그렇군요. 경각심을 가질 필요가 있네요."

"내가 석상 동력꾼이 된 것도 저 초옥에 사는 두 남녀 때문이에요. '덴 하루'에 용구(用具)를 구하러 왔다가 괜한 호기심에서 선민 도시로 걸음을 하게 됐지요. 그때 저 초옥의 남녀에게서 갈색 옷을 받아 입은 게 화근이었어요."

"나도 사실 당신처럼 그렇게 당했습니다. 그렇지만 우리가 입은 옷이 갈색이 아니고 사면자 표식도 팔에 있지 않습니까. 설령 다시 속은들 봉욕을 치르겠어요?"

"형씨 말이 맞긴 해요. 옷 색깔 얘기가 나온 김에 하는 말입니다만, 내가 몇 년 전 '덴 하루'에 가보니 옷 색깔 때문에 신분의 차별을 당하는 일은 없었습니다. 불시 검문이나 단속도 없었고요. 당연한 일이 아녜요? 물론 '덴 하루'도 선민 도시처럼 치안을 유지하는 안전원들이 있긴 했습니다. 그러나 그들은 주민의 자발적 참여자로서 엄격한 통제와 구속을 일삼는 선민 도시의 안전원들과는 성격이 달랐습니다. 한마디로 '덴 하루'는 사람이 살기에는 보다 자유로운 곳이라고 하겠습니다."

"덴 하루가 그런 곳이라는 걸 처음 듣네요. 물론 '덴 하루'에도 주민들을 다스리는 판관과 관리들이 있을 테지요?"

"있습니다. 하지만 판관과 관리들은 조정자 역할이나 민원을 처리할 뿐 주민들 위에 군림하지는 않습니다. 단, 남의 재물을 탐하는 소드락질에 대해선 엄중히 처벌하는 것 같습니다. 지금은 어떤지 몰라도……."

"아무튼 그런 말을 들으니 마음이 홀가분합니다."

그때 어느새 모습을 나타낸 갈옷의 남녀가 초옥 앞에서 우리를 향해 손짓했다. 필시 초옥에 들러달라는 뜻일 테지만 우리가 그 꼬임에 응할 리 없었다. 응하기는커녕 봉대 짝이 팔을 걷어 올려 두 남녀에게 쳐들어 보였다. 어느 정도 거리가 있어 두 남녀가 동그라미 표식을 봤는지는 모르나 봉대 짝 나름의 항의일 수 있었다. 그 차제에 나도 소매를 올려 팔뚝의 동그라미 표식을 봤다.

하루 반이 지났는데도 여전히 선명했다.

　내내 걷는 중에 남쪽으로 곁길이 난 삼거리에 이르렀다. 날이 저무는 때인데 마침 그곳에 휴식을 겸해 밤을 보낼 객사가 있었다. 객사는 어제의 쉼터와 다르게 지붕과 벽, 출입문이 있는 온전한 집 형태였다. 객사 주위에 잎 푸른 나무들도 몇 그루 심겨 있었다. 황막한 풍경만 줄곧 봐온 수레꾼과 길손들을 위한 눈요깃감으로 제격이었다. 객사는 한 채가 아니었다. 대략 예닐곱 채가량 됐다. 삼거리라는 지리적 요인 때문에 다수의 객사가 들어선 게 아닌가 싶었다. 그래서인지 수레꾼과 길손들이 제법 붐볐다. 주인 내지 관리인 티가 나는 사람도 눈에 띄었다. 은근히 숙박비 걱정이 됐다. 그러나 그 점은 기우였다. 숙박은 누구에게나 무료였다. '덴 하루' 시민청에서 관리하는 곳이어서 '무료'라고 어떤 이가 귀띔해줬기 때문이었다. 어떤 이는 어제저녁에 쉼터에서 만난 세 사람 중 한 사람이었다. 다섯은 자연스레 같은 객사에 들었다. 객사는 방이 하나뿐이지만 방은 다섯이 사용해도 넉넉할 정도로 컸다. 어제저녁처럼 서로는 얘기를 나누었다. 구면에다 사면자라는 동질감까지 더해 얘기가 길어 밤을 새우다시피 했다. 날이 밝자 셋은 자신들의 목적지인 '켓챠'가 있는 남쪽 길로 떠났다. 헤어지는 것이 아쉬웠지만 다시 만날 날을 기약했다.

선민의 도시를 벗어난 지 나흘째 되는 날, 검녹색의 산이 보였다. 산치고는 높이가 낮고 능선이 완만했다. 그래도 산의 형태이고 그 풍광이라는 점에서 마음이 동요되는 건 어쩔 수 없었다. 더욱이 저 산 너머가 '덴 하루'라고 봉대 짝이 알려줘 기대하게 했다. 목적지에 왔다는 안도감 때문일까 과묵한 봉대 짝도 은근히 기뻐하는 눈치였다.

산마루를 넘자마자 '덴 하루'가 한눈에 들어왔다. 넓디넓은 연갈색 강과 그 강을 따라 집들이 다닥다닥 들어찬 시가의 모습이었다. 강가에 정박 중인 배들도 보였다. 대부분 나룻배 정도의 작은 크기였다. 하늘이 낮게 깔린 늦은 오후여서 그런지 '덴 하루'의 모든 정경이 고즈넉하게 와닿았다. 산기슭도 눈을 맑게 하는 풍경이 펼쳐져 있었다. 길을 제외하곤 일대가 온통 잎 푸른 식물로 뒤덮인 까닭이었다. 사람들이 기르는 농작물 같았다. 내가 잎 푸른 식물에 관심을 보이자 봉대 짝이 잎 푸른 식물들은 주민들이 상식하는 구근의 잎이며, 수확 후 여분의 구근은 물물로 교환되기도 한다.'고 덧붙였다.

산에서 내려오니 통나무로 세운 목책이 길을 막았다. 울타리보단 상징적 방벽처럼 인식됐다. 목책이 사람 키보다 높긴 해도 길이가 짧은 까닭이었다. 앞선 수레꾼을 따라 목책을 우회했다.

곧 시가로 통한 길목이 나타났다. 관문인지 지붕만이 있는 간이 초소(哨所) 앞에서 고동색 옷차림의 사람이 지키고 있었다. 초소 안에도 한 사람이 더 있었다. 그렇지만 둘 다 앞선 수레꾼이 시가로 그냥 들어가는데도 본척만척이었다. 지키는 게 맞나 싶었다. 우리가 묵례하며 통과해도 마찬가지였다. 시선조차 주지 않았다. 건성으로 지키는 것 같았다.

통행로 양옆으로 모양이 비슷한 집들이 잇대어 있었다. 개중에 목재로 된 집도 있으나 대부분 흙으로 벽을 바르고 갈대 같은 수초로 이엉을 엮은 초옥들이었다. 그 때문에 추루하긴 해도 통일된 느낌을 자아냈다. 보행인도 가끔 눈에 띄었다. 입은 옷들이 대체로 옅은 청색 계열이고 매무새도 단순해 검박한 인상을 풍겼다.

길을 가는 중에 사거리에 이르렀다. 봉대 짝이 망설이지 않고 강변으로 난 우측 길을 택했다. 이 부근의 지리를 아는 모양이었다. 봉대 짝이 내가 가는 곳에 대해 궁금하리라고 생각했는지 넌지시 말했다.

"숙소부터 정해야 할 것 같습니다. 이 길 끝에 내가 예전에 머문 객사가 있어요. 지금도 그 자리에 있을 듯싶습니다. 거기로 갈까 합니다."

나는 동의의 표시로 고개를 끄덕였다. 나로선 '덴 하루'가 초행인 데다 또 그의 고향까지 동행하겠노라고 밝힌 바 있어 별 이견이 없었다. 강변에 가까워질수록 바람에 실려온 물비린내 같은 게 맡아졌다. 그러나 망태기에 든 씨앗 냄새에 비하면 아무렇지 않게 맡을 수 있는 냄새였다.

　봉대 짝이 예전 객사를 어렵지 않게 찾았다. 강 가까운 둔덕진 곳에 자리해 있어 눈에 금방 띄었다. 그러나 무엇보다 객사가 그 자리에 온전히 있은 때문이었다. 객사 역시 단층 초옥이었다. 하지만 주위 여느 집보다 서너 배는 컸다.

　객사 앞쪽으로 강이 펼쳐져 있었다. 강변의 여러 집과 지형이 돌출한 들머리 쪽에 정박한 배들이 훤히 보였다. 나중에 알았지만, 그곳 들머리가 나루터였다. 봉대 짝이 객사의 문을 몇 차례 두드렸다. 그러나 아무런 기척이 없었다. 봉대 짝이 문을 슬며시 밀었다. 문이 닫혀 있지 않아 쉬이 열렸다. 그때였다. 마당 저쪽에서 체구가 큰 어떤 남자가 성큼성큼 이쪽으로 왔다. 그리고 탄성을 지르듯 반겼다. 남자가 봉대 짝을 기억한다는 뜻이었다.

　"아이고! 이게 누구야. 그동안 잘 지냈소? 참으로 오랜만이오."

　봉대 짝도 밝은 얼굴로 응대했다.

　"예, 저도 관리장님을 뵈니 반갑습니다. 여전히 건강하신 것 같습니다."

"건강하고말고요. 자! 일단 들어갑시다. 옆의 분은 친구인가요?"

"예, 그렇습니다. 당분간 이곳에서 함께 지냈으면 합니다. 물론 관리장님의 허락을 받아야겠지요."

"당분간이면 괜찮소만, 배가 들어오면 그땐 방을 비워줘야 할지 모르겠소."

얼굴이 봉대 짝처럼 검어도 거쿨스러운 남자였다. 나이는 중년 이상이었다.

"감사합니다. 그럼, 신세를 지겠습니다."

객사가 크긴 했어도 가운데 마당을 제외한 내부 사면이 모두 방일 줄은 몰랐다. 그런데 이렇듯 사면이 모두 방으로 꾸며져 있음에도 인적이 전무했다. 방문이 모두 닫힌 채 정적이 감도는 걸로 봐선 숙박객이 없는 듯싶었다. 관리장이 우리가 머물 곳을 정해주었다. 대문 쪽, 골목과 면한 방이었다. 창을 통해 강이 보였다. 창이 작아 제한적이긴 해도 풍경이 시원했다.

잠시 쉬고 있으려니 관리장이 이른 저녁상을 가져왔다. 속살이 하얀 찐 구근과 검은색의 꾸덕꾸덕한 조갯살, 돌배로 여겨지는 과일에 잎과 뿌리가 붉은 채소 두 포기였다. 단출한 상차림이긴 해도 감방의 멀건 죽과는 비교되지 않은 성찬이었다. 관리장의 대접이 기대 이상이었다. 관리장은 곧 방을 나갔다.

봉대 짝도 나와 마찬가지로 기꺼운 표정이었다. 그렇지만 그가 음식을 먹지 않고 쳐다만 보는 통에 나도 음식에 손댈 수 없었다. 나는 의아했다. 혹여 음식 값을 걱정하는가 싶어 물어보고 싶기도 했다. 그가 입을 뗐다.

"대접이 이토록 융숭할 줄 몰랐습니다. 관리장님의 배려로 귀한 양초(兩草)까지 맛보게 되었으니 말입니다."

"양초라니요? 상에 놓인 붉은 이 채소 말입니까?"

"그렇습니다. 누구나 맛볼 수 없는 진귀한 채소입니다. 일단 먹고 나서 얘기합시다."

그러나 그가 택한 건 찐 구근이었다. 나도 구근을 집었다. 이후 그가 조갯살과 과일을 집었을 때도 나도 그처럼 했다. 마지막으로 남은 건 양초라는 붉은색 채소였다. 그가 채소를 집어 입으로 가져갔다. 그리고 음미하듯 입과 줄기부터 조금씩 먹었다. 나도 남은 한 포기를 짚어 맛을 봤다. 특별하지 않은 단순한 채소 맛이었다. 그렇지만 뿌리를 먹었을 때야 채소의 진가를 알게 됐다. 완전한 고기 맛, 그 자체였다. 감탄이 절로 나왔다.

"이럴 수가! 정녕 고기 맛이네요. 뿌리에서 이런 맛이 날 줄이야."

"그래서 이 양초가 진귀하다고 하는 것입니다. 나도 기실 두 번째로 맛봅니다."

"그럼, 이 양초가 어디서 재배됩니까? 이 양초가 재배되는 곳에서 살고 싶은 마음이 절절합니다."

"그건 나도 모릅니다. 강 건너온 거라는 밖에요."

그때 방문 밖에서 인기척이 들렸다. 문을 여니 차반을 든 관리장이었다. 그런데 찻잔이 세 개인 걸 봐서 우리와 함께 마실 셈인 것 같았다.

"적적하던 차에 동족(同族)이 찾아와 주니 마음이 푸근합니다. 그래서 차를 마시며 어울릴까 합니다. 실례가 안 되겠지요?"

봉대 짝이 그 말에 반색했다.

"무슨 말씀이십니까? 오히려 저희가 원하던 바입니다."

"고맙군요. 그럼……."

관리장이 자리에 앉자 몸집이 큰 탓에 방 안이 꽉 찬 느낌이었다. 그러나 방이 협소할 뿐이지 인품은 넉넉한 사람 같았다. 말도 시원시원했다. 관리장이 차를 한 모금 마신 뒤 말했다.

"문밖에서 얼핏 들었소만, 양초 얘기를 하는 것 같았는데 양초에 대해 궁금하신가 보지요?"

봉대 짝이 받았다.

"예, 그러잖아도 관리장님께 여쭈려던 참입니다. 저는 이 붉은 양초를 두 번 맛봤지만, 원산지에 대해서 아는 게 없습니다."

"나도 마찬가지예요. 다만 강 저편 강아지 나라에서 자생한다는 말은 들었어요. 그러나 분명한 건 양초가 구근이나 조갯살 등과 물물교환차 이곳 '덴 하루'에 들어온다는 것입니다. 물론 소량이고 그 소량의 물량마저 대부분 선민의 도시로 보내지지만……,

그 물물 과정에서 우리도 극히 일부를 받아 이렇듯 맛보는 것입니다. 어쨌든 양초를 맛보려면 양초를 실은 붉은 깃발의 범선이 와야 합니다."

나로선 조금은 납득이 되지 않은 얘기였다. 강 건너에 양초가 자생한다면 물물교환만 고집할 게 아니라 배를 타고 가서 직접 양초를 채취하면 될 게 아닌가. 그러나 한편은 강 건너로 함부로 갈 수 없는 이유가 있지 않을까 하는 생각도 들었다. 강 저편이 정말 강아지 나라이고 '미스터 하'가 주재한다면 갈 수 없는 이유가 될 터였다. 내가 관리장에게 물었다.

"양초를 물물교환으로밖에 얻을 수 없나요? 혹시 강을 건너기가 힘들거나 아니면 강아지 나라가 금역이라서 그렇습니까?"

"둘 다 맞아요. '덴 하루' 주민이라면 누구나 강 저편으로 가는 걸 삼가요. 이유는 간명합니다. 뱃길이 멀고 풍랑이 거센 탓도 있지만, 그보다는 절대자인 '미스터 하'가 그곳에 주재하기 때문이라고 할 수 있어요. 하기야 실제 주재하는지 나로서는 불가지(不可知)입니다. 어쨌든 '미스터 하'가 강 저편, 강아지 나라에 주재한다고 예전부터 그렇게 믿다 보니 이젠 강 저편으로 가지 않는 게 불문율처럼 됐습니다. 정 궁금하면 손님이 한번 가보시지 그래요. 하하!……"

관리장이 호탕한 웃음으로 양초에 관한 얘기를 마무리했지만 나는 여전히 미진한 구석이 남아 있었다. 양초를 싣고 온다던 범선에 대한 궁금증 때문이었다. 관리장이 찻잔을 거의 비운 상태이나 나는 범선에 관해 묻지 않을 수 없었다.

"양초를 실은 범선을 언급하셨는데 그 범선은 어디서 오는 것입니까?"

"아! 그 범선 말입니까? 사실 범선이 어디서 오는 것 역시도 정확히 아는 이가 없어요. 양초를 싣고 오니 사람들이 막연히 강 저편 강아지 나라에서 오는가 보다 그렇게만 생각해요. 나도 다르지 않아요. 그러나 참 신통한 건 우리 동족들이 말린 조갯살을 가져올라치면 범선이 때맞춰 '덴 하루'에 나타난다는 겁니다. 물론 그 시점이 구근 수확기이기도 하지만……, 여하튼 범선이 어찌 그토록 때를 잘 맞추는지 예사로운 일이 아니지 않습니까? 그뿐만 아닙니다. 동족이 얘기하길, '조갯살을 매번 범선에 실었어도 범선의 선원들을 단 한 번도 볼 수 없었다'라는 거예요. 또 우리가 조갯살을 범선에 올려주면 양을 정확히 계산해 바로 양초를 비롯한 교환 물품을 내려준다고 했어요. 이러니 범선이 유령선이 아닌, 강아지 나라의 '미스터 하'가 보낸 게 아니겠습니까? 우리 동족이나 '덴 하루' 주민들이 이런 상황까지 고려해 강 저편은 일절 가지 않는 겁니다."

관리장이 찻잔을 챙겨 방을 나갔다. '미스터 하'를 만나야만 하는 나로선 낙심이 될 수밖에 없었다. '강 저편으로 가지 않는다.'는 관리장의 단언 때문이었다. 내 표정을 읽었는지 봉대 짝이 말을 걸었다. '미스터 하'를 만나고자 하는 내 사정을 아는 터라 위로 턱이었다.

"범선은 잘도 다니는데 무슨 방법이 있지 않겠어요. 낙심은 말아요."

"고맙긴 합니다만 솔직히 낙심이 됩니다. 그렇다고 약속을 저버릴 수 없는 노릇이니 여하튼 강을 건널 방법을 모색해야겠습니다."

다음 날, 날이 밝자 봉대 짝과 객사를 나섰다. '덴 하루'를 둘러보기 위함이었다. 망태기는 방에 두었다.

시가는 강을 따라 길게 조성돼 있었다. 집들은 앞서 본 대로 초옥이지만 집들이 강변 쪽에 몰려 있는 반면, 산과 면한 쪽은 다소 한산했다. 시가 한가운데를 남북으로 가로지른 대로가 강변과 산 쪽을 나누는 기준이 아닌가 싶었다.

길을 가는 중에 강변 쪽으로 치우친 한 건물을 보게 됐다. 비록 뒷부분이긴 해도 주변의 여타 집들과는 격이 달랐다. 지붕이 높고 벽면이 석재로 된 까닭에서였다. 또 건물이 희다는 점에서 선민 도시의 시민청이 연상됐다. 물론 색깔과 외형만 그러하나 건물의 크기에 있어선 선민 도시의 시민청에는 한참 못 미쳤다. 봉대 짝이 흰 건물을 가리켜 '덴 하루'의 시민청이라고 일러줬다. 내 예상이 맞았다. 우리는 시민청에 용무가 없지만 걷는 방향이어서 앞쪽으로 가서 건물을 봤다. 가운데 정문을 중심으로 고동색 복장의 몇몇 경비원들이 지키고 있었다. 하지만 출입자도 한두 명뿐인 데다 그마저도 제지하지 않아 시민청이나 관문이나 경비원이 왜 지켜야 하는지 의구심마저 일었다. 아무튼 '덴 하루'도 경비원을 과도하게 배치한다는 점에서 선민 도시와 별반 다르지 않았다. 더 볼 게 없었다. 건물 측면으로 난 사잇길을 택해 다시 걸음을 옮겼다. 강변 방향이었다.

강변으로 갈수록 사잇길이 골목처럼 좁아졌다. 집들이 조금씩 길을 잠식한 까닭이었다. 아침나절임에도 사람들과 종종 마주쳤다. 그런 가운데 우리의 옷이 청색이 아닌 재색임에도 눈여겨보는 이가 없었다. 이곳 사람들은 옷 색깔에 대해 무관심한 것 같았다. 우리로서 그게 편할 수 있지만.

골목을 벗어나자 시야가 탁 트이는 느낌을 받았다. 바로 앞에 약간 어두운 빛을 띤 강이 전개된 까닭이었다. 한눈에 담을 수 없을 정도로 수면이 광활했다. 그럼에도 물결은 잔잔했고 쉴 새 없이 밀려와 물거품을 일구는 파도만이 잠연(潛然)한 강변을 일깨우고 있었다. 하늘과 접한 아득한 강 저편을 잠시 바라봤다. 물안개인지 기류인지, 희뿌연 빛에 휩싸여 수평선조차 감지할 수 없다. 강폭이 가늠이 안 될 만큼 넓다는 의미였다. 진작 강에는 서너 척의 작은 배들이 떠 있었다. 그렇지만 배 주인이 긴 끌대 같은 걸로 조개를 채취하는 것이 빤히 보일 만치 근접한 거리였다.

강가에 대어놓은 배도 몇 척 있었다. 조개를 채취하는 배들과 크기와 모양이 엇비슷했다. 모두 서너 명 정도가 탈 수 있는 나룻배들이었다. 우리는 좀 더 많은 배들이 정박해 있을 들머리, 즉 나루터를 향해 재차 걸음을 옮겼다. 이후 나루터와 인접한 장터까지 보고 객사로 돌아갈 작정이었다.

객사에서 머무는 날이 계속됐다. 그런 가운데 하루도 나루터에 가지 않는 날이 없었다. 봉대 짝과 장터(시장) 구경을 겸해 같이 가는 날도 있으나 대개 혼자였다. 강 저편으로 갈 수 있는 배를 구하는 게 목적이었다. 하지만 이렇다 할 소득이 없었다. 배 주인을 몇몇 만나기도 했으나 예외 없이 배의 가치에 상응하는 구근이나 조갯살, 혹은 옷감을 요구하는 통에 성사가 쉽지 않았다. 그마저 강을 건널 수 있을까 싶은 돛조차 없는 거룻배 정도여서 꼭 성사시켜야 할 일은 아니었다. 그리고 설령 배를 구한다고 하더라도 함께 강을 건널 사람이 없다는 점도 난제였다.

언제부터인가 객사를 나서면 강바람이 불었다. 객사가 둔덕에 자리해 바람을 맞을 수 있으나 바람이 약하지 않았고, 또 매일 불어 구근 수확철에 부는 계절풍이려니 했다. 강바람을 계절풍으로 짐작한 선 봉대 짝이 바람이 부는 밖을 내다보며 혼잣말하는 걸 들은 때문이었다.

배를 구하는 게 쉽지 않은 걸 알면서도 습관처럼 객사를 나섰다. 사실 객사의 좁은 방에 무료하게 있기보다 밖에 나오는 것이 나았다.

나루터에 평소와 달리 사람들의 발길이 잦았다. 나루터 한편에 무슨 구경거리라도 난 양 사람들이 몰려 있는 것이 원인일 수 있었다. 개중에는 고동색 옷의 안전원 같은 사람도 두셋 눈에 띄었다. 구경거리가 난 게 분명했다. 공연한 관심에서 사람들이 몰려 있는 곳으로 가봤다. 무슨 연유인지 모르나 선주인 듯한 사람들이 갈색 옷의 한 남자를 둘러싸고 폭언과 다름없는 지적을 해대는 것이었다. 큰일은 아닌 듯했다. 하지만 고동색 옷의 사람들이 현장에 있다는 점에서 한낱 소동으로 그칠 것 같지 않았다. 상황이 급변했다. 고동색 옷의 사람들이 불시에 갈색 옷의 남자에게 달려들어 팔을 꺾어 제압했기 때문이었다. 아마도 연행할 셈인 것 같았다. 그 과정에서 갈색 옷 남자는 몸을 뒤틀며 반항을 했지만 역부족이었다. 연행당하는 그때 남자가 약간 고개를 쳐들었다. 맙소사! 선민의 도시 지하 감방에 함께 갇혔던 바로 그 노형일 줄이야. 정말 뜻밖이었다. 그와 순간적으로 눈이 마주쳤다. 그가 희미하게 미소를 지었다. 여러 감정이 내포된 그런 미소였다. 나는 아무런 내색도 하지 않은 채 돌아섰다. 주위의 입방아가 귀에 들렸다. "아! 글쎄, 판관까지 지냈다는 자가 배를 훔치려 하다니 참 기가 막히네." "그렇게 말이야. 들켰으면 도망갈 일이지 사람은 왜 때려……."

노형이 남의 배를 훔치려다 배 주인에게 발각된 것 같았다. 그리고 옥신각신하는 중에 자기를 과시하기 위해 판관을 지냈다는 것을 입 밖에 냈을 테고……. 노형의 과거세나 현세의 행각을 봐선 능히 그럴 만한 위인이지만 배를 왜 훔쳐야 했는지는 의문이었다. 혹시 갈색 죄수복 차림인 걸 고려해 배를 훔쳐 강 건너로 갈 계획이 아니었을까 하는 생각이 들기도 했다. 어쨌든 노형의 계획이 무엇이든 또다시 감옥을 탈출했다는 점에서 그의 탈출 의지만은 인정해줘야 할 것 같았다.

늘 열리던 객사 문이 오늘따라 잠겨 있었다. 문을 몇 번이고 두드리자 문이 열렸다. 문을 열어준 사람은 관리장이었다. 그에게 가볍게 인사를 하고 방으로 가려는데 관리장이 나를 불러 세웠다. 나는 문을 잠그고 기다린 걸 보면 숙식비를 달라는 게 아닐까 하는 생각이 머리를 스쳤다. 그러나 억측이었다. 관리장이 연해 사람 좋은 얼굴로 말했다.

"바람이 여간 심하지 않네요. 그래서 부득불 문을 잠갔습니다. 어때요. 배는 구하는 일은요?"

봉대 짝에게서 내가 나루터에 가는 이유를 들은 모양이다.

"배 주인들이 죄다 대가를 요구하니 배를 구하기가 쉽지 않습니다."

"그럴 겁니다. 여긴 모든 게 물물로 이뤄지고 후지급은 없으니까요. 그건 그렇고, 배를 구해 꼭 강 건너로 갈 생각입니까?"

"예, 가려고 합니다. 약속했으면 지켜야 하니까요."

"물론 약속했으면 지켜야겠지요. 그러나 강을 건넌다고 해서 '미스터 하'를 만난다는 보장은 없지 않습니까? 물론 '미스터 하'가 실존한다면 주민들의 얼굴 기형을 고칠 방법을 알 테지요. 하나 그 누구도 '미스터 하'를 본 사람이 없는 마당에 '미스터 하'를 만나려고 애면글면할 필요가 있나요?"

"관리장님의 말씀이 일리가 있습니다."

돌아보니 방문 밖으로 얼굴을 내민 봉대 짝이었다. 나와 관리장 간의 대화를 엿들은 모양이다. 그는 양해를 구하듯 겸연쩍게 웃었다. 어쩌면 관리장의 말이 맞을 수 있었다. 내가 강을 건너 '미스터 하'를 만나려는 게 막연한 건 사실이기 때문이다. 관리장이 거듭 내게 얘기했다. 어조가 은근했다.

"그래서 하는 말입니다만, 이곳 '덴 하루'에도 세상 이치에 밝은 이인(異人)이 없지 않아요. 그런 사람을 한번 만나보시렵니까? 일이 잘 안 풀려 마음이 답답할 땐 어린아이나 눈먼 이에게서도 길을 찾는다고도 하지 않습니까."

지금의 내 처지에 이인을 만난들 해가 될 리 없었다. 더욱이 관리장이 내게 편의를 봐주고 있는 것도 모자라 도움까지 주려는데 거절은 있을 수 없었다. 나는 망설이지 않았다.

"예, 그러겠습니다. 제가 '미스터 하'를 굳이 만나려는 것은 주민들의 얼굴 기형의 원인이 '미스터 하'의 정원에 있는 꽃이라고 들은 까닭입니다. 여하튼 저를 여러모로 도움을 주시니 감사할 따름입니다."

"기대는 마시고 가벼운 마음으로 한번 만나보세요. 내가 동족에게 이미 얘기해뒀어요."

동족은 봉대 짝을 가리키는 거였다. 관리장도 봉대 짝과 마찬가지로 강족(江族)이지만.

다음 날 오전, 망태기를 챙겨 봉대 짝과 함께 객사를 나섰다. 봉대 짝이 '망태기는 왜 가져가느냐?'고 물었지만 나는 복채 같은 대가를 요구하면 망태기를 줄 작정이었다. 내가 가진 게 반지와 망태기뿐인데 반지를 주기는 좀 그랬다. 물론 망태기에 씨앗이 있긴 해도 씨앗을 복채로 주는 것도 민망한 노릇이었다.

봉대 짝이 가는 곳이 장터라고 진작 알려줬다. 장터는 나루터와 인접해 있는 그 장터이고 우리가 만날 이인이 거기에 산다는 것이었다. 나는 봉대 짝을 따라가는 셈이나 그가 나를 위해 걸음하는 게 고마웠다. 장터는 그리 멀지 않았다. 객사에서도 장터가 보였다. 그러고 보니 덴 하부에 온 다음 날 봉대 짝과 장터에 간 이래 한 서너 번 갔을까. 하지만 잠깐씩 들른 탓에 장터에 대한 기억은 간략했다. 또 상설 장이라고 해도 대부분 노점이고 물건도 구근이나 채소 같은 농작물과 소소한 생필품 외는 보지 못했다.

　장터에 당도했다. 노점상들이 소소한 생필품 이외에 구근과 채소, 안 보이던 말린 조갯살 등을 매대에 내놓고 손님을 기다리는 모습이었다. 말린 조갯살 외는 새로울 게 없었다. 조갯살이 한철 식품인지 오전인데도 장을 보려는 사람들로 제법 붐볐다. 접때는 간과했지만, 사람들이 저마다 불룩한 부대를 지녔다는 점이 이채로웠다. 부대에 구근 같은 작물이 들은 걸로 짐작되나 어쨌든 거래가 물물로 이뤄지는 게 사실인 것 같았다.

　봉대 짝이 장터에 발을 들였다. 마침 우리 앞을 짐수레가 가고 있어 우리가 짐수레를 뒤따르는 격이었다. 짐수레가 꾸물거려 앞질러 갈 수 있으나 봉대 짝은 그러지 않았다. 아마도 목적한 곳에 이르지 않았나 싶었다. 내 생각대로였다. 봉대 짝이 짐수레를 뒤따르면서 두리번거렸다. 그러다 한 좁은 골목을 보곤 걸음을 멈추었다. 봉대 짝이 내게 말했다.
　"이 좁다란 골목 같습니다. 예전에 와봐서 기억이 납니다."
　골목이 좁다 하나 그 이상이었다. 골목보다는 집과 집 사이의 작은 틈새라는 게 타당했다. 사람이 겨우 지나다닐 수 있을 정도였다. 다행히 골목은 깊지 않았다. 저만치 막다른 곳에 움막과 다름없는 초옥이 자리한 까닭이었다. 사립문이 반쯤 열린 채였다. 사람이 집에 있다는 증거였다.

열린 문을 통해 집을 들여다봤다. 안쪽에 갈대로 엮은 작은 문이 하나 더 있었다. 방문인 듯싶었다. 문은 닫힌 채였다. 봉대 짝이 나지막하게 기침했다. 그리고 "계십니까?" 하고 주인을 불렀다. 하지만 기척이 없었다. 나는 봉대 짝 뒤에 서 있어서 방문을 제대로 볼 수 없어도 사람이 있을 거라는 느낌을 받았다. 봉대 짝이 재차 주인을 불렀다. "계십니까?" 목소리가 커서 그런지 기척이 들렸다. "누구세요?" 여성 특유의 낭랑한 음성이었다. 그리고 방문이 열렸다. 얼굴은 희고 곱상했지만, 머리는 온통 백발인 여성이 모습을 내비쳤다. 나는 설마 관리장이 말한 이인이 이 여성인가 싶어 내심 당혹했다. 그러나 이인이 여자든 남자든 무슨 상관이라 싶어 마음을 가볍게 가졌다. 봉대 짝이 "말씀을 듣고자 왔습니다."라고 하자 여성이 우리를 찬찬히 보더니 들어오라고 했다.

방은 매우 협소했다 천장도 낮아 허리를 숙여야 할 판이었다. 집주인인 여성이 성인치곤 몸집이 매우 작아 방이 협소한 것일 수 있었다. 가구도 일절 없었다. 여성 혼자 사는 것 같았다. 집주인인 여성이 방의 절반을 차지한 붉은색 보료에 앉으면서 손짓으로 우리더러 앉기를 권했다. 우리도 그 자리에 앉았다. 등이 방문에 닿을락말락했다.

자연 여성과 마주하게 됐다. 여성이 코앞이어서 조금은 어색했다. 첫눈의 곱상한 인상과 달리 눈가와 목에 주름이 있어 나이가 한결 들어 보였다. 여성이 어쩌면 노인일 수 있었다. 여성이 우리에게 물었다. 밖에서 들은 음성과 사뭇 다른 쉰 음성이었다.

"어떻게 오셨어요?"

봉대 짝이 대답했다.

"저희 객사 관리장께서 말씀해줘서 찾아왔습니다."

"그래요? 객사의 관리장이라면 강족의 객사장을 말하는 것일 테지요?"

아마도 봉대 짝의 얼굴이 검어 그렇게 속단한 것일 수 있었다.

"맞습니다."

"뭔가 해결되지 않는 게 있는 모양이지요?"

"예, 제가 아니고 옆의 친구입니다."

"그래요? 그런데 이 이상한 냄새는 뭐예요?"

나는 그 소리에 내가 여전히 망태기를 어깨에 메고 있는 걸 깨달았다. 망태기를 벗어 바닥에 내려놓았다. 그러고서 말했다.

"제가 당사자입니다. '미스터 하'를 만나야 하는 사정이 있어 이렇게 찾아뵈었습니다. 실은 강 저편에 '미스터 하'가 있다고 해서 배를 구하는 중입니다만, 아직 구하지 못했습니다. '미스터 하'를 만나려면 강 저편에 가야 합니까? 또 '미스터 하'의 실재 여부도 의문입니다."

"그대는 외골수군요. 우매한 면도 없지 않고요. 물론 반지 주인에게 속박되다 보니 그렇게 됐지만……."

정말 놀라운 일이었다. 반지의 주인인 영주와의 약속을 어떻게 아느냐는 점 때문이었다. 더 놀라운 건 다음이었다.

"여하튼 나를 찾아왔으니 몇 마디 해야겠지요. 강은 언젠가 건널 겁니다. 그럴 운명이에요. 그리고 무엇보다 망태기에 든 씨앗이 흰 꽃을 피우면 그대의 소망이 이뤄질 거예요."

여성의 말대로라면, 굳이 강을 건너 '미스터 하'를 만날 필요가 없었다. 마음 한편에 '정말 그럴까?' 하는 의문이 들긴 하나 여성의 말을 믿고 싶었다. 아니 반지에 얽힌 약속을 알 정도의 신통한 사람의 말이니 믿어야 했다. 기쁨이 차츰 움터 온몸에 번졌다. 여성을 경의(敬意)의 눈빛으로 쳐다봤다. 이 어린애처럼 작은 여성이 이토록 비범할 줄이야. 여성이 눈을 지그시 감았다. 그때 잠자코 있던 봉대 짝이 입을 뗐다. 복채 얘기였다.

"선녀님, 귀한 말씀 잘 들었습니다. 복채는 내일 중으로 가져다드리겠습니다."

봉대 짝이 복채를 언급한 건 이른 면이 없지 않으나 사전에 관리장과 복채에 대해 의논한 것 같았다. 여성이 반응했다.

"그럴 필요가 없어요. 그렇다고 안 받겠다는 게 아녜요."

"그럼, 달리 생각이 있으십니까?"

"그래요. 의당 당사자가 내야 하지 않겠어요?"

나는 난감했다. 가진 건 반지와 망태기뿐인데, 두 가지 다 막막하던 내게 길을 알려준 값을 치르기엔 약소하기 때문이었다. 그런데도 여성이 그중 하나를 요구하거나 두 개 다 요구해도 기꺼이 줄 참이었다.

"제가 가진 건 반지와 망태기뿐입니다. 두 가지 다 변변치 않아 복채가 될지 모르겠습니다. 만약 하락하신다면 모두 드리겠습니다."

여성이 갑자기 손으로 입을 가리고 호호하고 웃었다. 그리고 말했다. 쉰 음성이 아니었다. 밖에서 들었던 낭랑한 그 음성이었다. 여성은 음성을 변조할 수 있는 능력까지 지닌 모양이었다.

"그래요? 나는 지금 이 냄새가 좋아요."

나는 그제야 여성이 복채로 씨앗을 원한다는 것을 알아챘다. 뜻밖이지만 고마워해야 할 판이었다. 나는 씨앗을 간수하길 잘했다고 생각하면서 씨앗 주머니를 여성에게 건넸다.

"이 주머니에 씨앗이 들었습니다."

여성이 망설이지 않고 씨앗 주머니를 받았다. 그리고 즉각 씨앗을 싼 뭉치를 꺼내 여러 겹의 천을 하나씩 벗겼다. 꽤 신중했다. 하지만 씨앗이 드러나자 표정이 금세 굳어졌다. 혼잣말하는데 탄식처럼 들렸다.

"설마 했는데……!"

나는 여성이 씨앗을 내켜 하지 않는가 싶어 마음이 적이 불편했다. 그래서 넌지시 제의했다.

"혹시 씨앗이 마음에 들지 않으시면 반지와 망태기마저 드리겠습니다."

여성이 잘라 대답했다.

"필요 없어요. 씨앗만으로도 족해요."

도무지 여성의 속내를 알 수 없었다. 봉대 짝이 나섰다.

"선녀님, 혹 마뜩잖은 점이라도 있으십니까?"

"그런 건 없어요. 잠시 씨앗을 두고 생각했을 뿐이에요. 그리고 이참에 부탁할까 해요. 특히 당사자라고 자처한 그대는 꼭 유념하세요."

여성의 시선이 내게 향했다. 나는 시선을 피하지 않았다.

"이 씨앗을 일부 되돌려줄 테니 그대가 원래 머물던 곳에 가서 심으세요. 그리고 꽃이 피면 씨앗을 맺기 전에 꽃과 잎을 따서 주민들에게 차로 마시게 하세요. 아침과 저녁, 하루 두 번씩, 한 달간이에요. 반드시 그렇게 해야 합니다. 그래야 효과를 봐요. 이후 여분의 꽃과 잎은 완전히 소각해야 합니다. 꼭 명심하세요."

부탁이라고 하나 정녕 내가 듣고자 하던 말이었다. 여성이 품속에서 뭔가를 꺼냈다. 앙증스럽기조차 한 천으로 만든 작은 주머니였다. 색상이 보료와 마찬가지로 붉었다. 여성이 씨앗을 덜어 그 주머니에 넣어 봉한 뒤 내게 주었다. 나는 두 손으로 주머니를 받았다. 여성이 재차 말했다.

"이 주머니를 잘 간직하세요. 돌려받아야 하니까."

"예, 꼭 돌려드리겠습니다."

나도 모르게 목소리에 힘이 들어갔다. '크로스 라이프'의 세 여자와 더불어 주민들의 기형적 얼굴이 스치듯 떠올랐다. 선녀라는 이 왜소한 여성이 너무나 고마웠다. 여성의 말을 전적으로 신뢰한다는 뜻이기도 했다. 나는 자세를 고쳐 앉아 여성에게 머리를 깊이 숙였다. 내가 할 수 있는 최소한의 도리였다.

골목을 벗어나자 봉대 짝이 홀가분하다는 듯이 말했다.

"선녀를 찾아온 보람이 있네요. 형씨의 문제가 해결됐으니까."

"그렇습니다. 내가 원하던 답을 얻었습니다. 모두 당신과 관리장님의 덕분입니다. 어떻게 보답할지 모르겠습니다."

"보답이라니요? 동반자로서 당연한 일을 한 것인데, 나는 형씨가 짊어진 마음의 짐을 벗은 것만으로 족합니다."

객사로 돌아오는 걸음이 가벼웠다. 봉대 짝 말처럼 소명과도 같았던 마음의 짐을 벗은 까닭이었다. 나루터에 대어놓은 배들을 봤지만 아무 느낌이 없었다. 이제 '크로스 라이프'로 가서 기형적 얼굴의 주민들을 치유하는 일만 남았다. 또 붉은 주머니에 든 씨앗을 잘 간직해야겠다고 다짐도 했다. 망태기에 든 씨앗이 이제 내 것이 아닌 선녀의 것이라는 자각과 함께 어쩌면 '크로스 라이프' 주민들의 얼굴 기형을 치유하는 일이 선녀로부터 위임을 받은 것일 수 있다는 생각에까지 이르렀다. 그러다 불현듯 세상 초입에서 만난 붉은 반바지 청년이 떠올랐다. 아마도 선녀가 앉았던 붉은 보료 때문일 수 있었다. 두 사람은 공교롭게도 붉은색과 연관이 있다는 것과 초월적 능력을 지녔다는 공통점이 있었다. 붉은 반바지 청년이 내게 정체를 밝히지 않았지만 '미스터 하'의 시자가 다분한 터여서 그에 필적하는 선녀라는 여성도 반신반인의 '미스터 하'의 시녀일 수 있었다. 아니 선녀가 '미스터 하'일지 모르는 일이었다. 노형이 성산의 '미스터 하'의 성소에서 목격한 이가 여성이 맞는다면 그럴 가능성도 없지 않았다.

"골몰한 표정이신데 무슨 생각을 하는 겁니까?"

봉대 짝이 음성이 귓전에 울렸다.

"홀가분하다 보니 여러 생각을 하게 되는군요. 여하튼 저로선 선녀를 뵌 게 일생의 영광 같습니다. 전적으로 당신과 관리장님의 덕분입니다."

"덕분이라는 말을 들으니 앞으로도 형씨와 좋은 인연이 될 듯합니다. 형씨! 그런데 일생이 두 번씩이나 있을 수 있습니까?"

나는 봉대 짝의 말귀를 금방 알아채지 못했다.

"무슨 뜻입니까?"

"나중, 선녀가 준 주머니를 돌려줘야 하니 선녀를 또 봬야 하는 게 아닙니까."

"그렇군요. 제게 한 번의 영광이 더 남은 걸 미처 깨닫지 못했네요. 그때도 당신과 함께 선녀를 뵀으면 합니다."

"마다하지 않겠습니다. 기대하렵니다."

　객사의 문이 전번처럼 잠겨 있었다. 바람 탓이라고 여겼다. 문을 두드리자 관리장이 기다렸다는 듯이 문을 열었다. 우리가 나란히 인사를 하자 관리장이 답례를 하면서 우리의 안색부터 살폈다. 그리고 말을 건넸다.

"표정들이 밝은 걸 보니 소득이 있었나 봅니다."

봉대 짝이 즉각 대답했다.

"기대 이상입니다. 선녀를 찾아가길 잘했습니다."

내가 이어서 말했다.

"선녀는 제가 처한 사정을 잘 알고 있었습니다. 해결 방법도 알려주었습니다. 정말 대단한 분입니다."

"배를 구하러 다니는 게 딱해 보여 이인을 만나보라고 한 것인데, 문제가 해결됐다니 나도 기쁘네요. 여하튼 축하합니다. 이제 배를 구할 일이 없으니 마음 놓고 객사에서 쉬세요."

"감사합니다. 이 은혜를 어떻게 보답해야 할지……."

"은혜는 무슨……, 하하."

관리장이 사람 좋은 웃음을 끝으로 우리를 놓아주었지만, 선녀 못잖게 고마운 분이 아닐 수 없었다. 세상에 이렇듯 인정이 많고 배려심이 깊은 사람을 만난 것이 나로선 더할 수 없는 행운이었다.

  바람은 여전했다. 벌써 여러 날째인데도 잦아들 기미는 보이지 않았다. 관리장은 바람이 부는 것에 대해 개의치 않는 것 같았다. 오히려 근래 대문을 나서는 일이 빈번히 목격됐다. 물론 용무가 있어 나가는 것 같지 않았다. 기껏 둔덕 아래에 펼쳐진 강을 응시하다 들어오는 것이지만 그만의 속내가 있을 법했다. 그래서 봉대 짝에게 관리장이 바다를 응시하는 이유를 물었으나 그는 미소를 지을 뿐이었다.

  궁금증이 해소된 건 그로부터 이틀이 지난 오후였다. 갑자기 대문 앞이 소란스러워졌다. 무슨 일인가 싶었는데 봉대 짝은 기다렸다는 눈치였다. 그가 선바람으로 방을 나갔다. 나도 따라 나왔다. 그때 활짝 열린 대문을 통해 짐이 든 갈대 바구니를 두 사람이 목도를 해서 객사로 들어오는 것이었다. 두 사람만이 아니었다. 목도를 한 짐꾼들이 연이어 들어왔다. 대략 열 명쯤 됐다. 짐꾼들의 얼굴과 팔다리가 옷 색깔처럼 검었다. 한눈에 봐도 강족임을 알 수 있었다. 짐이 다 들어오자 인솔자인 듯한 사람이 관리장과 반갑게 얘기를 나누었다. 그 직후 나는 방으로 들어왔다. 객사가 들썩할 정도로 왁자한 소리가 한동안 계속됐다. 봉대 짝이 동족을 만나 그간의 회포를 풀고 있으리라고 생각하니 왠지 소외된 기분이었다. 창을 통해 밖을 내다봤다. 늘 보는 강이지만 오늘따라 텅 빈 듯, 한 척의 야거리배도 보이지 않았다.

누가 방문을 살짝 두드렸다. 봉대 짝인가 했지만, 문을 열어보니 관리장이었다. 그가 미소를 띠고 있어서 방을 비우란 말을 하려고 온 것 같지 않았다.
"혼자 있지 말고 우리와 어울리지 그래요? 어차피 함께 할 텐데……"
"아닙니다. 제가 폐가 될 것 같습니다."
그때 봉대 짝이 모습을 비쳤다. 그가 가까이 와서 말했다.
"형씨를 우리 동족에게 소개하려고 관리장께서 부러 오셨는데, 어서 가십시다."
자못 강압적이었다. 나는 마지못해 방을 나섰다.
강족들은 한 방에 모여 있었다. 방이 매우 컸다. 나와 봉대 짝이 거처하는 방의 네 배는 될 성싶었다. 객사에 이렇듯 큰 방이 있는 줄 미처 몰랐다. 바구니 짐도 한쪽에 가지런히 놓여 있었다. 그 때문인지 맡은 적이 있는 약간 쿰쿰한 냄새가 진하게 감돌았다. 그러고 보니 강족들의 짐이 조갯살인 것 같았다.
나를 향한 강족들의 시선이 우호적으로 느껴졌다. 사전에 관리장이 나와 봉대 짝 관계를 얘기한 모양이었다. 나는 봉대 짝의 소개로 열두어 명쯤 되는 강족들에게 인사를 겸해 내 신상에 관해 얘기했다. 사실 얘기랄 게 없었다. '크로스 라이프'라는 곳에서 왔으며, 봉대 짝과 선민의 도시에서 만나 친구로 지내고 있다는 것과 잘 부탁한다는 그 정도였다. 그런데 내가 '크로스 라이프'를 언급하자 개중에 고개를 끄덕이는 사람도 있었다. 아마 강족이 사는 곳에서 '크로스 라이프'가 크게 멀지 않은 까닭일 수 있었다.

관리장이 부언하듯 한마디 했다.

"잘 부탁한다고 했으니 이제 우리도 화답해야겠지요?"

그 말에 강족들이 모두 웃었다. 근본적으로 선량한 사람들 같았다. 그 뒤 나는 방으로 돌아왔다. 봉대 짝은 한참 후에 왔다. 오랜만에 동족들과 해후한 탓인지 그는 다소 들뜬 기색이었다. 저녁 무렵에 그는 방을 나갔다가 다시 들어왔다. 그의 옷 색이 달라져 있었다. 강족의 옷 색인 검은색이었다. 나는 검은 옷으로 갈아입은 그가 조금은 낯설게 느껴졌다. 그러나 그는 내 감정과 동떨어진 밝은 얼굴로 내게 말했다.

"형씨, 동족들이 떠날 때 우리도 같이 가십시다. 형씨의 목적지인 '크로스 라이프'를 육로로 가기보다 배편이 낫지 않겠어요? 인솔자의 허락도 받았어요."

귀가 번쩍 뜨였다. 그러잖아도 '크로스 라이프'의 귀로를 요원하게 생각하던 차였는데 봉대 짝이 내 심정을 헤아려 배편을 주선했다니, 여간 고맙지 않았다. 다시금 신세를 진 기분이었다.

"여부가 있습니까. 대환영입니다."

"그럴 줄 알았습니다. 선민의 도시에서 나와 동행하겠다고 한 적도 있으니까."

"내가 그런 말을 했던가요. 하! 하……, 여하튼 고맙습니다. 매번 신세를 지는데 갚을 날이 오면 좋겠습니다."

"의당 나의 일인데, 말씀만으로 족합니다."

강족의 짐꾼들은 며칠 머물지 않았다. 사흘째 날 아침, 강족의 짐꾼들이 올 때처럼 바구니 짐을 목도로 하여 차례로 객사를 나섰다. 우리 역시 객사를 떠나는 날이었다. 관리장도 문단속한 뒤 짐꾼들을 따라나섰다. 우리는 조금 뒤처졌다. 그때 눈에 띄는 것이 있었다. 나루터 앞쪽에 정박해 있는 커다란 범선이었다. 돛대도 여러 개고 그중 가운데 한 돛대에는 붉은 기가 내걸려 바람에 나부끼고 있었다. 범선이 나루터의 여러 배들과는 비교가 안 될 정도로 큰 데다 붉은 깃발까지 내걸린 것을 봐선 단순한 배 같지 않았다. 범선에 시선이 팔린 사이 봉대 짝의 음성이 들렸다.

"형씨는 저 범선을 처음 보는 것 같구려."

나는 짧게 대꾸했다.

"예, 그래요."

"나는 예전에 본 적이 있어 그리 생경하지 않습니다."

그는 대범한 듯했지만, 그도 범선에 관심이 있는 눈치였다.

"아, 그래요? 나는 저렇게 큰 범선이 화물을 실으러 왔는지 몰라도 경이롭기만 합니다. 범선이 예사로 온 건 아닐 테지요?"

"물론입니다. 화물을 실으려고 온 것이지요. 통상 이맘때, 바람이 불면 나타난다고 해서 이곳 '덴 하루'에선 범선을 가리켜 통상 '바람배'라고 합니다. 일부 주민은 배의 선원이 보이지 않는다고 해서 유령선이라고도 하지요. 나도 몇 년 전, 조갯살을 싣고 범선에 갔었는데, 단 한 명의 선원도 보지 못했습니다. 아마 그래서 유령선이라고 하는가 봅니다. 그렇다고 유령선은 아닌 것이 우리가 조갯살을 범선에 올려주면 어김없이 그에 상응한 물품을 내려주니 어찌 유령선이겠습니까?"

"물물교환차 정기적으로 오는 화물선이라는 거지요? 어디서 와서 어디로 가는 걸까요?"

"아마 정확히 아는 이거 없을 겁니다. 범선의 선원조차 볼 수 없는데 어찌 행로를 알겠습니까? 다만 일반적으로 강 저편에서 오는 거로 알고 있습니다. 그리고 들은 얘기입니다만 객사의 관리장께서 범선의 정체와 행로가 궁금한 나머지 진작 선녀에게 물은 적이 있습니다. 선녀의 대답은 불가지(不可知)였습니다. 그렇지만 선녀가 대답에 앞서 모호한 표정을 지었기에 관리장님은 선녀가 알고 있으면서 짐짓 불가지라 하지 않았냐는 생각이 들었다고 했습니다. 여하튼 범선 얘기는 이쯤에서 하고 따라붙읍시다."

강족 사람들은 목도 짐을 졌음에도 걸음이 보통 이상으로 빨랐다. 봉대 짝과 나는 저만치 앞서가는 짐꾼들을 따라붙고자 걸음을 재촉했다.

 나루터엔 이미 상당수의 부대 짐들이 쌓여 있었다. 주민들이 일찌감치 가져다 놓은 짐들이었다. 강족들도 부대 짐 맨 뒤에 자신들의 짐을 내려놨다. 그렇게 함으로써 자리 선점과 동시에 순서를 보장받는 셈이었다. 사실 강족의 바구니 짐은 개수나 부피 면에서 부대 짐들과 비교해 소량이라고 할 수 있었다. 그런 까닭에서인지 부대 짐들에 치여 뒤로 밀릴까 봐 관리장을 위시한 강족들은 자신들의 짐 곁을 떠나지 않았다. 나도 조력차 합세했다. 반면 부대 짐 주인들은 짐에 그다지 신경을 쓰지 않는 것 같았다. 짐을 놔두고 끼리끼리 담소를 나누는 행태에서 그런 느낌이 여실했다. 물론 담소의 주제는 알 수 없으나 이곳 토박이만이 갖는 여유라고 하겠다. 봉대 짝의 귀띔도 있었지만, 부대 짐들은 이곳 주민들이 가꾼 구근 등의 농작물이었다. 처음 접하는 일이긴 해도 이렇듯 많은 농작물이 한꺼번에 물물교환된다는 점이 놀라울 따름이었다.

 강족들의 바구니 짐 이후에도 부대 짐을 실은 수레들이 속속 나루터에 도착했다. 그러나 차츰 시간이 갈수록 짐수레가 뜸해졌다. 그리고 해가 중천인 정오가 되자 약속이나 한 듯 짐수레가 뚝 끊겼다. 그때가 기점이었다. 그로부터 많은 짐들과 사람들로 인해 복잡하던 나루터에 조금씩 공간이 생겨났다. 강과 면한 맨 앞의 짐부터 나룻배에 싣기 시작했기 때문이었다. 그런데 짐 실은 배가 범선으로 곧장 가는 게 아니었다. 지시하는 사람이 없는데도 자발적으로 어느 한 지점에서 순서대로 대기하는 것이었다. 뱃머리를 범선 쪽에 두고서.

강족들 짐 차례가 되자 강족들이 나루터 옆에 대어놓은 자신들의 배를 끌어와 짐을 실었다. 그리고 배를 몰아 앞서 배들처럼 대기에 들어갔다. 관리장 외에 몇몇은 나루터에 남았다. 나와 봉대 짝도 마찬가지였다. 범선에선 이렇다 할 변화가 없었다. 여전히 돛들이 내려져 있고 돛대 위엔 붉은 기가 바람에 나부꼈다.

나루터에 있던 짐들이 거의 다 배에 실렸을 무렵, 갑자기 범선에서 둥! 둥! 하는 맑은 북소리가 났다. 이어서 한 번 더 연속 울렸다. 물물교환하겠다는 신호였다. 부대 짐을 싣고 대기 중이던 첫 번째 두 번째 배가 기다렸다는 듯이 범선을 향해 나아갔다. 두 배 모두 노를 저어 가는 거룻배였다. 스무 척쯤 되는 남은 배들은 그 자리에서 움직이지 않았다.

범선이 멀리 있지 않은 탓에 두 거룻배가 범선에 부대 짐을 싣고 물품을 내려받는 광경이 훤히 보였다. 인력으로 이뤄지는 일이 아닌, 거중기 같은 걸로 짐을 올리고 내리는 양상이었다. 물론 범선의 선원들이 갑판에서 거중기를 이용해 짐을 싣고 내릴 테지만 난관에 가려 선원들의 모습은 전혀 포착되지 않았다.

범선과의 물물교환을 마친 두 배가 나루터로 돌아올 즘, 다시금 범선에서 북소리가 울렸다. 이번엔 세 번째, 네 번째에 해당하는 배들이 경쟁적으로 범선으로 다가갔다. 그리고 그런 식으로 물물교환이 이루어지는 사이 어느덧 강족의 배 차례가 왔다. 강족의 배가 출발했다. 먼저 출발한 이곳 주민의 거룻배를 뒤따르는 형국이었다. 그러나 거룻배가 느린데도 강족 배가 앞서지 않았다. 이곳 토박이 배에 대한 배려일 수 있었다.

　강족의 배가 나루터로 돌아왔다. 싣고 간 짐보다 훨씬 적은 물품을 받아왔다. 말린 조갯살 여섯 바구니가 단 두 바구니도 채 되지 않으니 말이다. 하기야 상호 물물교환 시 물건의 양보다 가치를 따지긴 해도 마치 내가 손해 본 느낌이었다. 하지만 정작 강족들은 범선 측과의 물물교환을 만족해하는 눈치였다.

　강족 한 명이 범선에서 받은 물품 중, 한 개의 작은 꾸러미를 관리장에게 건넸다. 내용물이 뭔지 모르지만, 관리장 몫으로 챙겨주는 것 같았다. 그때쯤 강족 배에 눕혀져 있던 돛대가 세워지기 시작했다. 그러자 함께 있던 강족들이 약속이나 한 듯 배로 갔다. 나루터에 나와 봉대 짝, 관리장 셋만 남았다. 나와 봉대 짝도 배를 타야 하기에 관리장 혼자 남을 터였다.

　강족 배에 돛대에 이어 돛까지 올려졌다. 떠날 준비가 되었다. 관리장과 헤어진다고 생각하니 못내 서운했다. 강족들이야 때가 되면 객사로 와서 관리장과 상봉하겠지만 나는 관리장과 만날 기약이 없다는 점에서 그러했다. 관리장이 특유의 미소를 띠고 내게 말했다.

"이렇듯 훌쩍 떠나니 아쉽네요. 부디 그대의 소임이 잘 마무리되길 바랍니다."

나는 관리장으로부터 받은 편의와 도움을 상기하자 감정이 북받쳤다. 그렇지만 하직 인사 외는 할 말이 없었다.

"그동안 신세를 많이 졌습니다. 안녕히 계십시오."

"그래요. 잘 가세요."

우리도 배에 올랐다. 배가 서서히 움직이자 관리장이 손을 흔들어 우리를 배웅했다. 배의 사람들도 손을 흔들었다. 일몰이 멀지 않은 늦은 오후여서일까. 나루터에 홀로 있는 그가 조금은 외로워 보였다. 배가 순풍을 받아 강물을 가르며 나아갔다. 방향은 북쪽이었다. 강족의 마을로 가는 항로이자 '크로스 라이프'로 향한 장도의 시작이었다.

5

강족의 배는 전마선치곤 꽤 컸다. 게다가 먼 거리를 항해할 수 있는 돛은 물론 선창 외에 뱃사람들이 쉴 수 있는 선실까지 갖춘 다용도 배였다. 특히 선창과 선실이 붙어 있어 화물이 없을 시엔 선실로 넓게 이용할 수 있는 것도 장점이었다. 배의 내부 구조만큼이나 외부도 튼실했다. 모두 두꺼운 판재로 치밀하게 건조된 점에 미뤄 여간한 풍랑에도 끄떡없을 듯싶었다. 단지 갑판이 높은 데 비해 배의 테두리, 즉 난간이 낮아 실족에 유의해야 할 필요는 있었다.

강족들은 방향타가 있는 배 뒤쪽에 모여 있었다. 그곳에 햇빛 가리개가 쳐져 있는 걸 봐서 통상 쉬는 자리 같았다. 뱃머리에도 두세 명이 앉아 있지만 앞을 살피는 중인지 꼼짝들 않았다. 봉대 짝과 나도 갑판에 자리를 잡았다. 딱히 할 얘기도 없어 돛 바람 소리를 귓전으로 들으며 강변 풍경에 눈을 두었다.

풍경은 배가 나아가는 속도에 따라 달라졌다. 갈대밭이 펼쳐지는가 싶었는데 들쭉날쭉한 잡석만 눈에 띄는 단조로운 경치로 변했다. 특별한 것 없던 풍경마저도 강과 육지 사이에 큰 층이 진 절벽 지대가 나타나자 곧 시야에서 밀려났다. 그때쯤 날이 저물어 더는 강변을 볼 수 없게 됐지만, 행여 사람 사는 마을을 볼까 하는 기대도 없지 않던 터라 종내 하릴없는 구경에 그쳤다. 그러나 무의미한 풍경 가운데 딱 하나 눈길을 끈 게 있었다. 저물기 전, 강변을 나는 점과 같은 작은 새를 언뜻 목격한 까닭이었다. 새는 금방 눈에서 사라졌다. 새를 오랜만에 봤다는 점에서 기억이 새로웠다. 또 길을 가던 지난 시간마다 새가 나타나 선한 예시를 했다는 점에서 새가 길운의 전조일 수 있었다. 앞날이 순탄할 것만 같은 예감이 들었다.

갑판 아래 선실로 내려가면서 확인차 봉대 짝에게 물었다. "혹시 강변 위를 나는 새를 봤어요?" 그는 "보지 못했습니다."라고 했다. 그가 정말 새를 보지 못한 것인지 아니면 나의 착시인지 몰라도 나는 어떤 경우에도 새를 본 것으로 믿고 싶었다. 자기 확신일지 모르지만.

다음 날이 밝았다. 돛은 여전히 부풀어진 상태로 숨바람 소리를 내고 있었다. 가까운 하늘은 맑은데 저쪽 먼 하늘은 흐렸다. 기류 탓인 듯싶었다. 그런데 밤사이에 교대했겠지만 배 뒤쪽은 물론 뱃머리도 여전히 두 명이 자리를 지키고 있었다. 방향타가 있는 뒤쪽은 의당 밤낮없이 자리를 지켜야 하나, 뱃머리 쪽은 밤엔 안 지켜도 될 법한데 그렇지 않은 것 같았다. 배가 망망한 물 위를 홀로 가고 있음에도 미연의 사고에 대비하는 강족의 철저함을 엿볼 수 있었다.

강은 물결이 일어도 대체로 잔잔했다. 뱃전에서 사방을 둘러봤다. 좌측 연안을 제외하곤 하늘과 맞닿은 데까지 온통 물세상이었다. 강폭이 무한대로 넓다는 것을 새삼 실감했다. 뱃머리 우측, 먼 저편은 물이 맑은 것 같은데 이곳 연안은 조금 탁했다.

늦은 아침에 모처럼 음식이 나왔다. 찐 구근과 말린 조갯살을 가운데 두고 근무자를 제외한 선실의 사람들과 함께 먹었다. 찐 구근은 '크로스 라이프'에서 먹던 구근 맛과 차이가 없었다. 채소와 돌배조차 없는 단 두 가지뿐이나 배의 사람들과 둘러앉아 식사하니 없던 친밀감마저 생겼다. 인간 본연의 정 때문이 아닐까.

선실에서 밖으로 나올라치면 습관처럼 연안에 눈이 갔다. 특별할 게 없는 풍경이지만 그나마 풍경을 보는 것이 유일한 소일

거리이기 때문이었다. 불과 얼마 전, 석상에 갇혀 벽만 쳐다보며 주야장천 봉대를 돌릴 때에 비하면 더할 나위 없는 호강이나 무료한 건 어쩔 수 없었다. 봉대 짝이 뒤따라 갑판으로 올라왔다. 부쩍 말이 줄어든 그를 보노라니 석상에서 수형을 살던 모습이 연상되었다.

"석상에서 수형을 살 때가 기억나네요. 그때 우리와 함께 석방된 수형자들은 어디서 무얼 하고 지낼까요?"

"무슨 말을 하려는 것입니까? 저마다의 삶을 살고 있겠지요."

"그럴 테지요. 사실은 당신에게 말을 시키려고 물어본 것이에요."

"나도 형씨가 괜히 내게 말을 건다고 생각했습니다. 하하……."

봉대 짝과의 실없는 몇 마디로 무료함이 가시지 않을 테지만 그래도 기분은 조금 나아졌다. 다시금 강변에 눈이 갔다.

오후 시각, 강변 풍경이 새로웠다. 무엇보다 푸른빛이 감도는 초원과 줄기가 적고 몸통이 곧은 키 큰 나무들을 본 까닭이었다. 나무들은 강변을 따라 쭉 이어졌다. 하지만 얼마 가지 않아 다시금 풍경이 변했다. 크고 거칠어 보이는 바위들이 나무를 대신해 강가를 장식하기 시작했다. 그리고 그런 바위 지대는 마냥 지속됐다. 저물 때 앞서와 같은 민둥한 경사지가 잠깐 나타났으나 나무는 단 한 그루도 없었다.

선실에서 나온 봉대 짝이 내 옆에 앉으며 말을 걸었다.

"풍경이 별것 없지요?"

"그냥 바라보는 게지요. 움직이는 개체나 사람 사는 마을이라도 봤으면 좋겠습니다."

"그러잖아도 얘기하려고 했는데, 바람이 지금처럼 불어준다면 아마 내일 저녁쯤에 목적지에 도착할 것입니다."

"그래요? 목적지가 강족 마을일 테지요?"

"그렇습니다. 내가 살던 마을입니다. 출발 때 사흘은 가야 한다고 미리 얘기했다면 형씨가 지루했을 겁니다."

"지금 얘기하면 안 지루한가요. 하하……."

말은 그렇게 했어도 봉대 짝의 마음 씀씀이가 고마웠다. 봉대 짝이 일어나자 나도 따라 일어났다.

사흘째 아침, 전날보다 바람이 한결 잦아졌다. 그에 따라 배의 속도도 느려진 것 같았다. 만약 바람의 세기가 더 약해진다면 노를 저어 가야 할지도 모를 일이었다. 물론 배에 노가 갖춰져 있고, 그 판단도 강족 사람들이 할 테지만 예정한 저녁에 도착하려면 바람이 계속 불어야 하고 또 불어주기를 바랐다.

바람에 신경을 쓰는 중에 문득 '뎬 하루' 연안에 정박한 범선에 생각이 미쳤다. 벌써 '뎬 하루'를 떠났을 테지만 그 범선 역시 바람이 불어야 운항할 수 있다는 점에서 만일 바람이 약해져 몇을 시엔 범선이 이미 목적지에 당도한 것일 수 있었다. 조금은 한가로운 추측이긴 하나 범선이 바람 외에 다른 운항 수단이 없다면 바람이 언제 멎느냐에 따라 범선의 운항 거리, 즉 강폭의 넓이도 대략 알 수 있을 것 같았다. 그래서 이제부터 강변을 보지 말고 돛을 주시해야겠다며 혼자 실소했다.

　늦은 오후, 강변 풍경이 사뭇 달라졌다. 첫날에 본 갈대밭에 이어 나무의 숲이 전개된 까닭이었다. 숲의 범위가 강변을 넘어 내륙까지 뻗친 듯싶었다. 그러나 전날처럼 얼마 지나지 않아 숲은 강가에 몇 그루의 나무를 남기고 끝이 났다. 짧았지만 눈을 맑게 해준 한때의 풍경이었다.
　날이 서서히 저물고 있었다. 강족 마을 도착이 예정보다 늦어질 것 같았다. 배는 여전히 돛 바람으로 가고 있으나 속도가 느린 게 문제였다. 그렇다고 나나 봉대 짝이 나서서 해결할 일은 아니었다. 마찬가지로 배의 강족들도 그 점을 익히 알면서도 손을 쓰지 않았다.

　어둠이 짙은 시점, 멀리 앞쪽에 아련한 불빛이 보였다. 강변 쪽이었다. 배와 불빛 간의 거리가 좁혀지자 불빛이 하나가 아닌 여러 불빛이 모여 어둠을 밝히는 것으로 드러났다. 직감적으로 강족 마을임을 알아챘다. 강족들은 이미 갑판에 나와 있었다. 그리고 조금 지나 몇 명이 흩어져서 움직였다. 뭔가 준비하는 듯한 행동거지인데 어두워도 제 일을 하는 모양이었다.

얼마 후, 이제 불빛이 확연했다. 불빛 주위에서 사람들의 모습도 언뜻언뜻 비쳤다. 돛과 돛대가 차례로 내려졌다. 때맞춰 어둠 속에서 할 일을 하던 사람들이 뱃전에 자리 잡았다. 그들 손에 어느새 노가 쥐여져 있었다. 곧 누군가가 뱃전을 두드리자 그 소리를 신호로 노가 저어지기 시작했다. 멈춰 섰던 배가 움직였다. 그리고 불을 밝힌 강변으로 직진했다.

배가 육지에 닿자 사람들이 우르르 몰려들었다. 짐을 내리느라 조금은 부산스러운 가운데 싣고 온 짐이 육지로 옮겨졌다. 짐이라고 해봤자 단 두 바구니 물품이지만 마을 사람들이 뱃사람들 못잖게 물품을 반기는 것 같았다.

뱃사람들이 마중 나온 사람들과 더불어 떠난 뒤에도 나와 봉대 짝은 갑판에 있었다. 그리고 한 사람이 더 남아 있었다. 그는 뱃사람들을 이끈 인솔자였다. 그가 우리에게 넌지시 권유했다.

"머잖아 날이 밝을 테지요. 그때까지 선실에 있다가 예전 집으로 가는 것이 어떻습니까?"

지금 시각에 우리가 머물 곳이 마땅치 않다는 것을 알고 선실에 있어도 된다고 편의를 봐주려는 것 같았다. 남아 있은 것도 그 때문이었다. 봉대 짝이 동의했다.

"말씀대로 하겠습니다. 그러잖아도 밤중이고 집을 오래 비워 둬서 망설이던 참입니다."

"그래요. 나는 이제 가봐야겠습니다."

"어서 가셔요. 저희가 본의 아니게 인솔자님을 붙잡아두었네요. 수고하셨습니다."

"그럼, 낮에 보기로 하고……."

"예, 잘 가십시오."

나는 마을 쪽으로 휘적휘적 걸어가는 그를 보노라니 며칠밖에 겪지 않았지만, 됨됨이가 괜찮은 사람 같아 뒷모습에다 대고 소리쳤다.

"인솔자님! 감사합니다."

선실이 썰렁하게 느껴졌다. 그도 그럴 것이 십여 명이 머물던 곳인데 단둘뿐이니 그런 느낌이 드는 것은 당연했다. 하지만 잠시 눈을 붙이면 날이 밝을 거로 생각하며 모로 누워 잠을 청했다.

봉대 짝이 나를 깨웠다. 선실 문에 빛이 스미는 걸 보니 아침인 것 같았다. 곁에 뒀던 망태기를 어깨에 메고 갑판으로 나오니 해가 중천으로 가는 오전 나절이었다. 늦잠을 잔 게 확실했다.

"왜 진작 깨우지 않았어요?"

"나도 방금 일어났는걸요. 하하……."

눈에 보이는 모든 것이 새로웠다. 사람이 사는 풍경이었다. 누런 갈대로 지붕을 얹은 빼곡한 집들이 너른 산 아래에 터를 잡아 마을을 이루고 있었다. 호수(戶數)가 상당했다. 적어도 백몇십 호는 될성싶었다. 강족 마을이 이렇듯 클 줄 예상 밖이었다. 우리가 타고 온 전마선에는 못 미치지만 크기가 엇비슷한 작은 배들도 예닐곱 척 물가에 대어 있었다. 그러고 보니 석축으로 조성한 선착장엔 우리가 타고 온 배만이 접안된 걸 알 수 있었다. 새로운 현실은 그게 다가 아니었다. 어제 해 질 녘까지만 해도 강 저편은 망망한 물뿐이었는데 지금은 바위 절벽으로 이루어진 건너편이 빤히 보였다. 즉 드넓은 강을 벗어나 지류라고 할 수 있는 곳에 와 있다는 의미였다. 지류라고 해도 흐름이 있고 폭도 전혀 좁지 않은 엄연한 강이었다. 물색도 사뭇 달랐다. 검은빛이었다.

    봉대 짝과 함께 배에서 내렸다. 봉대 짝이 '마을 대족장에게 인사를 해야 한다.'면서 곧장 마을로 향했다. 나는 통과의례쯤으로 여기면서도 대족장을 만난다는 것에 약간 긴장이 되었다. 길을 가는 중에 일단의 남녀 주민과 마주쳤다. 주민들은 봉대 짝과 인사를 나누면서도 나를 곁눈질했다. 낯설고 옷 색도 달라서 겪는 일이긴 해도 겸연쩍은 건 어쩔 수 없었다.
    대족장의 집은 마을 중심부에 있는 공터 옆에 있었다. 주위의 여느 집들과 별반 다르지 않았다. 단지 검푸른 나무들이 울타리가 마냥 심겨 있고 작으나마 마당이 있다는 게 차이점이었다.

마당으로 들어서자 방에서 사람들의 말소리가 들렸다. 대족장 혼자 있는 게 아닌 모양이었다. 봉대 짝이 방문 앞에서 옷을 여미고서 두어 번 헛기침했다. 방문이 열렸다. 짐작대로 방 안에는 여러 사람이 있었다. 식구들 같지 않았다. 모두 연세가 지긋한 남자 노인들이고 그중에 우리가 타고 온 배의 인솔자도 있었다. 인솔자도 나이가 들었는데 노인들 속에 있으니 상대적으로 젊어 보였다.

봉대 짝이 방 안 사람들에게 허리를 숙여 인사를 했다. 나도 그처럼 했다. 연해 인솔자가 우리에게 들어오라고 일렀다.

방에는 머리와 수염이 새하얀 노인을 중심으로 대여섯 노인이 앉아 있었다. 짐작건대 머리와 수염이 흰 노인이 대족장 같았다. 나와 봉대 짝은 인솔자 뒤쪽에 엉거주춤 섰다. 그때 머리와 수염이 흰 노인이 우리를 향해 입을 열었다.

"두 사람이 친구 사이라는 것을 이미 들었소이다. 아무튼 우리 마을에 잘 오셨소. 이리 와서 인사나 하시지요."

그 말에 봉대 짝과 나는 앞쪽으로 가서 대족장을 위시한 노인들에게 다시금 허리를 숙여 인사를 했다. 노인들은 우리의 인사에도 별 반응이 없었다. 표정도 덤덤했다. 나를 내켜 하지 않는 것인가 하는 생각조차 들었다. 그럼에도 봉대 짝이 인사로 끝내지 않고 나를 소개했다.

"대족장님과 여러 장로님을 다시 뵙게 돼 반갑습니다. 이 친구와 저는 선민의 도시에서 만나 고초를 함께 겪었습니다. 친구는 귀향 중에 일시 우리 마을에 들른 것입니다."

나도 그냥 있을 수가 없어 짧게 감사를 피력했다.

"배 편의도 봐주시고 이렇듯 마을까지 와서 폐를 끼치게 됐습니다. 여러모로 감사합니다."

이제 가도 되겠다 싶었다. 그런데 한 노인이 불쑥 우리의 발목을 잡았다.

"친구분이 '크로스 라이프'로 간다는 얘기는 얼핏 들었소만 어떻게 갈 생각이오?"

이곳 강족 배를 이용해 강을 거슬러 올라갈 것이냐를 묻는 것 같았다. 대답 여하에 따라 문제가 될 소지가 있었다. 봉대 짝이 적절히 대꾸했다.

"이 친구의 선택이겠습니다만, 아마 육로로 가리라 봅니다."

봉대 짝이 거처하던 집은 산 쪽에 치우쳐 있었다. 인근 집들과 대동소이한, 갈대 지붕에 나뭇가지와 흙으로 벽을 쌓은 귀틀집이었으나 오래 비워둬서 폐가와 다름없었다. 봉대 짝과 나는 먼저 집 주위에 쌓인 낙엽이나 지푸라기부터 치웠다. 또 지붕과 벽 일부가 허물어져 손을 봐야 하지만 잠자리를 위해 방 청소가 그다음이었다. 다행히 침상 외는 이렇다 할 세간이 없는 단칸방이어서 청소는 일찍 끝났다. 그때쯤, 봉대 짝이 '잠깐 나갔다 오겠다.'

며 집을 나섰다. 무슨 일인지 알 수 없으나 서둘러 가는 걸 보니 급한 용무라도 있는 모양이었다. 그의 모습은 금세 골목 안으로 사라졌다.

밖으로 나온 김에 주변을 둘러봤다. 산 가까운 외곽이고 이웃한 집도 몇 채 없어 한적하기만 할 뿐 시선을 끄는 게 없었다. 옆집에 사람이 있는지는 몰라도 기척이라도 일었으면 좋겠다는 생각이 든 것도 그 때문이었다.

얼마 후, 봉대 짝이 돌아왔다. 그런데 빈손이 아니었다. 무슨 꾸러미 같은 게 들려 있었다. 꾸러미를 푸니 검은색 옷 한 벌과 잎과 뿌리가 붉은 채소 세 포기와 약간의 조갯살이 나왔다. 채소는 '덴 하루' 객사에서 맛봤던 바로 그 양초였다. 봉대 짝이 자못 유쾌하다는 듯이 말했다.

"대족장님댁에 가길 잘했습니다. 나는 오래도록 마을을 떠나 있어서 물품을 나눠 받을 자격이 없는데도 대족장님께서 특별히 나눠주셨습니다. 하하……."

"대족장님께서 마음이 너그러우신 분이네요. 아무튼 입주 턱과 다름없어요. 축하합니다."

"쑥스럽게 축하는 무슨……."

어두워질 즘, 봉대 짝과 나는 양초와 조갯살로 저녁을 때웠다. 간소하지만 양초 탓에 근래 없는 성찬이었다.

잠자리에 누웠어도 쉬이 잠들 수 없었다. 잠자리가 불편해서가 아니었다. 간단없이 떠오르는 상념 때문이었다. 침상을 놔두고 나처럼 바닥에서 자는 봉대 짝도 마찬가지인 듯싶었다. 그러나 그는 얼마쯤 뒤척이다 잠이 들었다.

이튿날, 가까이 사는 이웃들이 하나둘씩 찾아왔다. 아마도 봉대 짝과 내가 벽을 고치는 걸 본 모양이었다. 개중에 찐 구근을 갖고 온 사람도 있으나 대개 인사치레만 하고 돌아갔다.

벽을 그럭저럭 고치고 나니 늦은 오후가 됐다. 지붕은 내일 손보기로 했다. 벽을 고치는 중에 봉대 짝이 '크로스 라이프로 갈 때 같이 가겠다.'는 의사를 내게 피력했다. 나는 딱 잘라 거절했다. 물론 그가 나와 같이 '크로스 라이프'로 가준다면 내게 큰 도움이 될 테지만 타지에서 수형을 살다 이제 막 자신의 마을에 돌아온 사람더러 같이 가자고 할 수 없는 노릇이었다.

다음 날 아침, 봉대 짝과 나는 손수레를 빌려 마을에서 한참 떨어진 강 하류로 향했다. 지붕을 이을 갈대가 그곳에 자생하는 까닭이었다. 멀리 온 만큼 갈대는 많았다. 그러나 가져오는 건 힘이 들었다. 또 허물어진 지붕 일부만 잇기보다 이참에 지붕 전체를 갈 요량인 터라 한 번으로 끝나지 않았다. 세 차례씩이나 운반한 끝에 지붕을 이을 갈대를 확보할 수 있었다. 그러다 보니 늦은 오후가 됐다. 잠깐 쉰 뒤 이번에는 집 뒤편 산으로 가서 이엉을 엮을 넝쿨을 채취했다.

삼일째 날, 지붕을 잇는 일도 만만치 않았다. 하지만 봉대 짝이 지붕을 이은 경험이 있고 내가 옆에서 거들자 해가 지기 전에 일을 마칠 수 있었다.

그날 밤, 봉대 짝이 또다시 '크로스 라이프에 같이 가겠다.'는 말을 꺼냈다. 나는 '뜻은 고마우나 혼자 가겠다.'고 완곡하게 거절했다. 그러자 봉대 짝이 '붉은 주머니를 돌려주기 위해 선녀를 뵈러 갈 때도 혼자 가겠느냐?'며 내게 물었다. 나는 얼밋거릴 이유가 없었다. '그땐 당연히 같이 가야지요.'라고 했다. 그 대답 때문인지 그는 더는 '크로스 라이프에 같이 가겠다.'는 말을 하지 않았다. 대신 '선녀를 뵈러 갈 때 같이 가야 합니다.' 하고 내게 다짐을 구했다.

강족 마을에 온 지 닷새가 되는 날, 나는 봉대 짝과 헤어져 길을 떠나게 됐다. 봉대 짝이 '배로 강을 건네주겠다.'고 했지만 나는 고개를 저었다. 따로 생각이 있어서였다. 봉대 짝 제안대로 이곳에서 강을 건너면 '크로스 라이프'로 가기 위해 나중 어렵사리 강을 건너지 않아도 될 터였다. 그럼에도 어려움을 자초하는 건 백발 영주의 안위 때문이었다. 즉 땅족이 사는 토굴로 가서 백발 영주의 생존을 확인하는 게 우선이고 도리라고 봤다. 더욱이 영주가 나를 놓아준 걸 땅족 족장이 아는 터라 필시 남은 팔다리 중 하나를 잘렸거나 혹은 제멸당했을 수도 있었다. 물론 그렇게 되지 않길 바라고 또 그 여부를 확인해야 하기에 땅족 토굴로 가야 했다. 다행히 영주가 제멸당하지 않고 살아 있으면 그를 구해 함께 '크로스 라이프'로 갈 작정이었다.

집을 나서기 전 봉대 짝이 남은 양초 한 포기와 말린 조갯살을 내게 주었다. 그뿐만 아니었다. 자신에게 배정된 검은 옷마저 내게 건넸다. 나는 옷만큼은 받지 않으려고 했지만, 그의 태도가 완강해 하는 수 없이 받았다.

"옷까지 주는 건 성의가 지나칩니다. 갈아입을 옷도 없을 텐데 왜 내게 줍니까?"

"내 걱정은 마세요. 아무튼 먼 길을 가노라면 옷이 해질 수 있어 여분의 옷이 필요할 거예요. 나는 이곳 주민이니 옷 정도는 어렵지 않게 구할 수 있습니다."

언제나 그렇듯 아침 공기는 맑고, 상연(爽然)했다. 망태기에 옷과 먹을 게 들었어도 하등 무게가 느껴지지 않았다. 마을을 벗어나 굽은 길을 돌아서자 집들이 눈에 띄었다. 또 하나의 강족 마을이었다. 호수는 한 삼십여 호쯤 됐다. 강 건너, 벼랑이 갈라져 골처럼 파인 아랫녘에도 집이 몇 채 있었다. 배도 있었다. 강 위에 늘어진 줄이 배와 연결된 걸 보니 양쪽을 오가는 줄배인 모양이었다. 봉대 짝이 말했다.

"여긴 윗마을입니다. 족장도 계신 데 우리와 함께했던 인솔자가 바로 그분입니다."

"아, 그래요? 그분 인품이 좋으시니, 마을 주민들은 어려움이 없겠습니다."

"인품이야 대족장님만 하겠습니까마는, 족장님과 달리 성격이 깐깐한 분도 이 마을에 계십니다. 우리가 일전에 대족장님 댁에서 뵌 장로 중 한 분이지요. 아마 형씨도 짐작하실 것입니다."

나는 금방 알아차렸다. '우리에게 어떻게 갈 생각이냐.' 물은 그 노인이라는 것을……. 나는 우회적으로 대답했다.

"성격이 깐깐한 건 주민들과 마을을 위해서가 아니겠어요. 지나치면 융통성이 없다는 말을 듣긴 하겠지만 그런 분도 있어야 마을이 제대로 영위되겠지요."

"그렇긴 합니다. 그분이 성격이 깐깐해도 인정을 베풀 때는 베푼다는 소리를 들은 적도 있습니다."

걸음이 어느새 마을 어귀에 이르렀다. 길은 마을 사이로 나 있었다. 내가 봉대 짝에게 물었다.

"마을의 규모가 적잖은데 주민들이 눈에 띄지 않네요. 왜 그런가요?"

"아침나절이고 또 강의 수위가 높을 때여서 집에들 있는가 봅니다. 강의 수위가 낮은 조개잡이철엔 이렇지 않습니다. 그때는 윗마을 큰 마을 할 것 없이 온 주민들이 강에 나가 조개를 잡기 때문에 집에 있을 겨를이 없지요. 그리고 그렇게 잡은 조개는 말렸다가 일 년 내내 상식하지만, 일부 질 좋은 조갯살은 범선 측과 물물교환을 하기도 합니다."

"우리가 '덴 하루'에서 봤던 그 범선 말인가요?"

"예, 맞습니다. 범선과의 정기적인 물물교환 말고도 한 해에 한두 번은 '덴 하루'의 시장에 가서 구근과 바꿀 때도 있습니다. 조갯살 수확량이 많을 때는 그렇습니다."

"듣고 보니 조갯살이 물물교환의 대종이군요. '덴 하루' 이외 인근의 다른 도시나 마을이 없나요?"

"내가 알기론 없습니다. 인근에 사람이 사는 도시나 마을이 있다면 그곳과도 물물교환할 텐데 그렇지 않으니 '덴 하루'에만 가는 것이 아니겠어요."

인근에 도시나 마을이 없다는 건 갈 길이 녹록지 않다는 의미이기도 했다. 별생각 없이 말을 건 게 걱정을 자초했다. 봉대 짝이 내 표정을 슬쩍 보더니 이어 말했다.

"행로 때문에 물었을 테지요. 강이 곧 길이 아니겠어요. 강만 따라가면 됩니다. 우리 강족 중에 걸어서 먼 동쪽 초소까지 갔다 온 이가 한둘이 아닙니다."

길이 없다는 것을 에둘러서 한 말일 테지만 걸어서 먼 초소까지 갔다 온 이가 한둘이 아니라니, 반신반의하면서도 조금은 걱정을 덜었다. 초소는 예전 강족의 뱃사공이 주재하던 절벽 위의 집을 가리키는 듯싶었다.

"그렇다 해도 막연하네요. 강만 따라간다는 것이……."
"그래서 내가 같이 가겠다는 게 아닙니까. 하하……."
나는 대꾸할 말이 없었다.

마을을 벗어 날쯤, 이쪽으로 오는 한 여성과 마주치게 됐다. 검은 옷차림이어서 마을 주민으로 알았다. 다리를 살짝 저는 듯했다. 젊지는 않았다. 손에 소쿠리를 들었는데 그 안에 푸성귀 같은 게 언뜻 보였다. 여성이 점점 가까워졌다. 얼굴이 여느 강족 여성과 달리 희다는 걸 느꼈다. 봉대 짝도 생소하다는 눈치였다. 나는 이 마을에 사는 강족 여성이려니 하며 단순 생각했다. 그런데 여성의 얼굴이 희어서일까. 마주치는 여성을 무의식적으로 쳐다봤다. 그때였다. 여성이 걸음을 멈추었다. 그리고 대뜸 내게 아는 척을 했다.

"아니, 당신을 여기서 만날 줄이야. 세상이 넓고도 좁네요. 나를 모르겠어요?"
나나 봉대 짝이나 어리둥절한 건 마찬가지였다. 특히 여성이 내게 '나를 모르겠냐?'고 물은 이유를 도통 알 수가 없었다. 하지만 여성의 얼굴을 찬찬히 보니 어디선가 본 적이 있는 것 같기도 했다. 여성이 재차 말했다.

"정말 나를 모르겠어요? 당신에게 강아지 옷을 줬잖아요?"

그제야 기억이 났다. 내가 이 세상에 왔을 때 벌거벗은 내게 강아지 옷을 준 아주머니라는 것을……. 너무 뜻밖이었다. 조금은 황당하기도 했다.

"인제 보니 그때 그 아주머니셨네요. 여기서 뵐 줄이야. 참, 반갑습니다."

"나도 반가워요. 지금 어디로 가는 길이에요? 이곳에서 살진 않겠지요?"

나는 구구히 얘기할 수 없어 짧게 대답했다.

"길을 가는 중입니다. 또 이곳에 살지도 않습니다."

"그래요? 나는 어쩌다 이곳 마을에 눌러앉게 됐어요. 강을 건네준 배 삯 대신 조개를 잡아주기로 한 건데 벌써 반년이 훌쩍 지났네요. 내 강아지들이 무척 보고 싶어요. 강아지들의 행방을 알면 진작 떠났을 거예요. 혹자는 '미스터 하'가 알 거라고 하지만 그조차 어디에 있는지 모르는데 참으로 답답합니다."

아주머니의 하소연은 얼마든지 들을 수 있지만 도움은 줄 수 없어 안타까웠다. 봉대 짝이 아주머니가 딱한지 입을 뗐다.

"'미스터 하'가 어디 있는지 저희도 알지 못합니다. 다만 너른 강 저편에 있다는 말을 들은 적이 있습니다. 아마 '덴 하루' 장터에 사는 선녀는 '미스터 하'가 있는 그곳을 알고 있을 듯합니다."

"이런! 내가 주책을 떨었네요. 옆의 분께 본의 아니게 신세타령한 꼴이 됐으니……. 어쨌든 선녀에 대한 말씀은 귀에 새기겠습니다. 고맙습니다."

내가 말했다.

"아주머니께 도움을 드리지 못해 죄송합니다. 나중 제가 이 마을에 다시 오게 되면 아주머니를 찾아뵙고 그때 못다 한 얘기를 나누도록 하겠습니다. 그리고 이 친구는 큰 마을에 사는데 배웅 차 따라왔습니다."

봉대 짝도 아주머니를 위무했다.

"친구의 말대로 저는 큰 마을에 삽니다. 혹여 저를 필요로 하는 일이 생기면 산 쪽에 치우친 곳에 제 거처가 있으니 들러주십시오."

"살다 보니 이렇듯 기쁜 일이 생기네요. 큰 마을에 갈 일이 있으면 찾아뵙도록 할게요."

아주머니가 헤어지기 전 내게 다짐조로 말했다.

"이 마을에 다시 오게 되면 잊지 말고 꼭 나를 찾아주세요. 기다리겠어요. 그럼······."

아주머니가 걸음을 옮겼다. 봉대 짝이 저만치 가는 아주머니를 보며 낮게 말했다.

"눈썰미가 대단한 분이네요."

"그러게 말입니다."

마을을 벗어난 뒤에도 길은 강을 따라 쭉 이어져 있었다. 물가에 자생하는 수초 같은 식물들이 새롭게 눈에 띄었다. 봉대 짝의 배웅은 거기까지였다. 나도 그렇지만 봉대 짝도 못내 서운해했다. 그러나 다시 만날 것을 약속한 터라 헤어지는 발걸음이 무겁지만은 않았다. 얼마쯤 가다 뒤를 돌아봤다. 봉대 짝이 여전히 그 자리에 서 있었다. 내가 손을 흔들자 그도 손을 흔들어 화답했다.

　길의 흔적이 때때로 끊겼다. 사람들의 발걸음이 뜸하다는 의미였다. 보이는 건 물가의 푸른 수초들과 건너편 벼랑이었다. 벼랑은 강족 마을에 닿았을 때 본 그 모습이긴 하나 높이는 낮아진 것 같았다. 그래도 여전히 높고 가팔라 오를 수 없는 장벽처럼 느껴졌다. 벼랑이 시야를 가린 탓에 벼랑 너머가 궁금했다. 인근에 도시나 마을이 없다는 봉대 짝 말이 생각나 가보나마나 황막한 불모지일 거라는 짐작이 들었다.

　오후로 접어들 무렵, 길의 흔적이 전무했다. 물가의 수초도 사라지고 그 자리를 크고 작은 바위들이 차지했다. 길처럼 가던 강변도 바위가 산재한 건 마찬가지였다. 이제부터 길이 없을지언정 반드시 강을 따라가야 했다. 자칫 강에서 벗어나면 방향을 감지하기 어려울 수 있었다. 물론 강변을 피해 산 쪽으로 갈까를 생각 안 한 건 아니었다. 하지만 그쪽은 덩굴과 잡초로 뒤덮여 있어 엄두가 나지 않았다. 바위투성이 강변을 가다 보니 지난번 석산의 동굴을 나와 길을 가던 때가 떠올랐다. 그땐 바위 같은 장애물이 없는 탁 트인 평원을 갔었는데 지금은 우회마저 할 수 없는 처지라 몸과 마음이 공히 고생스러웠다. 그런데도 강족들도 여길 지나다녔다는데 하고 각오를 다졌다.

  날이 머지않아 저물 듯싶었다. 바위를 타고 넘고 피하느라 고생한 것치곤 그리 멀리 온 것 같지 않았다. 잠시 걸음을 멈추고 가야 할 앞쪽을 봤다. 산언저리와 강이 만나는 눈 닿는 데까지의 지형은 변화가 없었다. 그러나 거기도 바위들이 도사린 듯싶었다. 나도 모르게 한숨이 나왔다. 그나마 바위들로 인해 고생할망정 물에 젖지 않고 가는 게 다행일 수 있었다. 마침 가까이에 넓적한 바위가 있어 그 바위에서 밤을 보내기로 했다.

  날이 밝았다. 잠이 들었는가 싶었는데 벌써 아침이었다. 어제 내내 걸은 탓에 몸이 찌뿌둥했다. 그러나 일시적이었다. 망태기를 올려 메고 바위 강변을 가노라니 어느새 몸이 풀렸다. 우측 강 건너의 풍경이 변했다. 벼랑이 끝나고 누런빛이 감도는 들판이 펼쳐진 까닭이었다. 바위로 인해 고초를 겪어도 시야가 넓게 트여 좋았다. 걷는 중에 이따금 물색을 살폈다. 예전 강족 뱃사공이 준 옷 보따리를 걸머지고 길을 가면서 본 강물의 색보다 한결 옅었다. 그러나 강족 나루터에서 본 물색보단 검은빛이 짙은 것 같았다. 하루 만에 물색의 변화가 있을 리 만무하나 기대감적 그런 자위조차 없다면 걸음이 더욱 무거울 터였다. 여하튼 물색을 통해 목적하는 곳까지의 거리를 예측한다는 것은, 행로의 끝을 알 수 있는 표증이기에 고무적이라고 할 수 있었다. 목적하는 곳은 '크로스 라이프'로 가기 전 들르는 셈이나 협곡 위에 있는 강족의 초소였다. 그곳에 가는 이유는 뱃사공을 만나 땅족의 동태를 알고자 함이었다. 즉 백발 영주의 생사 때문이었다. 그 후는 상황에 따라 대처하겠지만 만일 영주가 살아 있다면 그를 구해 함께 '크로스 라이프'로 갈 생각에는 변함이 없었다.

또 하루가 지났다. 몸을 일으키자마자 습관처럼 멀리 앞을 내다봤다. 불규칙하고 즐비한 바위들이 눈에 들어왔다. 변함없이 강변에 자리한 바위들을 보며 언제쯤 바위들에서 헤어날지를 생각했다. 언젠가 헤어날 테지만 그 언젠가가 오늘일지 혹은 다음 날일지는 미지수였다. 강물이 햇살을 받아 반짝였다. 윤슬은 물색과 상관없는 모양이었다. 조금은 한가한 생각들을 떨치고 망태기를 어깨에 멨다. 무게가 느껴졌다. 물의 흐름은 어제와 변동이 없는 듯싶었다.

해가 뉘엿뉘엿했다. 어둠이 깃들기엔 아직 이르지만, 내일의 여정을 위해 일찍 쉬는 것도 나쁘지 않을 것 같았다. 연이틀 밤과 마찬가지로 바위를 쉼터 겸 잠자리로 택했다. 쉬면서 망태기에 든 옷과 양초와 말린 조갯살을 꺼냈다. 남은 건 단 하나, 씨앗 주머니이고 그 주머니가 궁금해 앞의 것들을 꺼냈는데……. 작고 앙증스러운 붉은 주머니는 망태기 안에 그대로 있었다. 잃어버림을 염려한 건 아니나 주머니를 보자 괜스레 고마웠다. 하기야 이 작은 주머니로 말미암아 고생을 하는 탓에 그런 감정이 생기는지 모를 일이었다. 망태기에 손을 넣어 주머니를 만져봤다. 한 줌이 안 될 만큼 작아도 촉감을 통해 미세하게 느껴지는 것은 주머니 안의 씨앗이었다. 마음이 안돈됐다. 꺼낸 것들을 도로 망태에 넣었다. 식욕이 동했다면 조갯살은 조금 먹었을 터였다. 물론 양초도 있지만, 양초는 귀한 거라서 아끼고 싶었다. 나중 적절히 쓸 때가 있을지 모를 일이었다.

  나흘째로 접어든 날, 지긋지긋하던 바위들과 더는 맞닥뜨리지 않게 되었다. 바위가 없는 모래강변에 다다른 까닭이었다. 대신 강변이 없다시피 해 발을 적셔야 했다. 나중은 강물이 그나마 남은 강변마저 잠식해 천상 강을 크게 벗어나지 않는 범위에서 행로를 새로 모색해야 했다.
  산언저리로 가서 갈 수 있는가를 살폈다. 앞을 막는 장애가 없지 않았다. 풀과 나무가 구분이 안 될 만큼 뒤엉킨 데다 또 비탈이었다. 선택의 여지가 없었다. 마음을 다잡아 덤불을 헤집으며 나아갔다. 발밑도 잘 봐야 했다. 움푹한 데가 없지 않아 발을 무심코 내디뎠다간 사고로 이어지기에 십상이었다. 그런 가운데서도 강과 멀어질세라 누차 강 쪽을 봤다.

얼마쯤 덤불을 헤집으며 비탈을 간 뒤 시야가 한결 트인 곳에서 잠깐 쉬었다. 확인차 강 쪽으로 고개를 돌렸다. 웬걸 강이 저 아래에 있었다. 그러고 보니 강에서 조금씩 멀어진다고 생각은 했어도 이렇듯 높이의 차가 질 줄 몰랐다. 이젠 물에 잠기지 않은 강변이 있다 한들 그쪽으로 갈 순 없었다. 강과 접한 산 끝머리가 낭떠러지일 수 있기 때문이었다. 그래서 이후 덤불과 비탈, 그리고 낭떠러지까지 염두에 둬야 하는 삼중고를 감내해야 했다. 그럼에도 강에서 더 멀어지면 안 된다는 의식은 굳건했다. 어쩌면 지금 겪는 고생이 여정의 최대 난관일 수 있었다. 그러나 예상 밖에도 덤불을 헤집는 고생은 길지 않았다. 덤불로 이루어진 비탈을 시간여를 갔을까. 비탈이 완만해지더니 앞을 막는 덤불도 성글어졌다. 나아가는 게 한결 수월했다. 곧 사방이 훤히 드러난 산자락에 이르렀다. 덤불로 말미암은 고생이 이쯤으로 끝난 게 천만다행이었다.

눈에 띄는 모든 풍경이 새로웠다. 우측 골짝에 절로 눈이 갔다. 골짝 건너편은 이쪽 산녘처럼 개활지 같았다. 또 푸릇푸릇한 초원이라는 점에서 이쪽과 닮아 있었다. 다만 이쪽은 어떤 것도 포착되지 않는 까마득한 초원이지만 저편은 멀리에 산이 있는 게 다른 면이었다. 비록 먼 산이 아슴푸레해도 높은 봉우리만으로도 산이 분명했다. 잠시 산을 보고 있자니 문득 저 산이 위치한 곳에 '크로스 라이프'가 있지 않을까 하는 생각이 들었다.

　강이 있을 골짝으로 향했다. 예상대로 골짝 아래에 강이 존재했다. 검은빛이 여전한 본래의 강이었다. 강 저편과의 거리는 가까웠다. 한 사오십 미터쯤 되려나, 딱 강폭만이었다. 골짝 저편이 가깝긴 해도 강을 사이에 둔 양 지형은 사뭇 대조적이었다. 이쪽은 강까지 내리 급한 경사지만 저편은 강턱이 없다시피 했다. 그런데도 강물의 흐름은 빠른 듯 보였다. 산언저리가 돌출돼 강폭이 좁아진 탓일 수 있었다. 물색의 농도는 가늠이 안 됐다. 수심은 관심 밖이었다. 강을 건널 필요가 없기 때문이었다.

　새롭게 강을 따라가는 행로였다. 산자락을 벗어난 후로 덤불은 일절 보이지 않았다. 오로지 연녹색 풀의 천지였다. 시야를 가리는 언덕은 물론 길의 장애가 되는 바위나 잔 나무조차 없으니 걸음이 자연 가벼웠다. 마음도 느긋해졌다. 강족 마을을 떠난 이래 처음으로 느끼는 여정의 어유로움이었다.
　해가 지평선 너머로 시고 있었다. 머잖아 어두워질 터였다. 하지만 잠자리 걱정은 안 해도 되었다. 어디든 풀을 보료 삼아 몸을 누이면 그만이있다. 날이 더 어두워졌다. 이제 쉬어야 할 때였다.

주변을 살핀 뒤 가까운 풀밭에 망태를 베고 누웠다. 사위가 고적하기 그지없었다. 잠이 막 쏟아졌다.

　잠자리가 참 편안했다. 전날, 나뭇가지와 덤불을 헤집는 고생을 했는데도 몸이 거뜬했다. 일어나 앉았다. 해가 진 그 지평선에서 해가 떠오르고 있었다. 자연의 섭리는 도외시해도 좋았다. 이곳 세상은 이곳 세상만의 섭리가 작용하니까. 어디선가 새소리가 들렸다. 한동안 듣지 못한 새소리였다. 그러나 이리저리 봐도 새가 눈에 잡히지 않아 고개를 들어 하늘을 봤다. 그냥 빈 하늘이었다. 아무래도 골짝 쪽인 것 같았다. 망태기를 어깨에 메고 골짝으로 걸음했다. 그러나 보이는 건 강물뿐 새는 어디에도 없었다. 못 본들 어떠랴. 새소리를 들은 것만으로도 여정에 큰 어려움은 없으리라는 예감이 들었다.

　광막한 초원을 걸은 지 이틀째 날, 가는 방향 쪽에 산이 보였다. 처음에는 시야가 흐려 명확지 않았지만, 차츰 산의 형태가 드러나 실제의 산임을 확신하게 됐다. 확신은 곧 기대로 이어졌다. 예전 협곡에 자리한 강족의 초소 인근에 산이 있었는가는 기억 밖이나, 어쩌면 저 산 너머가 목적한 곳일 수 있다고 생각한 탓이었다. 더욱이 여정을 시작한 지 이레쯤 됐고, 골짝 저편도 강턱이 두드러질 만큼 높아지는 추세라서 막연한 것만은 아니었다. 발걸음이 가볍다 못해 빨라졌다. 저편 대지의 산은 처음 목격할 때보다는 봉우리와 등선의 윤곽이 뚜렷할 정도로 거리가 줄어들었으나 여전히 원경(遠景)이었다. 산이 위치한 곳과 가는 방향이 엇갈린 탓이었다.

산을 본 이후, 초원이 변하고 있었다. 풀이 자라지 않은 데가 눈에 띄게 많아졌고 땅도 돌부리를 유의해야 할 만큼 평탄치 않았다. 앞의 산과는 아직 한참의 거리였다. 그러나 줄곧 걸으면 해가 지기 전에 산에 닿을 수 있을 듯싶었다.

늦은 오후, 산 아래에 당도했다. 중간에 두어 번 쉬었는데도 생각 외로 빨리 온 셈이었다. 멀리서 볼 땐 산이 동네 앞산 정도로 작았는데 와서 보니 높지는 않아도 결코 작은 산이 아니었다. 산줄기가 멀리까지 뻗친 까닭이었다. 강족의 초소가 있을 턱이 없었다. 그렇다고 낙담은 일렀다. 골짜기가 더 깊어져 계곡과 다름없고, 강 건너편도 이쪽 지대와 높이가 비등해 하루 이틀만 더 가면 강족의 초소를 볼 것으로 예측됐기 때문이었다. 어쨌든 산줄기가 소멸하는 데까지 다시 길을 가야 했다.

기대는 어긋났지만, 산줄기와 궤를 같이하는 강변 행로는 무난해 보였다. 산이 암산처럼(岩山) 번번한데다 산자락 또한 굴곡이 없는 평지와 다름없는 까닭이었다. 시야를 가리는 게 없었다. 산이 암산일지라도 신마루나 후미진 기슭에는 초목을 뜻하는 녹색이 더러 어려 있었다. 그나마 눈이 가는 산경(山景)이었다. 검은 강물이 흘러가는 계곡도 초목이 없는 건 산과 대동소이했다. 산에 그림자가 드리우고 있었다. 날이 저물기에는 아직 시간적 여유가 있긴 해도 잠자리를 일찍 구하는 것도 나쁘지 않을 듯싶었다.

산과 계곡 사이의 길을 간 지 이틀째 되는 날, 산의 줄기가 그쯤에서 끝났다. 또 다른 경관이 펼쳐졌어도 예측한 강족의 초소는 보이지 않았다. 이제는 어떤 기대도 하지 않고 그냥 계곡 아래의 강만 따라가기로 했다. 걸음을 멈추고 때때로 살피던 물색도 그만둘 요량이었다. 그저 앞만 보고 묵묵히 발걸음을 옮겼다. 일대는 황토색이 감도는 고원이었다. 모난 바위틈에 뿌리를 내린 누런 풀들이 간간이 눈에 띄는 평원이기도 했다. 경치는 황막하고 단조로우나 초원을 갈 때보다 오히려 걷는 게 더 편했다.

오후로 접어들어 저쪽 대지에 있는 산이 목도됐다. 먼저의 산이 아닌 또 다른 산이었다. 먼저의 산은 이미 시야에서 사라진 뒤였다. 산은 멀리 있어도 가는 방향이어서 내일 중에 근처에 다다를 수 있을 듯싶었다. 계곡 건너편 풍경이 달라졌다. 휑하기만 했던 대지에 잎 푸른 나무들이 군데군데 보였다. 물론 먼 대지까지 그런 건 아니었다. 저쪽 대지가 달라지고 있다면 계곡도 눈에 띄게 변했다. 계곡이 한층 깊어진 가운데 계곡이 양 가장사리가 가파른 절벽처럼 된 까닭이었다. 강을 따라가니 계곡을 볼 수밖에 없어 새삼스럽지는 않아도 강족의 초소가 있는 곳도 협곡이라는 점에서 눈여겨볼 현상임은 분명했다. 기대는 하지 않으려고 했지만 오래지 않아 강족의 초소를 볼 것 같은 기분이었다.

    저녁 무렵, 저 앞쪽에 집 같은 게 있었다. 행여 강족의 초소인가 싶어 걸음을 빨리 했으나 가서 보니 실상 집도 강족의 초소도 아니었다. 계곡 근처에 있는 커다란 바위였다. 바위를 초소로 오인했을망정 좋은 잠자리를 얻어 실망을 덜었다. 움푹 들어간 바위 아래가 딱 한 사람이 누울 정도로 평평한 게 흡사 나를 위한 잠자리 같고 누워보니 아늑하기조차 했다.

    아침이 돼 바위를 벗어나자 산의 자태가 명확히 시야에 잡혔다. 그다지 멀지 않은 거리로 느껴졌다. 산뿐만 아니었다. 날이 어두워져 미처 못 본 것을 보게 됐다. 그건 바로 집이었다. 가깝진 않아도 집이 확실했다. 그리고 집이 협곡 끝단에 있어 강족의 초소임을 직감했다. 그런데 정작 고대하던 초소이건만 기쁘기는커녕 마음은 되레 담담했다. 기대가 번번이 무산된 탓일 수 있었다. 천천한 걸음으로 초소로 향했다. 초소가 협곡 저편에서 봤을 때와 다른 것 같았다. 그러나 초소에 당도해 검은 옷의 강족과 마주침으로써 미심쩍은 게 일거에 해소되었다. 다만 양손에 반지를 잔뜩 꼈던 예전 그 뱃사공이 아니었다. 새로운 사람이었다.

"옷차림을 보니 우리 동족이 아닌 것 같소만, 어떻게 여길 오시게 됐소?"

"크로스 라이프로 가는 길에 들렀습니다. 강 하류에서 여기까지 오는 동안 이레가 넘게 걸렸네요."

"그렇다면 우리 동족이 사는 마을에서 오셨겠네요?"

"맞습니다. 대족장님도 만나뵙고 또 그곳에 친구도 있습니다."

"진작 강족 마을에서 왔다고 말씀하시지 않고……. 하여간 반갑습니다. 자, 안으로 드시지요."

"감사합니다."

초소 안은 한쪽에 놓인 침대 외에 식탁과 의자, 살림살이가 조금 눈에 띌 뿐 썰렁했다. 앞서는 온갖 잡동사니가 나뒹굴었는데 말끔히 정리된 걸 보니 이곳에 주재하는 이의 성품을 알 것 같았다. 또 전임자와 생김새가 사뭇 달랐다. 얼굴에 수염이 없는 데다 체구도 마른 편이어서 말쑥한 인상을 풍겼다. 말도 찬찬했다. 나이는 서른 안팎으로 나보다 젊은 듯싶었다. 그가 차를 내어 왔다. 인상이 말쑥해서 그런지 차 맛이 나쁘지 않았다. 조금 서먹했는데 차를 함께 마시며 얘기를 나누다 보니 분위기가 친면해졌다. 땅족에 관해 물어도 무방할 것 같았다.

"실은, 제가 아는 분이 땅족에 억류돼 있습니다. 그래서 땅족이 사는 곳에 가려고 합니다. 물론 저의 최종 목적지는 '크로스 라이프'이지만 그분이 아직 그곳에 있다면 그분을 구해 함께 갈 생각입니다. 혹시 그곳 사정을 아신다면 제게 말씀해주시면 고맙겠습니다."

상대방이 주저 없이 대답했다.

"땅족의 토굴에 가시겠다고요? 굳이 가신다면 만류하지 않겠습니다만, 가셔도 땅족은 만나지 못할 것입니다. 반년 전인가, 제가 부임 초에 전임자와 같이 그 지역에 간 적이 있습니다. 거기 간 이유는 성천(聖泉)을 살피기 위함이었습니다. 그렇지만 성천 인근에 땅족이 사는 터라 부득불 토굴도 들러야 했습니다. 그런데 막상 들러보니 토굴이 완전히 무너진 상태이고 단 한 명의 땅족조차 볼 수 없었습니다. 전임자도 땅족의 토굴이 이렇듯 폐허가 됐을 줄 몰랐다고 했습니다. 어찌 보면 골칫거리였던 땅족이 사라진 건 우리에게는 잘된 일일 수 있습니다. 성천에 초소를 두게 됐으니까요."

"그렇군요. 전임자와 그곳에 가셨다면 얘기가 맞을 테지요. 물론 땅족에게 불행일지 모르나 초소를 둘 수 있게 돼 저도 다행이라고 생각합니다. 하지만 제가 아는 분의 생사를 확인하기 위해서는 부득불 그곳에 가봐야 할 것 같습니다."

"가시겠다니, 저로선 어쩔 수 없습니다. 혹여 제가 편의를 봐드릴 만한 게 있다면 서슴지 말고 말씀해주십시오. 제가 할 수 있는 편의를 봐드리겠습니다."

"땅족 사정을 안 것만으로도 충분합니다."

초소를 떠나기에 전 망태기에 든 조갯살을 모두 젊은이에게 주었다. 젊은이는 처음에는 받지 않으려고 했으나 '강을 건네줄 뱃삯을 미리 주는 것'이라고 하자 마지못한 듯이 받았다.

땅족의 토굴이 있던 곳을 향해 다시금 길을 갔다. 그곳으로 가는 지리를 알고 있고 또 강의 협곡만 따라가면 되니 행로에 대한 걱정은 없었다. 다만 초소 젊은이의 말대로라면, 영주 노인 역시 무사하지 못하리라는 예감 탓에 등짐이 없음에도 걸음이 가볍지 않았다.

초소를 떠난 지 사흘째 날, 검은 바위산 아래에 있는 땅족의 토굴에 당도했다. 형태는 예전과 같이 도드라진 봉분처럼 보였어도 문이 있던 곳이 완전히 허물어진 상태였다. 뒤편 후문 쪽도 마찬가지였다. 땅족이 토굴에 살지 않는 게 확실했다. 살고 있다면 이렇듯 입, 출구가 무너져 막힌 채로 살 수 없기 때문이었다. 토굴의 입, 출구가 무너진 이유를 알 수 없었다. 또 땅족이 모두 사라진 것도 의문이었다. 한 가지 분명한 건 누군가가 토굴의 입, 출구를 무너뜨렸다는 것인데 땅족이 아닐 수도 있었다. 그 누구일 테지만 토굴의 입, 출구를 무너뜨리기에 앞서 이곳에 사람이 살지 않는다는 것을 안 이후일 것 같았다. 문제는 땅족의 행방이었다. 유유력시되는 건, 땅족이 보행이 어려운 장애인들이어서 자중지란 끝에 토굴 내에서 모두 절멸한 게 아닌가 했다. 가정이지만 근거가 없는 것도 아니었다. 내가 탈출한 뒤 땅족 족장이 나의 탈출을 도운 영주 노인을 벌하려다가 영주 노인과 가까운 사람들이 족장에게 반기를 든 게 계기일 수 있었다. 어쨌든 영주 노인을 포함해 땅족 모두가 사라지고 없는 마당에 더는 토굴에 연연할 이유가 없었다. 그런데도 그냥 가는 건 도리가 아닐 것 같았다. 출구인 후문 쪽을 한번 파보기로 했다. 나뭇가지 몇 개를 주위와 출구의 흙더미를 팠다. 한동안 팠어도 흙더미는 여전했다. 겉보기와 달리 무너진 범위가 안쪽까지인 듯싶었다. 파는 걸 단념했다. 한 사람만으로 토굴의 입, 출구를 무너뜨린 것 같지 않았다. 문득 눈매가 부리부리하던 초소 전임자와 말쑥한 인상의 강족 젊은이가 머릿속에 떠올랐다.

강족 초소로 돌아왔다. 초소의 젊은이가 줄배로 기꺼이 강을 건네주었다. 되돌아가는 젊은이에게 "한 번 더 강을 건네줘야 합니다."라는 말에 젊은이가 활짝 웃으며 화답했다. "이곳에 제가 있는 한 언제든 건네드리겠습니다."

6

 이제는 '크로스 라이프'였다. 제멸을 당할까 싶어 도망쳐 나온 터라 이렇듯 다시 가는 게 마치 운명처럼 느껴졌다. 그리고 술을 빚던 노인이 나 대신 사육제의 제물이 됐을 것을 상기하자 일말의 두려움도 없지 않았다. 하지만 백발 영주와의 약속은 지켜야 하기에 설령 일이 잘못돼 '크로스 라이프'의 세 여자에 의해 제멸을 당하더라도 어쩔 수 없다고 생각했다.
 협곡으로 흐르는 개울을 거슬러 갔다. 강족 초소로 오는 도중에 봤던 그 산의 언저리이기도 했다. 산 쪽으로 치우친 개울 좌측은 나무가 빽빽한 숲이었다. 새소리를 들을까 싶어 귀를 기울여 봐도 졸졸거리는 물소리만 들려올 뿐이었다.

개울에서 일박한 다음 날 오후, 이윽고 구근이 심어진 들녘 저 끝머리에 세 여자가 사는 저택을 볼 수 있었다. 최종의 목적지인 '크로스 라이프'였다. 이곳에 오기까지 어려움이 적지 않았음에도 별다른 감회가 없었다. 대신 세 여자와 대면 시 어떻게 말을 해야 할까를 잠시 고민했다. 적절한 말이 쉽게 떠오르지 않았다. 그냥 부딪쳐보기로 했다. 중지에 낀 반지를 빼서 망태기에 넣은 뒤 세 여자가 살고 있을 저택으로 향했다. 햇살에 감싸인 저택이 고즈넉한 풍경으로 눈에 비쳤다.

저택에 이르렀다. 저택은 괴괴한 가운데 예전 모습 그대로였다. 세 여자 중 그 누구도 나를 못 봤는지 얼굴을 내미는 사람이 없었다. 출입문이 있는 현관으로 걸음했다. 색이 바랜 원형 십자가 그려진 문 앞에 멈춰 섰다. 심호흡을 하고선 문을 가볍게 두드렸다. 종내 기척이 없어 두어 번 더 두드렸다. 그때였다. 문이 덜컥 소리와 함께 급작스럽게 열렸다. 뜻밖에도 세 여자가 나란히 서 있었다. 내가 오는 것을 진작 본 모양이었다. 나는 예의상 가볍게 머리를 숙였다. 그러나 돌아온 건 냉랭한 반응이었다.

"뭣 때문에 여길 다시 왔어요?"

예상했있기에 썩 불쾌하지 않았다. 나도 할 말을 했다.

"영주님의 부탁이 아니라면 이곳에 오지 않았을 것입니다."

"영주님이라니, 대체 누굴 말하는 거예요?"

검은 머리 여자가 즉각 반문했다.
"아니, 이곳을 다스리던 영주님을 모른다는 겁니까?"
검은 머리 여자는 물론 곁의 두 여자도 놀라는 눈치였다. 검은 머리 여자, 즉 소피아의 태도가 사뭇 부드러워졌다.
"영주님을 어떻게 만나게 됐어요? 우리도 못 뵌 지 까마득한 세월인데……."
금발의 여자가 따지듯 내게 물었다. 영주를 만났다는 게 믿기지 않는다는 투였다.
"그대 말이 사실 같지 않네요. 여길 올 구실로 영주님을 파는 게 아녜요?"
"이 넓은 세상에 어디 갈 데가 없어 여길 다시 왔겠어요? 영주님 부탁으로 좋은 일 하려는데 그만 돌아가고 싶네요."
적갈색 머리 여자도 잠자코 있질 않았다. 금발과는 생각이 다른 듯했다.
"오고 가는 건 그대 자유이지만 어디 영주님 부탁이라는 걸 한번 들어나 봅시다."
"여기서 이럴 게 아니라 일단 안으로 들어갑시다."
소피아가 적갈색 여자의 말을 뒷받침했다. 나는 그녀들을 따라 안으로 들어갔다. 두 개의 소파가 마주 놓인 응접실이었다. 나는 자리에 앉자 세 여자를 상대로 먼저 영주 노인을 만난 자초지종을 얘기했다. 그리고 여기 온 목적인 영주의 부탁에 대해서도 간략히 언급했다. 물론 '덴 하루' 선녀의 얘기도 빠뜨리지 않았다. 내 얘기가 모두 끝났을 때 소피아가 나직이 한숨을 쉬더니 입을 뗐다.

"토굴을 좀 더 파보시지 그랬어요?"

"좀 더 파보려고 해도 무너진 범위가 넓어 더 팔 수가 없었습니다. 나뭇가지 외는 도구도 없었고요. 무엇보다 토굴에 사람이 살지 않은 것을 알고 입, 출구를 무너뜨린 걸로 봐서 영주님을 포함해 토굴 사람들이 그전에 제멸된 게 아닌가 싶습니다."

"그럼, 누가 토굴을 무너뜨렸다는 거예요?"

"추측건대 외부인 같습니다. 즉, 토굴에 사람이 살지 않다는 걸 안 사람일 테지요."

"그 외부인이 누구예요? 사람들이 왜 토굴에 살지 않게 되었을까요?"

"저 역시 외부인이 누군지 모릅니다. 단지 외부인 외는 토굴을 무너뜨릴 사람이 없다고 판단했기 때문입니다. 족장을 제외하곤 거주자들이 모두 팔다리가 성치 않아 그곳에 살 수밖에 없는 처지여서 자신들 스스로가 토굴을 무너뜨리지는 않았을 겁니다. 제 추측엔 족장이라는 자가 워낙 포악한 탓에 사람들이 반기를 든 게 사람들이 살지 않게 된 원인일 수도 있습니다."

"그렇다면 내분 끝에 공멸했다는 것이에요?"

"그렇게 봐야겠지요."

"그대 말대로라면 이젠 영영 영주님을 뵐 수 없겠네요."

소피아가 다시금 한숨을 쉬었다. 두 여자의 표정도 어두웠다. 나 또한 마음이 편치 않았다. 서로가 말이 없는 가운데 침울한 분위기를 깬 건 금발 여자였다. 질문이 자못 도발적이었다.

"영주님이 제멸됐다는 게 아직 믿기 어려워요. 그대가 영주님을 만났다는 것도 꾸민 얘기일 수 있어요. 영주님을 만났다는 증표라도 있나요? 증표가 있다면 그대 말을 믿겠어요."

나는 별수 없이 망태기에 든 반지를 꺼내 세 여자에게 보여줘야 했다. 그리고 한가지 떠오른 생각은 선의의 거짓말이지만 이곳 사람들의 얼굴 기형을 고치기 위해 영주를 들먹이기로 했다.

"이 반지가 증표입니다. 반지를 잘 보시고 이 반지가 누구의 것인가를 확인하세요."

소피아를 위시해 반지를 돌려 본 세 여자는 가타부타 말이 없었다. 영주의 반지가 맞다는 것을 시인한 셈이었다. 내가 차분히 말했다.

"사실 이 얘기는 입 밖에 내지 않으려 했지만 종내 하게 됐네요. 영주님이 제게 반지를 빼주면서 '이 반지는 이제 당신 것이며, 당신은 곧 반지의 새 주인이자 '크로스 라이프'를 다스리는 내 후계자가 됐다'라고 하셨습니다. 물론 그에 따른 말씀도 하셨지요. 앞서 얘기한 그 부탁이기도 합니다. 다시금 말씀드리지만 '나 대신 미스터 하를 만나 마을 사람들의 얼굴 기형을 고칠 방법을 주청해 마을 사람들의 얼굴 기형을 고쳐 달라'는 뜻이셨지요. 제가 이곳에 다시 온 목적이 이제 이해되십니까?"

"그럼, 아까 '덴 하루'의 선녀 얘기가 그 부탁의 일환이겠네요?"

"맞습니다. 비록 '미스터 하'는 못 만났지만 '덴 하루' 선녀를 통해 마을 사람들의 얼굴을 고칠 방법을 안 저로선 정말 다행이었습니다. '미스터 하'는 우리 인간들이 사사로이 만날 수 있는 그런 대상이 아닙니다. 하여튼 얼굴 기형을 고칠 방법을 제가 알았으니 제 말을 따라주셔야 합니다. 영주님이 저를 믿었듯이 여러분도 그러길 바랍니다."

나는 말끝에 재차 망태기에 손을 넣어 씨앗이 든 앙증스러운 주머니를 꺼냈다. 그리고 그 주머니를 세 여자에게 보여줬다.

"이 앙증스러운 주머니는 선녀가 제게 준 것이고, 주머니 안에 씨앗이 들어 있습니다. 씨앗이 곧 얼굴을 본래대로 되돌려줄 것입니다."

"그래요? 주머니가 붉네요. 일반 사람들이 쉽게 접할 수 없는 색인 걸 봐서 어디 한번 기대해보겠어요."

소피아의 말이었다. 두 여자는 별말이 없었다.

"그렇습니다. 이 붉은 주머니가 대변하듯 '덴 하루'의 사람들은 선녀를 두고 '미스터 하'의 시녀로 알고 있습니다. 저 역시 선녀에게 이 씨앗 주머니를 받으면서 선녀가 '미스터 하'의 대리인이라는 것을 믿어 의심치 않았습니다."

 "이제 됐어요. 우리의 얼굴 기형이 그대의 씨앗으로 고쳐진다면 얼마나 좋겠어요. 이곳에 얼마간 머물 생각이세요? 우리의 얼굴이 고쳐질 때까지예요?"

 "이 씨앗이 잎과 꽃을 피우려면 시일이 걸리니 대략 서너 달로 보고 있습니다. 물론 그전에 여러분의 얼굴이 본래대로 된다면 떠날 것입니다."

 "그대가 떠나는 것보다 우리의 얼굴이 본래대로 되는 게 중요하지 않아요? 아무튼 남든 떠나든 그 얘기는 그때 하기로 하고 필요한 게 있으면 언제든 우리에게 말해주세요."

 "그러겠습니다."

 "그럼, 씨앗이 꽃을 피울 동안 어디서 지낼 생각이세요? 지난번처럼 창고 옆에 있는 방을 써도 무방합니다."

 "어디든 상관없지만 제가 알던 노인 댁에서 지냈으면 합니다."

 소피아가 일순 곤혹스러운 표정을 지었다. 그리고 두 여자를 번갈아 쳐다보았다. 마치 '어떻게 대처하면 좋냐'며 의견을 구하는 듯했지만 두 여자도 마찬가지로 소피아를 마주 쳐다볼 뿐 이렇다 할 말이 없었다. 나는 세 여자의 태도에서 노인이 제멸된 게 분명하다는 느낌을 받았다. 하지만 노인의 생사 여부는 덮어두기로 했다. 세 여자를 포함한 마을 사람들의 얼굴 기형을 고치는 게 노인의 생사보다 더 중요해서였다. 왜냐하면 사람들의 얼굴 기형이 고쳐진다면 사육제에 의한 살인이 더는 자행되지 않을 것이기 때문이었다. 금발의 여자가 내게 말했다.

"노인이 마을을 떠난 지 꽤 돼 집이 비었을 거예요. 가보시고 불편하면 여기로 다시 오세요."

나는 일어서기 전 망태기에서 양초를 꺼내 소피아에게 건넸다.

"이건 멀리 강 건너에서 온 양초라는 채소인데 한번 맛보시지요."

"고맙네요."

응접실을 나서는 나를 세 여자가 따라 나왔다. 그러나 현관 앞까지였다. 이미 해거름이었다. 나는 서둘러 걸음을 옮겼다.

노인의 집은 외견상 달라진 게 없었다. 밖으로 난 문도 온전했다. 문은 닫혔으나 잠겨 있지는 않았다. 나는 계단을 통해 방으로 들어섰다. 노인이 사용하던 침상과 탁자와 의자가 그대로 있었다. 노인과 찐 구근을 함께 먹던 게 기억에 새로웠다. 금방이라도 노인이 벽면의 미닫이문을 열고 모습을 내밀 듯싶었다. 그러나 퀴퀴한 냄새와 더불어 발을 뗄 때마다 뽀얀 먼지가 일어 노인이 존재하지 않는다는 걸 실감케 했다. 어두워지기 전에 간단하게나마 청소를 해야 할 것 같았다. 빗자루가 눈에 띄지 않아 곳간에 있는가 싶어 미닫이문을 열어봤다. 요행 빗자루가 거기에 있었다. 그렇지만 대여섯 개를 헤아리던 술 항아리들은 단 한 개도 없었다. 누군가가 가져갔을 테지만 그런데도 예전 맡은 적이 있는 시나몬(계피) 향이 여전히 곳간에 감돌았다. 창문들은 연 뒤 먼지가 쌓인 침상부터 빗자루로 쓸었다. 다음은 탁자와 의자 순이었고 바닥은 맨 나중이었다. 청소를 끝내자 밖에 어둠이 깃든 것을 그제야 알았다. 창문을 닫고 나무 의자에 앉아 씨앗을 심는 것과 관련해 이런저런 생각을 했다.

 다음 날, 저택에 다시 갔다. 세 여자를 만나 의향을 물은 뒤 사람의 발길이 닿지 않는 저택 근처에 씨앗을 심었다. 일부만이었다. 나머지 씨앗은 세 여자에게 비밀로 한 채 마을에서 떨어진 열매 나무 둘레에 심었다. 풀 사이에 심어 씨앗이 꽃을 피우기 전에는 사람들 눈에 띄지 않을 듯싶었다. 씨앗을 심고 나서 새삼스레 나무를 올려다봤다. 열매가 달렸으리라 했는데 그렇지 않았다. 나무도 노인이 제멸된 걸 안 탓일까.

 두 달쯤 되자 저택 가까운 곳에 심은 씨앗이 잎과 꽃을 피웠다. 다섯 포기 남짓했다. 세어보지 않았지만, 꽃봉오리가 맺혔을 때는 예닐곱 포기가량이었는데 그새 누가 몇 포기를 뿌리째 뽑아버린 것 같았다. 누구의 소행인지 알고 싶지 않았다. 나무 열매 주위에 심은 꽃식물만으로도 마을 사람들의 얼굴 기형을 고칠 수 있다고 생각했기 때문이었다. 어쨌든 꽃을 피웠으니 수량과 관계없이 거둬 망태기에 넣었다. 그런 다음 그길로 열매 나무 주위의 꽃식물로 걸음했다. 그쪽은 열 포기가 넘었다. 꽃식물을 수확할 때는 크게 못 느꼈으나 망태기에 채워 집으로 돌아오려니 냄새가 매우 심했다. 꽃은 희고 소박한데 왜 악취를 풍기는지는 도통 모를 일이었다.

오후 시간, 망태기에 꽃식물 한 포기만을 넣어 집을 나섰다. 가는 곳은 세 여자가 사는 저택이었다. 그러나 저택의 세 여자에게 꽃식물을 보여주며 수확을 알렸어도 반기기는커녕 떨떠름한 표정들이었다. 나는 세 여자가 오랜 세월 타성에 젖어 살다 보니 얼굴을 고친다는 게 무의미한 일일 수도 있다고 여겨 괘념치 않았다. 하지만 사육제를 빙자한 무고한 살인은 막아야 하기에 꽃식물을 음용할 것을 권유했다. 내 성의가 통했는지 소피아와 금발이 꽃식물에 관심을 보였다.

"이 꽃식물을 음용하면 정말 우리 얼굴이 고쳐지는 거예요?"
"그럼, 본래의 얼굴로 되돌아갈 수도 있어요?"
"그렇습니다. 선녀가 분명히 제게 말했으니까요."
"이걸로 어떻게 하겠다는 거예요? 음용하는 방법 말이에요?"
"간단합니다. 큰 용기에 물을 끓인 뒤 이 꽃식물을 넣어 우리는 겁니다. 그런 다음 아침과 저녁에 차처럼 마시면 됩니다."

"마시시지 않으면 어쩔 거예요?"

적갈색 여자의 말이었다.

"이 방법은 '미스터 하'가 알려준 것과 다름없습니다. 마시지 않겠다는 건 곧 '미스터 하'의 호의를 저버리는 셈이겠지요. 또 영주님의 염원과 희생을 무시하는 것이기도 하고요."

"그럴지언정 나는 마시지 않겠어요. 이 꽃의 냄새만으로도 역겨워요."

"저는 더는 할 말이 없습니다. 마시고 안 마시고는 개인의 취사선택이니까. 다만 이 꽃식물의 차를 마시는 것 외엔 얼굴을 고칠 방법이 없다는 것을 아셔야 합니다. 인성도 순화될 테고요."

"인성이 순화된다는 건 누구에게 해당하는 말입니까? 우리 셋에 대한 그대의 바람입니까?"

소피아였다. 하지 않아도 될 말을 한 것이지만 나는 할 말을 했다고 자위했다.

"좋게 해석하십시오. 결코 여러분께 나쁜 의도로 한 것은 아닙니다."

"알았어요. 내키지 않지만, 그대의 제안대로 이 꽃식물을 차로 우려 나를 포함한 마을 사람들과 음용토록 하겠어요. 효험이 없다면 그대는 온전히 여길 떠나지 못할 거예요."

"요청을 들어주셔서 감사합니다. 효험이 없다면 응당 그에 따른 책임을 져야겠지요. 저는 노인댁에 머물며 하루걸러 꽃식물을 제공하겠습니다."

생각 외로 일이 잘 풀렸다. 소피아가 호응한 덕분이지만 금발이 적갈색 여자처럼 반발하지 않은 것도 도움이 됐다.

아침과 저녁나절에 마을 사람들이 삼삼오오 저택 쪽으로 가는 것을 봤다. 소피아의 말대로 마을 사람들이 차를 마시러 가는 모양이었다. 나도 이틀 간격으로 저택으로 가서 꽃식물 한 포기를 소피아에게 줬다. 소피아의 표정이 밝아진 건 열흘이 지났을 즈음이었다. 그리고 보름이 됐을 때 소피아의 얼굴은 물론 금발도 기형적이던 얼굴이 조금은 본래의 모습을 되찾은 것을 알 수 있었다. 나를 대하는 두 여자의 태도도 전과 달리 마냥 부드러웠다. 그러고 보면 낮임에도 불구하고 마을 사람들이 자주 눈에 띄는 것 역시 꽃식물의 효험과 무관치 않은 듯싶었다. 얼굴이 기형이었을 적엔 주로 밤에 활동했는데, 얼굴이 차츰 본래대로 되니 집 안에서 움츠리고 있지 않고 밖에 나오는 모양이었다. 저택을 나서는 나를 따라 나온 소피아가 내게 귀띔했다.

"셋째(적갈색 머리)도 어제부터 차를 마시기 시작했어요."

"반가운 소식이네요."

한 달이 거의 되었다. 꽃식물을 매일 두 차례씩 차로 마신 저택의 두 여자는 물론 마을 사람들의 얼굴이 기형이 언제였냐는 듯 완전히 본연의 모습을 되찾았다. 젊고 아름다운 여인으로 탈바꿈한 소피아가 새삼스러울 정도였다. 아름다운 용모만큼이나 심성도 곱게 변한 것 같았다. 나는 선녀의 말을 굳게 믿은 터라 당연한 결과로 받아들였다. 기쁨이나 보람보다는 이제 홀가분히 '크로스 라이프'를 떠날 수 있게 됐다는 것에 자족했다. 하나 마음에 걸리는 점은 적갈색 머리 여자였다. 보름쯤부터 꽃식물의 차를 마셨는데도 얼굴 기형이 전혀 나아지지 않은 때문이었다. 그래서 마지막 남은 한 포기를 소각하지 않고 적갈색 머리 여자를 위해 남겨두기로 했다. 한 포기일망정 그녀가 한 달 이상 음용할 수 있는 양이었다. 오늘 낮에 소피아가 한 말이 머릿속에 떠올랐다. "오늘부터 그대는 이 저택의 주인이자 '크로스 라이프' 영주가 되셨어요. 우리가 잘 받들어 모실 테니 떠나지 말고 이곳에 사셔요." 그러나 나는 대답 대신 이 말을 했다. "사육제는 더는 안 됩니다."

이튿날, 나는 날이 채 밝기도 전에 봉대 짝이 준 새 옷으로 갈아입었다. 그런 다음 손에 끼고 있던 '크로스 라이프' 영주의 상징인 반지를 꽃식물과 마찬가지로 탁자 위에 놓아두었다. 망태기는 헌 옷을 담을 데가 없어 가져가기로 했다. 헌옷은 나중 버릴 참이었다. 노인 집을 나설 즘 막 동이 터 올랐다. 예전 도망칠 때와 달리 천천히 걸으며 주위를 눈에 담았다.

이틀 후, 다시금 강족 청년과 만났다. 강족 청년이 줄배로 강을 건네주면서 내게 말했다.

"흰 피부만 아니면 영락없이 우리 동족이신데, 마을에 가시면 조개를 잡아보는 게 어떻습니까."

조개를 잡으면 피부가 햇볕에 그을리게 되니 그렇게 해서라도 강족이 되라는 뜻이었다. 청년의 언사가 농담조여서 불쾌하지 않았다.

"그러잖아도 마을에 도착하면 친구와 더불어 조개를 잡을 겁니다. 하하……."

그러고 보면 협곡 사이를 흐르는 강물의 양이 현저히 줄어든 걸 알 수 있었다. 지금쯤 강족들은 윗마을 아랫마을 할 것 없이 한참 조개를 잡고 있을 터였다.

강족 마을로 되돌아가는 행로는 지나온 터라 그에 대한 걱정은 없었다. 다만 강족 마을에 한시바삐 가서 봉대 짝과 더불어 조개를 잡아야 한다고 생각했다. 그래야만 강족의 배를 얻어타고 '덴하루'에 갈 수 있다고 여긴 까닭이었다. 그런 까닭에 올 때와 마찬가지로 수시로 강물을 살폈다. 이번엔 물색이 아닌 강물의 양이었다. 다행이랄까. 시일이 흘러 덤불이 무성한 산언저리에 이른 대엿새째가 되었어도 양쪽 강변이 허옇게 드러나 있을 만큼 강물은 줄은 채였다. 한동안은 강물이 불어나지 않을 듯싶었다. 그때부터 조바심하지 않고 마음의 여유를 갖고 강을 따라 내려갔다.

　강족 마을에 닿은 것은 덤불 지대를 벗어난 지 이틀째가 되는 오전 무렵이었다. 윗마을 앞 강가는 온통 검은색 일색이었다. 마을 주민들이 모두 나와 조개를 잡는 모양이었다. 윗마을 족장이자 지난번 배를 태워준 인솔자도 강가에 있을 듯싶어 찾아가 인사를 하려다 그냥 지나치기로 했다. 인사를 한답시고 찾아가는 게 괜히 방해될 것 같아서였다.
　얕은 산언저리를 돌아서자 한층 더 많은 사람이 강에서 조개를 잡는 게 눈에 들어왔다. 저 사람들 가운데 필시 봉대 짝도 있을 것 같아 강 쪽으로 걸음했다. 짐작대로였다. 봉대 짝이 조개를 잡다 말고 내게로 바삐 왔다. 나를 본 모양이었다. 그가 환한 얼굴로 나를 반겼다.
　"어이쿠! 매일같이 기다렸는데 반갑습니다. 잘 왔습니다."
　"나도 반갑습니다. 그간 무고하셨지요?"
　"그래서 이렇게 조개를 잡고 있지 않습니까. '크로스 라이프'에 가신 일은 잘됐나 봐요?"
　"예, 선녀님 말씀대로 됐습니다. 또 당신이 염려해준 덕분이기도 하고요."
　"거, 무슨 말씀을……, 자! 여기서 이럴 게 아니라 집으로 가십시다. 가서 자초지종을 듣기로 합시다."

"아니요. 자초지종보다 나는 조개를 잡고 싶습니다. 그래야 마을 어른들을 뵐 낯이 서지 않겠어요? 하하."

"조개를 잡겠다고요? 굳이 원하면 조개를 함께 잡읍시다. 잡는 방법은 따로 없어요. 강바닥에 조개가 깔렸으니까 손으로 그냥 헤집으면 됩니다."

봉대 짝이 동의한 탓에 나는 마을에 오자마자 조개를 잡게 됐다. 조개는 봉대 짝의 말마따나 강바닥을 헤집기만 하면 잡힐 만큼 무한정이었다. 강족 사람들이 조개를 잡는 나를 힐끔힐끔 쳐다봤지만 개의치 않았다.

늦은 오후, 한나절 가량의 조개잡이가 끝났다. 잡은 조개는 한곳에 모았다. 마을 공동 소유인 까닭이었다. 그래서 조개를 까고 말리는 작업도 마을 주민들이 다 같이 한다는 것을 봉대 짝이 알려줬다. 그날 이후로 나는 외방인이지만 강족들과 더불어 조개를 잡고 까고 말리는 작업에 기꺼이 동참했다. 그사이에 대족장과 윗마을 족장에게 인사를 했고 여러 마을 어른들과도 친분을 맺어 낯을 익혔다. 내가 '크로스 라이프'에 가서 한 일은 마을에 온 그날 봉대 짝에게 들려줬다.

조개잡이는 내가 강족 마을에 온 지 십여 일 만에 끝났다. 강물이 불은 탓이었다. 그 무렵, 알 듯 모를 듯한 여성이 봉대 짝과 내가 거처하는 집을 찾아왔다. 알고 보니 몇 달 전 윗마을에서 만난 그 아주머니였다. 아주머니는 내가 왔다는 소식을 들었다면서 인사차 왔노라고 했다. 하지만 아주머니를 방으로 안내하자마자 아주머니는 자신의 강아지들 얘기부터 꺼냈다. 그러고 보면 강아지들을 만나기 위해 다시금 '미스터 하'의 소재를 알려달라는 게 찾아온 목적임을 알 수 있었다. 내가 말했다.

"아주머니의 염원은 익히 알겠습니다만, 저희로선 '미스터 하'에 대해서 아는 게 없습니다. 떠도는 소문으론 '미스터 하'가 '덴 하루' 강 건너에 주재한다고 하나 여태껏 확인 불명입니다. 접때도 말씀드렸지만, 혹시 '덴 하루' 장터에 사는 선녀는 알고 있을지 모르겠습니다."

"사실 두 분을 만난 이후로 '덴 하루' 선녀를 만나야겠다는 마음을 늘 지녔어요. 하나 배편도 없다시피 하고 또 설령 배편이 있다 하더라도 누가 나를 태워주겠어요? '덴 하루' 선녀를 뵈러 가고 싶은 마음은 굴뚝같지만, 현실이 그렇지 않으니 답답할 뿐입니다."

잠자코 듣고 있던 봉대 짝이 입을 뗐다.

"아주머니의 안타까운 심정, 충분히 이해합니다. 혹시 족장께 아주머니의 사정을 얘기해보셨어요?"

"얘기한들 무슨 소용이 있겠어요. 여자이고 외방인인 주제에……."

"그렇지 않습니다. 윗마을 족장은 이해심이 많은 분입니다. 진

지하게 사정 얘기를 해보세요. 저도 도움이 된다면 힘써보겠어요."

"감사합니다. 족장님께 제 사정을 말씀드려보겠습니다."

"금명간 꼭 말씀드리세요. 머잖아 배가 조갯살을 싣고 '덴 하루'로 갈 것입니다."

나는 내심 봉대 짝이 고마웠다. 그리고 지난 일을 돌이켜보면 그가 인정이 돈독하다는 것이 새삼스러울 수 없었다. 아주머니가 돌아간 뒤 내가 봉대 짝에게 말했다.

"윗마을 족장과 성격이 깐깐한 장로를 어떻게 설득할 생각입니까?"

"별수 없어요. 부딪쳐보는 수밖에요."

강에서 채취한 조갯살이 건조되어 배의 출발을 앞둔 어느 날, 봉대 짝과 나는 윗마을 족장을 뵈러 갔다. 족장은 이번 차에도 인솔 책임자로 내정돼 있었다. 그만큼 통솔력과 항로에 대한 식견이 높아 대족장의 신임을 받는 까닭이었다. 족장은 우리가 온 이유를 꿰뚫고 있었다. 그가 온유한 얼굴로 내게 말했다.

"이번에도 귀하와 배를 같이 타게 됐군요. 우리 사이도 보통 인연이 아닌 것 같습니다."

"배를 태워주신다는 허락을 옆의 친구에게 들었지만 직접 감사의 말을 드리고 싶었습니다."

"응당 배를 태워드려야지요. 조개를 잡느라 연일 고생하셨는데 참, 우리 마을에 살던 한 아주머니도 우리와 함께 '덴 하루'에 가게 됐습니다. 사정을 듣고 보니 딱하더군요. 장로님에게는 비밀로 했지만 어쨌든 배에 태우고 안 태우고는 내 권한이니까."

듣던 중 반가운 소식이었다. 봉대 짝이 족장에게 사의(謝儀)를 표했다.

"일전에 말씀은 드렸지만, 쾌히 허락하여주셔서 감사합니다."

"감사의 말을 거듭 들으니 조금은 쑥스럽네요. 하여간 모두 잘 다녀옵시다."

윗마을 족장을 뵌 지 사흘째 되는 아침, 조갯살을 실은 강족의 배가 출발을 앞두고 있었다. 목적지는 연해 '덴 하루'였다. 배도 선실이 있는 예전 그 전마선이었다. 출발에 따른 모든 준비가 마쳐지자 인솔자인 윗마을 족장이 환송차 나온 대족장을 위시한 마을 주민들에게 '잘 다녀오겠다.'는 인사말을 했다. 인사말이 끝난 직후 배가 서서히 움직였다. 마을 주민들이 '무사히 잘 다녀오라.'며 일제히 손을 흔들었다. 이내 돛이 올려졌다. 어제 낮부터 바람이 불기 시작한 게 오늘 출발할 수 있게 된 계기였다. 돛이 바람에 펄럭였다. 남쪽으로의 긴 항해가 시작됐다.

마을이 점점 멀어지고 있었다. 그럼에도 강족들 누구도 뱃전을 떠나지 않았다. 다들 마을을 떠나는 게 연연(戀戀)한 모양이었다. 나 역시 조금은 그런 감정이었다. 곁의 봉대 짝을 돌아다봤다. 그는 내 눈길에도 아랑곳하지 않고 마냥 마을을 응시했다. 배는 어느새 대하(大河)에 이르렀다. 마을도 시야에서 완전히 사라졌다. 그때부터 선수와 선미에 필요 인원들이 망을 보듯 자리를 지켰다. 나와 봉대 짝은 아주머니가 배에 탄 걸 알지만 여태껏 본 적이 없어 선실로 내려갔다. 선실에는 인솔자를 비롯한 강족들이 편한 자세로 쉬고 있어도 아주머니는 그곳에 없었다. 선실과 칸을 나눈 창고로 가봤다. 아주머니가 거기에 있었다. 조갯살 바구니들이 놓인 그 틈에서 숨어 있듯 했다. 사실 아주머니가 고개를 내밀지 않았다면 못 찾을 뻔했다. 봉대 짝이 가볍게 물었다.

"여기 계시는 게 불편할 텐데요?"

"불편하긴요. 오히려 편해요."

"그래도 선실에서 사람들과 대화를 하면서 시간을 보내는 게 낫지 않을까요?"

"아니에요. 마을에 살 때도 이웃들과 교유가 없었는데……. 낯선 남정네들과 같이 있으려니 좀 그래요."

아주머니의 말 속에 그간 홀로 산 외로움이 배어 있었다. 외방인이고 여성이기에 강족 사람들과 어울리지 못했으리라는 짐작이 들었다. 그래서 강아지들을 만나려는 집착이 여전한 것일 수 있었다. 아주머니가 갑자기 측은해졌다.

"저도 외방인이어서 아주머니의 입장을 충분히 이해합니다. 그렇지만 하루 이틀 만에 끝날 항해가 아니라서 이 친구 말대로 사람들과 대화를 하는 게 좋을 듯싶습니다."

"'덴 하루'까지 얼마나 걸려요?"

"사나흘은 가야 할 것입니다."

"꽤 걸리네요. 아무튼 사람들과 대화를 해보겠어요."

나는 봉대 짝과 함께 다시 갑판으로 올라왔다. 두 명뿐이던 선미에 그새 네댓 명으로 늘어나 있었다. 가리개가 쳐진 까닭이기도 하지만 답답한 선실에 있기보다 탁 트인 강의 경치를 보며 환담을 하는 게 나을 수 있었다. 해가 저물 무렵 식사가 나왔다. 망을 서는 근무자를 제외한 모두가 선실에 모여 식사를 했다. 선창에 있던 아주머니도 자리를 같이했다. 음식은 찐 구근과 조갯살이었다. 전례를 생각하니 항해 중의 먹는 이 음식이 처음이자 마지막일 수 있었다. 예상한 대로 그 이후로 식사 음식은 더는 나오지 않았다.

강족 마을을 떠난 지 삼일째 되는 오후, 목적지인 '덴 하루'에 닿았다. 바람이 끊임없이 불어준 덕분이었다. 배를 나루터에 대는 것이 마땅찮아 근처 강가에 접안시킨 뒤, 갈대 바구니에 담긴 조갯살을 하역했다. 모두 여섯 바구니였다. 조갯살 짐은 나와 아주머니를 제외한 인솔자 포함 열두 명이 목도를 해서 객사로 나를 터였다. 봉대 짝이 목도를 하기 직전, 고개를 돌려 나를 쳐다봤다. 선녀를 뵈러 같이 못 가는 것을 양해해달라는 뜻 같았다.

마지막 목도꾼이 떠난 직후 우리 두 사람은 조갯살 하역 시에 이용한 나무 발판을 배에 실었다. 그 일은 우리의 몫이었다. 그런 다음 나는 아주머니를 데리고 장터로 향했다. 장터는 나루터와 인접해 있는 데다 몇 번 와본 적이 있어 헤맬 이유가 없었다. 문제는 한달음에 선녀가 살던 좁은 골목까지 왔지만, 선녀는 물론 선녀가 살던 집조차 그곳에 있지 않았다는 사실이었다. 황당한 노릇이었다. 선녀의 집이 있어야 할 곳이 약간의 잡초만 자라는 막힌 공간으로 변했으니, 도무지 그 연유를 알 수 없었다. 골목 초입의 옆집 사람에게 선녀의 행방을 물으려고 대문을 두드렸다. 그러나 두 집 다 아무런 응답이 없었다. 하는 수 없이 내일 봉대 짝과 다시 오기로 하고 발길을 돌렸다. 선녀를 뵈러 올 때와 달리 아주머니의 안색이 어두웠다. 내색은 하지 않아도 실망이 클 걸로 짐작이 됐다. 나 또한 걸음이 무거울 만치 허탈했다. 선녀에게 주머니를 돌려주는 일 못잖게 아주머니를 선녀와 만나게 하는 것을 책무로 여긴 때문이었다.

강족 객사는 변함없이 강변 둔덕에 있었다. 대문에 다다를 즘 떠들썩한 소리가 밖에까지 들렸다. 항해가 끝낸 뒤풀이라도 하는 모양이었다. 문이 잠겨 있어 몇 번 두드렸다. 잠시 후 누가 문을 열어줬다. 약간 상기된 표정의 봉대 짝이었다. 안으로 들어서자 그가 내게 물었다.

"선녀를 만나봤습니까?"

나는 대답 대신 고개를 저었다. 그는 연해 그 표정 그대로 말했다.

"그렇군요. 하지만 의기소침할 일은 아녜요."

내가 반문했다.

"그게 무슨 말입니까?"

"아무튼 방에 가서 얘기합시다."

그의 의사를 따를 수밖에 없었다. 방은 전에 사용하던 그 방이었다. 아주머니는 방에 들어오는 걸 꺼렸다. 그래서 나는 우리의 얘기를 듣게끔 방문을 닫지 않았다. 봉대 짝의 얘기는 간명했다. 또 비밀스럽지도 않았다.

"나도 조금 전 관리장님에게 들었습니다. 선녀가 한참 전에 장터를 떠났다는 것을요. 자세한 건 관리장님이 얘기를 해주실 것입니다."

"그래서 우리가 헛걸음하게 됐군요. 관리장님의 얘기가 궁금합니다."

봉대 짝이 나가면서 아주머니를 묵게 될 곳으로 안내했다. 바로 옆방이었다.

얼마 지나지 않아 관리장이 봉대 짝과 함께 나를 찾아왔다. 관리장은 내가 강족 옷을 입은 것을 보곤 초소의 강족 청년과 똑같은 말을 했다.

"오랜만입니다. 얼굴이 조금만 더 검었으면 우리 동족일 텐데 아쉽네요. '크로스 라이프'에 가신 일은 잘됐나요?"

"예, 관리장님 덕분에 잘 해결됐습니다. 다시 뵙게 돼 기쁩니다. 동족들과 계시는 것 같아 진작 인사를 드리지 못했습니다. 다음엔 조개를 한 몇 년 잡겠습니다."

"우리 동족이 되려면 최소 십 년은 잡아야 할 것입니다. 하하."

관리장은 가벼운 농담 끝에 품속에서 뭔가를 꺼냈다. 붉은색 작은 봉투인데 밀봉이 돼 있었다. 관리장이 그 봉투를 내게 건네면서 말했다.

"그러니까, 두 분이 선녀를 뵌 지 한 달쯤 됐을 때입니다. 선녀가 어떤 사람을 통해 이 봉투를 내게 보냈습니다. 그대가 객사에 오면 이 봉투를 주라는 전언과 함께였어요. 그럼, 봉투를 열어보시지요."

내가 관리장과 봉대 짝이 지켜보는 가운데 봉투를 열어보니 안에 종이가 들어 있었다. 그리고 종이에는 '내게 용무가 있는 이들은 마지막 배편으로 범선으로 오세요. 장터 여인.'이란 글이 쓰여 있었다.

붉은색 봉투와 글의 내용에 미뤄 선녀가 보낸 것이 확실했다. 관리장도 글을 보곤 수긍이 되는지 고개를 끄덕였다. 그가 재차 말했다.

"사실 이 봉투를 받은 지 얼마 되지 않아 선녀가 장터를 떠났다는 얘기가 떠돌았어요. 소문인 줄 알았는데 사실이었네요. 선녀를 뵈려면 천상 범선으로 가야겠군요. 배편은 우리가 제공할 테지만 선녀가 장터를 떠난 게 못내 서운합니다."

"제가 때맞춰 온 것 같습니다. 제가 올 때를 안 선녀의 선견지명이 그저 놀랍기만 합니다. 아무튼 범선에 가서 선녀를 봬야 하니 다시금 관리장님과 강족 여러분께 폐를 끼치게 됐습니다."

"그런 말 마세요. 내 집인 양 여기며 편하게 지내세요. 배편에 대한 걱정도 마시고……."

관리장이 방을 나간 직후 밖에서 아주머니의 말소리가 들렸다. 아마도 아주머니가 관리장에게 인사를 하기 위해 기다린 모양이었다. 봉대 짝이 낮게 말했다.

"선녀가 '용무가 있는 이들'이라고 했으니 아주머니도 선녀를 뵐 수 있어 정말 다행입니다."

"그러게, 말입니다. 이참에 같이 선녀를 뵙도록 합시다. 범선 구경도 하고."

"그래도 될까요? 아무튼 형씨가 가는데 내가 빠지는 것도 그렇고……, 어차피 조갯살을 싣고 범선에 가야 하니 선녀를 뵙는 게 좋을 듯싶네요."

그 뒤 봉대 짝은 나와 이런저런 얘기를 나누다 자신의 동족이 있는 곳으로 갔다. 그리고 밤이 이슥해 돌아왔다. 다음 날 아침, 아주머니와 마주쳤을 때 '범선에서 선녀를 뵐 수 있게 됐다'는 얘기를 해줬다. 그 얘기에 아주머니의 찌푸린 얼굴이 단박 펴졌다. 그리고 활짝 웃었다. 아주머니가 웃는 건 처음이었다.

　객사에 머문 지 사흘째 되는 날, 범선이 '덴 하루'에 왔다는 소식을 봉대 짝에게서 들었다. 나는 그 소식을 듣자마자 객사를 나와 나루터 쪽을 봤다. 봉대 짝 말대로 돛을 내린 범선이 나루터 앞 강 위에 정박해 있었다. 뒤따라 나온 봉대 짝도 나처럼 범선을 바라봤다. 몇 달 전에 목격한 그 범선 같았다. 새삼스럽지는 않지만, 범선은 연해 나루터의 작은 배들을 압도하는 듯한 위용스러운 모습이었다. 한편으론 나루터 굽어보듯 한 큰 바위섬 같기도 했다. 그러나 은근히 기다린 범선이건만 막상 보니 반갑지만은 않았다. 선녀를 뵈러 범선에 가야 한다는 게 부담스러웠고 또 조금은 두렵기조차 했다.
　객사가 부산해졌다. 강족들이 목도를 하기에 앞서 조갯살이 든 바구니들을 마당에 내다 놓는 움직임 때문이었다. 나 역시 객사를 떠나야 하기에 노파심에서 망태기 안에 있는 물건들을 확인했다. 선녀에게 돌려줄 주머니와 관리장에게서 받은 봉투가 온전히 있었다. 그런데 왠지 서글펐다. 장차 어디서 어떤 삶을 살게 될지에 대한 막연함과 인정이 돈독한 관리장과 또다시 헤어져야 하는 것이 이유일 수 있었다. 하지만 서글픔은 잠시였다. 아주머니가 벽을 두드렸다. 떠날 준비를 마쳤다는 신호로 간주했다. 나는 망태기를 챙겨 방을 나왔다. 이어서 아주머니의 방문이 열렸다. 밖으로 나온 아주머니의 차림이 유달랐다. 헝겊 걸망을 진 예전 그 모습인 까닭이었다.

조갯살 바구니를 목도로 한 강족들이 질서 있게 객사를 나섰다. 봉대 짝이 목도를 한 모습을 또다시 봤다. 그는 겸연쩍게 웃더니 짝이 된 동료와 함께 발을 맞춰 언덕을 내려갔다. 나는 아주머니와 목도꾼들을 뒤따르면서 '나도 강족이 되면 목도를 하겠지……,' 하고 생각하며 슬며시 웃었다.

나루터에 가까워졌을 때 누가 내 등을 가볍게 쳤다. 돌아보니 벙거지로 얼굴을 가리다시피 한 사람이었다. 곧 음성을 통해 누군지 알았다. 뜻밖에도 노형이었다. 그는 "잘 지냈소? 담에 또 봅시다." 하고 짧게 안부를 묻곤 내게서 멀어졌다. 나는 반가움보다는 그가 자유롭게 나다니는 게 신기했다. 그를 마지막으로 본 건 몇 달 전, 이곳 나루터의 배를 훔치려다 들켜 안전원들에게 연행되는 그때였는데……, 필시 죄의 대가로 선민의 도시로 압송돼 중형을 살고 있을 줄 알았으니 말이다. 하여간 매번 감옥에서 어떻게 탈출하였는지는 몰라도 그가 탈출의 명수라는 것을 거듭 확인시켜주었다. '또 보자'라고 했으니 언제 어디서 그를 만날지 모르지만 나는 그에 관한 관심이 옅어진 지 오래였다. 앞선 강족 목도꾼들은 벌써 나루터에 이르고 있었다. 저만치 강가에 매어둔 전마선이 눈에 들어왔다. 바람에 내맡겨져 흔들거리고 있었다.

    조갯살 바구니를 하역할 때와 마찬가지로 긴 나무 발판을 이용해 전마선에 다시 실었다. 이미 짐을 다 싣고 대기에 들어간 배들도 여러 척이었다. 강족들은 서두르는 기색이 전혀 없었다. 나와 아주머니를 선녀와 만나게 해줄 요량에서 대기하지 않고 곧장 범선에 갈 계획인 것 같았다. 관리장이 '배편은 걱정하지 말라.'고 했고, 또 관리장이 나루터에 남지 않고 지금 선실에 있다는 점에서 그렇게 짐작했다. 어쨌든 관리장과 인솔자가 선실에 있는 이상 기다리는 게 예의 같았다. 언제나처럼 봉대 짝이 옆에 있어 주었다.

    시간이 차츰 흘러 어느덧 늦은 오후가 됐다. 대기 상태인 배는 이제 두 척뿐이었다. 얼마 후 그 두 척마저 북소리에 맞춰 범선으로 출발할 즘, 강족 사람들이 갑판으로 나와 노를 집어 들었다. 나는 그 모습을 보니 절로 긴장이 차올랐다. 보이지 않던 아주머니가 내게로 왔다.

    조갯살을 실은 강족의 전마선이 강가를 떠나 범선으로 향했다. 물물교환차 범선으로 가는 마지막 배이기도 했다. 나는 짐짓 나루터에 눈을 뒀다. 사람들이 범선에서 받은 물품들을 수레에 싣느라 분주히 움직이고 있었다. 저 사람들은 나와 상반되게 기쁘고 즐거울 터였다. 나로선 선녀를 만나는 것을 오래전부터 고대했음에도 왜 이다지도 긴장이 되는지 몰랐다. 어쩌면 선녀보다는 범선이 주는 위압감 때문일 수 있었다. 그 위압감의 범선을 회피할 수 없는 순간이 왔다. 강족의 전마선이 범선에 닿은 것이었다.

  잠시 후 그물망 같은 게 범선에서 내려왔다. 강족들은 기다렸다는 듯이 그 그물망에 자신들의 바구니 짐을 실었다. 바구니 짐이 올라간 뒤 곧바로 그물망이 다시 내려왔다. 어김이 없었다. 그렇게 해서 조갯살이 든 여섯 개의 바구니 짐이 모두 범선에 올려지자 곧 그물망을 통해 포장된 물품이 내려왔다. 하나는 크고 하나는 조금 작은 두 개의 뭉치였다. 하지만 그 두 개의 뭉치, 즉 물품은 나와 상관없는 것들이었다. 나의 초조한 관심은 언제 범선에서 올라오라는 조치가 있을까였다. 기다림은 길지 않았다. 범선에서 "용무가 있는 이들은 차례로 올라오시오!!"라는 굵직한 소리와 함께 밧줄로 엮은 사다리가 내려졌다. 나는 둘러선 관리장을 비롯한 강족들에게 대충 눈인사를 했다. 그러고선 밧줄 사다리를 잡았다. 내가 범선에 올라온 직후 아주머니와 봉대 짝도 뒤따라 올라왔다. 붉은 옷의 선녀를 볼 수 있었다. 의자에 앉아 있었는데 발아래는 옷 색과 같은 붉은 양탄자가 깔려 있었다. 혼자가 아니었다. 시녀로 보이는 흰옷 차림의 두 젊은 여성이 선녀 좌우에 시립해 있었다. 널찍한 갑판에는 이 세 여인 외는 아무도 없었다. 나와 봉대 짝, 아주머니와 더불어 선녀에게 다가갔다. 그리고 함께 허리를 숙여 예를 표했다. 선녀가 지긋한 눈길로 우릴 보더니 낭랑한 음성으로 말했다.

"잘 찾아왔어요. 두 사람은 구면인데 여인은 처음 보는군요. 여기에 온 어떤 사연이 있겠지요?"

아주머니가 공손히 대답했다.

"네, 선녀님께 '미스터 하'가 어디 계신지 여쭤보려고 왔습니다."

"미스터 하가 어디에 있는지 알아야 할 사정이 있나요?"

"네, 저쪽 세상에서 한 식구였던 강아지들을 찾기 위함입니다."

"그래요? 알았어요."

선녀가 이번엔 내게 물었다

"지난번에 내가 준 씨앗 주머니는 가져왔을 테지요?"

"예, 가져왔습니다."

"그럼, 이따 수세요."

"예, 선녀님."

선녀의 다음 말이 없자 선녀와 우리 세 사람 사이에 침묵이 감돌았다. 그러는 사이 내가 뒤늦게 알아챈 것이 있었다. 바로 석양을 등진 채 앉아 있는 선녀의 배면에 여러 빛이 어려 있음을……, 존귀한 이에게 나타난다는 광배(후광)일 수 있었다. 나는 불현듯 선녀가 '미스터 하'의 시녀가 아닌 '미스터 하' 자체일지 모른다는 생각이 들었다. 그래서 더는 선녀를 똑바로 보지 못하고 눈을 내리깔았다. 선녀의 말이 귓전에 울렸다. 봉대 짝에 묻는 것이었다. 예상치 못한 물음이었다.

"강족인 그대는 어떤 생각이세요? 나와 같이 가겠어요?"

"아닙니다. 저는 제 동족의 배로 돌아가겠습니다. 안녕히 가십시오."

봉대 짝다운 대답일지 모르나 나는 그를 만류하지를 못했다. 봉대 짝이 선녀에게 절을 한 뒤 돌아섰다. 그때도 나는 이래야 할지 저래야 할지 판단이 서질 않았다. 그가 저만치 가는 것을 보곤 그제야 따라갔지만, 그는 벌써 줄사다리를 타고 내려가고 있었다. 내가 만부득이 그에게 말을 던졌다.

"내 친구! 부디 무탈하세요."

내가 봉대 짝에게 해줄 수 있는 말은 그뿐이었다. 또 내 말은 곧 범선 아래, 전마선에 있는 강족들에게 하는 하직 인사이기도 했다. 범선의 돛이 일제히 올려졌다.

범선에 승선한 지 만 하루가 지났다. 선녀에게서 받은 작은 주머니는 흰옷 시녀를 통해 진작 돌려줬다. 그 시녀는 나를 선실로 안내한 사람이었다. 시녀라고 한 건 그녀의 신분을 몰랐기 때문이었다. 후에 안 사실이지만 그녀는 '미스터 하'의 시자에 버금가는 높은 신분이었다.

나는 범선의 선실에 있다는 게 여전히 실감이 나지 않았다. 선실은 혼자 사용하기가 민망하리만치 넓고 안락했다. 그런데도 이따금 갑판으로 나와 한없이 넓은 물 위를 바라보며 무료함을 달랬다. 아주머니와 두어 번 마주쳤어도 왠지 서먹해 말을 건네지 않았다. 아주머니도 마찬가지인 듯싶었다.

해 질 무렵, 급작스럽게 선실의 종이 울렸다. 무슨 일인가 싶어 갑판으로 나와봤다. 저쪽 선미에서 흰옷 차림의 사람들이 갈색 옷의 한 남자를 잡아끌다시피 해서 갑판으로 데려오는 것이 목격됐다. 그 갈색 옷 남자는 흰옷 차림의 건장한 사람들과는 상대적으로 체구가 작고 나이가 들어 보였다. 어떤 연유인지 몰라도 남자는 전혀 항거를 못 했다. 곧 흰옷의 사람들이 그 상태로 남자를 난간으로 끌고 가더니 번쩍 들어 그냥 강에 던져 버렸다. 순식간의 일이었다. 강에 빠뜨려진 남자의 절규가 연속해서 들려왔다. "살려주시오!" "제발! 살려주시오!!" 그러나 흰옷의 사람들, 빔신의 신원들일 테지만 아무 일도 없었다는 듯이 이내 선미 쪽으로 사라졌다. 갑판에는 오직 나만 남았다. 바람이 돛을 울리는 소리가 어느 때보다 요란했다. 나도 종내 선실로 향했어도 기분은 못내 씁쓰레했다. 눈앞에서 산 사람이 수장당하는 것을 보는 것도 안된 일이나 그 수장자가 내가 아는 노형(김종갑, 김 상무)이었다는 점에서 더욱 그러했다. 그의 절규를 들었을 때 나는 절규만으로도 노형임을 대번에 알았다. 필시 범선에 무단 침입했다가 발각이 된 것일 테지만 노형의 최후가 이렇듯 비참할 줄이야. 그가 범선에 무단 승선해서라도 가고자 한 곳이 어딜까? 내가 가는 그곳일까?

범선에 승선한 지 사흘째 되는 아침, 수평선에 검은 윤곽의 뭔가 보였다. 물안개 탓에 분명치는 않지만, 일종의 섬 같았다. 범선이 빠르게 그쪽으로 가고 있어 불분명한 게 차츰 명확해졌다. 섬이었다. 섬이긴 해도 바위로 이루어진 섬이고 가운데가 우뚝 솟아 거대 수석을 연상케 했다. 정작 육지는 그 바위섬을 지났을 때 어렴풋이 포착됐다. 그 시점부터 일정한 강도로 불던 바람의 세기가 차츰 약해지고 있었다. 범선의 속도도 따라 느려졌다. 그렇지만 느낌상 범선이 육지에 닿을 때까지는 바람이 약하게나마 불어줄 것 같았다.

그날 오후 무렵, 범선이 육지에 닿았다. 마주한 두 개의 얕은 봉우리를 배면에 둔 초원 같은 곳이었다. 띄엄띄엄 있는 아담한 집들과 밝은 녹색 옷을 입은 사람들이 눈에 띄었다. 사람들의 모습을 제대로 볼 순 없으나 한가하고 여유로워 보여 자유로운 삶을 사는 것 같았다. 범선에서 육지를 잇는 선교가 내려졌다. 흰옷의 사람들이 먼저 내리기 시작했다. 나와 아주머니는 맨 나중이었다. 물론 흰옷 여인의 지시를 따른 까닭이었다.

우리가 새로운 땅에 발을 디뎠을 때 흰옷 여인이 물었다.

"이곳의 첫인상이 어때요?"

아주머니가 잠자코 있어 내가 대답했다.

"자연환경이 좋고 사람들도 자유롭게 사는 것 같습니다."

"그래요. 자유로워야 행복과 즐거움, 풍요를 추구할 수 있지 않겠어요?"

흰옷 여인은 이후 별말 없이 우리를 좌측의 봉우리 쪽으로 인도했다. 길도 그 방향으로 나 있었다. 봉우리에 이르러 흰옷 시녀가 봉우리를 오르기 시작했다. 우리도 따라 올랐다. 경사가 급하지 않아 크게 힘들이지 않고 봉우리를 오를 수 있었다. 봉우리에 거의 다 올라왔을 즘 무심코 좌측을 봤다. 눈 닿는 데까지 온통 붉은색 식물의 천지였다. 양초의 군락이 아닌가 싶었다. 그리고 앞을 봤을 때 상상조차 할 수 없는 경이의 광경이 목도됐다. 봉우리 아래에 넓은 길이 펼쳐진 가운데 숱한 강아지들이 하나같이 고개를 향해 가고 있는 것이었다. 상아시들이 사고사 하는 곳은 황금빛 찬연한 고개 저 너머인 듯싶었다. 황금색 빛은 고갯마

루뿐만 아니었다. 강아지들이 가는 길 가장자리에서도 분수처럼 뿜어져 나와 길을 밝히고 있었다. 길 양옆은 심연과도 같은 짙은 어둠이 존재했다. 다시 고개를 들었다. 고개 너머가 순간적으로 보였다. 푸른 하늘 아래 온유한 햇살이 두루 비치는 초록의 평원과 강아지들이 뛰노는 모습이 동시였다. 정녕 목가적인, 강아지 나라 강아지 세상이었다. 갑자기 울음소리가 들렸다. 아주머니가 감격에 겨워 울음을 터트린 것이었다. 나 또한 눈시울이 붉어졌다. 잊고 지낸 그리움 때문인지 모를 일이었다.

에필로그

아주머니는 그토록 소망하던 자신의 강아지들을 만날 수 있었다. 그리고 언제까지나 자신의 강아지들과 함께하며 여타 강아지들까지 돌보는 집사가 되었다. 나 또한 마찬가지로 강아지들을 돌보는 일을 했다.

그런 일상에서 정이 가는 강아지 넷과는 내가 가람이, 오복이, 오랑이, 오송이라는 이름을 짓고 우리는 한 가족처럼 지냈다. 나는 더 바랄 게 없다. 나는 내 삶에 만족한다. 이곳 세상이 나의 영원한 안식처이길 바라는 뜻이기도 하다.

세월이 한참 흐른 후, 봉대 짝이 객사의 관리장이 됐다는 소식을 들을 수 있었다. 전임자가 대족장에 오른 것처럼 그도 나중 강족 대족장이 될지 모를 일이다.

그러한 세월 동안 강족들은 범선과의 불불교환 시, 예전보다 배 이상의 양초를 받았는데 나와 아주머니가 양초를 가외로 보내는 걸로 짐작하고도 남을 터이다. 짐작대로 나는 봉대 짝과의 우정에서, 아주머니는 강족에 대한 고마움에서 양초를 보낸 것인바, 우리가 보낸 양초로 인해 강족들 생활이 좀 더 윤택하길 바라는 마음도 없지 않았다.   ❖